D1718630

MERIDIANE

Aus aller Welt

Band 19

FATOS KONGOLI

Die albanische Braut

ROMAN

AUS DEM ALBANISCHEN
VON JOACHIM RÖHM

AMMANN VERLAG

Die Originalausgabe ist 1992 unter dem Titel »I humburi«
im Verlag »Dituria«, Tirana, erschienen.

© 1999 Ammann Verlag & Co., Zürich
Alle deutschsprachigen Rechte vorbehalten
© 1992 Fatos Kongoli, Tirana
Satz: Dörlemann Satz, Lemförde
Druck und Bindung: Clausen & Bosse, Leck
ISBN 3-250-60019-9

Für jeden Menschen kommt einmal der Tag, da ihm scheint, er sei mit der Welt im reinen, der Kreis habe sich geschlossen, und es mache keinen Sinn mehr, noch weiter auf dem Vergangenen herumzukauen. Erst recht, wenn es in seinem Leben nichts gibt, das für andere von Nutzen wäre. Gut, und was willst du dann noch, werden Sie fragen.

Nichts. Nicht mehr als ein Bekenntnis.

Vor zwei Monaten bestieg mein Freund Dorian Kamberi, Maschinenbauingenieur und Vater zweier Kinder, eines Morgens den Ozeandampfer »Partizani« und setzte mit seiner Familie über das Meer. Hätte ich es mir nicht im letzten Augenblick noch anders überlegt, säße ich jetzt wahrscheinlich ebenfalls in einem Flüchtlingslager in dem Land der Träume, das sich Italien nennt, oder sonst irgendwo in Europa, zusammen mit ganzen Scharen meiner Landsleute. Aber im letzten Augenblick, wir standen aneinandergedrängt in der Menge, erklärte ich Dorian, ich würde wieder aussteigen. Womöglich hat Dori gar nicht recht mitbekommen, was ich zu ihm sagte. Nach der halsbrecherischen Odyssee von unserem Städtchen hierher, innerlich nahe am Krepieren, mußte sich absurd anhören, was ich sagte, und jemand anders als mein Freund hätte mich ins Meer geworfen: Dori aber schwieg. Er sah mich nur mit leerem Blick an, während ich im Nacken feuchtwarm die Pisse seines kleinen Sohnes spürte, den ich immer noch auf den Schultern trug.

Meine Unentschlossenheit muß mir deutlich anzumerken gewesen sein. Ich bin mir ziemlich sicher, daß meine Stimme und mein Gesichtsausdruck in diesem Augenblick das Gegenteil dessen sagten, was über meine Lippen kam. Der kleinste Versuch von Dori hätte gereicht, mich umzustimmen, zumal ich selbst nicht wußte, wie ich zu diesem Entschluß gekommen war. Heimweh nach den vertrauten Gassen, wie man so schön sagt, trieb mich gewiß nicht an. In mir war eine noch größere Leere als in Doris Blick. Aber er machte keine Anstalten, mich zurückzuhalten. So stieg ich aus. Den Nacken feucht von der Pisse seines kleinen Sohnes. Ich setzte mich zusammengekauert auf die Kante des Landungsstegs und beobachtete die letzten Häuflein der Auswanderer, die es eilig hatten, auf den Dampfer zu kommen. Als das Schiff ablegte und Fahrt aufnahm und als schließlich die Gesichter der Menschen nicht mehr zu unterscheiden waren, spürte ich einen dicken Kloß im Hals. Ich verbarg das Gesicht in den Händen und schluchzte, lange und tief. Damals realisierte ich noch nicht, daß es zum ersten Mal seit vielen Jahren war. Meine Seele war verdorrt, und ich dachte eigentlich, daß es auf dieser Welt schon lange nichts mehr gäbe, das mich zu Tränen bringen könnte. Einer, der vorbeikam, klopfte mir auf die Schulter und meinte, es käme schon alles wieder in Ordnung, da gebe es ja auch noch ein Schiff am Nachmittag ...

Als ich in das Städtchen zurückkam, dämmerte es bereits. Meine Rückkehr erregte so wenig Aufsehen wie mein Aufbruch. Daß Dorian Kamberi mitsamt seiner Familie dem

6

Land den Rücken gekehrt hatte, wurde am nächsten Tag bemerkt. Große Kommentare gab es nicht. Ein paar schimpften auf ihn, andere zollten ihm Beifall, einige beneideten ihn. Ich hörte mir die neuesten Gerüchte an und kam mir vor wie ein Dieb, der nach dem Stehlen an Ort und Stelle geblieben ist, um die Leute bei ihrem Geschwätz zu belauschen. Zum ersten Mal in meinem vierzigjährigen Junggesellenleben bewahrte ich ein Geheimnis. Wahrscheinlich das einzige meiner Geheimnisse, von dem das Städtchen nichts wußte und nie etwas erfahren hätte, wäre ich nicht auf die Idee gekommen, dieses Bekenntnis abzulegen. Daß ich imstande war, ein Schiff zu besteigen und mich spurlos aus dem Staub zu machen, hätte man im Städtchen allerseits für selbstverständlich gehalten. Aber daß ich mich auf den Weg mache und den Dampfer schon geentert habe, dann aber plötzlich wieder aussteige, nein, das hätte mir keiner abgenommen. Selbst Dori, wenn er meine Worte überhaupt begriffen hat, konnte nicht glauben, daß ich tatsächlich wieder aussteige. Womöglich hat er aber auch nur gemeint, in meiner Schwerfälligkeit würde ich ihm, der schon seine Familie am Hals hatte, noch mehr zur Last fallen, und hat deshalb keine Anstalten gemacht, mich zurückzuhalten.

Wie dem auch sei, jedenfalls war ich noch da. Und am nächsten Tag trugen mich meine Füße zum Friedhof. Wahrscheinlich meinen Sie nun, aha, das Elterngrab, Nostalgie hat ihn zurückgehalten. Das ist aber leider nicht wahr. Ich achte die Gräber der Ahnen, Besinnung auf das Gewesene. Ich beneide alle, die solchen Begriffen Dinglichkeit abgewinnen können, für die sie Wirkungskraft annehmen wie die Erdanziehung. Ich fühlte mich jedoch dieser Schwerkraft entzogen, verschlagen in ein schwarzes Loch der Gleichgültigkeit. Nostalgie war für mich nur noch ein flüchtiger Luxus. Nein, nicht solche Motive veranlaßten mich dazu, zu bleiben und am nächsten Tag den Friedhof aufzusuchen, den ich nie zuvor betreten hatte. Für alle und in jeder Hinsicht war und bin ich ein nutzloser, verlorener Mensch.

Als das Städtchen am nächsten Morgen erwachte, war das Wetter trübe, und ich mußte an die Flüchtlinge auf dem Meer denken. Die Alten – ich lebe mit meiner Mutter und meinem Vater zusammen in einer Zweizimmerwohnung mit Küche – machten sich noch nicht einmal die Mühe, sich nach dem Grund meiner vortäglichen Abwesenheit zu erkundigen. Sie waren derlei gewohnt und fragten mich schon seit Jahren nicht mehr, wohin ich ging und was ich tat, und für ihren gesunden Schlaf reichte es aus, wenn ich die Nacht über anwesend war. Wie auch immer, ich mußte an die Flüchtlinge denken, und bei dem schlechten Wetter machte ich mir Sorgen um sie, doch bestimmte biologische Prozesse im menschlichen Organismus kümmern sich nicht um die jeweilige Gemütslage: Ich hatte Hunger. So zog ich mich an und ließ meine Eltern, die in der Küche mit zusammengesteckten Köpfen Kaffee tranken, mit einem an der Tür gemurmelten »Guten Morgen« allein.

Ich glaube nicht, daß es auf der Welt einen staubigeren Flecken gibt als unser Städtchen. Überall ist nur Staub zu sehen, so unvermeidlich wie der Puderzucker auf der künstlichen Torte im Schaufenster einer Konditorei: auf den flachen Betondächern der Wohnblocks, auf den Ziegeldächern der niedrigen Häuser, auf den Straßen und Gehwegen, auf den

Blumenrabatten und Rasenstücken der einzigen Grünanlage in der Innenstadt. Staub legt sich auf das Kopfhaar, sobald man aus dem Haus tritt, er dringt in die Ohren, in die Nasenlöcher und verklebt einem die Lungen, er folgt den Menschen auf Schritt und Tritt, in die Klubs, die Restaurants, ja sogar bis ins Bett. Ich war ungefähr zehn Jahre alt, als draußen vor der Stadt, am Flußufer bei den Häuschen und Hütten der Zigeuner, eine Zementfabrik errichtet wurde – auf dem Stand des vorigen Jahrhunderts, wie Eingeweihte behaupten –, die bedeutend mehr Staub produziert als Zement. Die alten Leute meinen, daß damals das langsame Sterben des Städtchens begonnen hat.

Jetzt könntest du schon drüben über dem Meer sein, dachte ich, als ich den Gehsteig entlangging, und ein Zittern überlief mich. Das Städtchen kam mir an diesem grauen Märztag entsetzlich alt vor. So alt, daß ich fast weinen mußte. Was ist denn jetzt bloß über dich gekommen, du Unglückswurm, sagte ich zu mir selber. Ich ging geradewegs in den Klub. Mein Hunger hätte mich eigentlich zuerst zur Fleischbraterei »Uferstrand« führen müssen, doch hörte man in letzter Zeit sagen, der Besitzer Arsen Mjalti, einst Brigadeleiter in der Zementfabrik, bereite Fleischklopse zweifelhaften Inhalts zu. Es gab ein ganzes Spektrum von Vermutungen, das von der Verwendung des Fleisches verendeter Kühe bis zum Gebrauch von Hundefleisch reichte und sich in den Durchfällen bestätigt fand, die unter den Kunden am Ort grassierten. In Ermangelung von Beweisen, die eine ordentliche Abreibung für Arsen Mjalti hätten begründen können, boykottierten sie inzwischen die Fleischbraterei, so daß dort nur noch der engere Freundeskreis des Besitzers und durchreisende Zufallskundschaft anzutreffen waren. Vielleicht waren dies aber auch nur törichte Gerüchte, die einige Neidhammel aus Mißgunst in die Welt gesetzt hatten, auf jeden Fall ging es, wie zu hören war, dem Exbrigadeleiter blendend, und wenn er so weitermachte, hatte er bald genug Geld beisammen, um sogar das berühmte Hotel »Dajti« zu kaufen.

Der Klub war leer. Zu meinem Glück entdeckte ich jenseits der Theke, hinter der Espressomaschine, eine Reihe von Flaschen mit Kognak der Marke »Skanderbeg«, dessen Wohlgeschmack ich seit langem nicht mehr hatte genießen können. Ich mußte gar nicht erst den Mund aufmachen, die Serviererin hinter dem Tresen wußte von ganz alleine, was sie zu tun hatte. Erst stellte sie einen Doppelten vor mich hin, dann braute sie Kaffee. Mit der Tasse in der einen und dem Glas in der anderen Hand suchte ich mir einen Platz bei der Frontscheibe. Man trinkt dort im Stehen, an einigen schmalen, hohen Tischen. Ohne lange Umstände griff ich zum Kognakglas und trank es in einem Zug aus. Ich fühlte mich so elend und kaputt, daß nicht viel gefehlt hätte, und ich wäre in Tränen ausgebrochen. Die einzige Kraft, die mich davor bewahrte, mich bei der Serviererin mit einem lächerlichen Auftritt zu blamieren, war der Kognak. Erst nach dem dritten Doppelten fühlte ich mich etwas leichter. Meine Anspannung legte sich ein wenig, der schmerzhaft drückende Klumpen in meiner Brust rutschte nach unten, und ich machte mich an den vierten Doppelten, den ich langsam, in kleinen Schlucken trank, wobei ich ab und zu auch an dem bis dahin unberührten Kaffee nippte. Nur wenige Menschen ließen sich auf der Straße sehen, sei es, weil der miese, unfreundliche Morgen wahrhaftig nicht dazu einlud, aus dem Haus zu gehen, sei es, weil Sonntag war und die Leute noch schliefen oder wach waren, aber einfach auf dem Rücken lagen und die Decke anstarrten, im sicheren Bewußtsein, daß draußen nichts Interessantes auf sie wartete. Das Städtchen schlief an diesem Tag gleichsam den Schlaf des Todes. Fast wäre ich in die Anlage hinausgetreten und hätte laut gerufen: Verehrte Mitbürger, erhebt euch! Alle sind fort, sie haben euch sitzenlassen ...

Doch ich rührte mich nicht vom Fleck. In kleinen Schlucken trank ich meinen Kognak, bis das Glas leer war und ich einen fünften brauchte. Inzwischen hatte sich unter meiner Haut eine samtene Weichheit breitgemacht. Wer es nicht schon selber erlebt hat, kann es sich nicht vorstellen. Die Welt bekommt ihr Gleichgewicht zurück, das Urteil schärft sich. Drinnen in der Brust erlangt Gerechtigkeit die Oberhand, oder vielmehr das Empfinden für Gerechtigkeit, und man ist zu einem klaren Urteil fähig, frei von Komplexen oder, besser gesagt, Furcht. Aus einem solchen Gefühl heraus kam mir der Einfall, den Friedhof zu besuchen. Ich war noch nie zuvor auf dem Totenacker gewesen, doch nun erschien es mir als das Allernatürlichste, was ich überhaupt tun konnte. Es mußte einfach sein, es hätte eigentlich längst sein müssen, und der Gedanke entsetzte mich, daß ich dort noch nie in meinem Leben gewesen war. Bei diesem fünften Glas ahnte ich noch nicht, daß ich dabei jemand in die Arme laufen würde, den man in unserem Städtchen Xhoda den Irren nennt. Hätte ich es geahnt, ich wäre nicht gegangen.

Er trat gerade aus der flügellosen Pforte in der annähernd mannshohen Mauer aus roten Lochziegeln, die den Friedhof umgab. Deshalb bemerkte ich ihn nicht gleich, ich wäre ihm sonst aus dem Weg gegangen. Er stand plötzlich vor mir wie das Gespenst aus einem Alptraum. Unrasiert, die Haare vom Wind zerzaust, haarig die Brust unter dem aufgeknöpften Soldatenmantel, und einen Augenblick erstarrte ich unter seinem Blick. In der Hand trug er eine lange Eisenstange. Er stand vor mir, sah aus, als zermartere er sich über etwas den Kopf, und maß mich mit einem haßerfüllten Blick. Als ich seine blutunterlaufenen Augen sah, mußte ich an den Spruch denken, wonach angeblich dem Betrunkenen selbst der Irre Platz macht, aber offenbar war ich nicht betrunken und er nicht verrückt genug: jedenfalls mußte ich einsehen, daß ich nur an ihm vorbei auf den Friedhof konnte.

Meine Erstarrung löste sich, und nun hatte ich Angst, er werde zuschlagen. Hätte er es wirklich getan, ich hätte nur den Kopf eingezogen und schützend die Arme erhoben, so wie damals, als er, der Schuldirektor, sich unter den Schülern ein Opfer aussuchte, um an ihm sein Mütchen zu kühlen. Ich zählte zu den bevorzugten Opfern. Er schlug jedoch nicht zu, weder mit der flachen Hand noch mit der Stange. Er nannte mich weder Halunke noch Landstreicher, noch Lügenmaul. Er starrte mich nur aus blutunterlaufenen Augen an, und ich konnte seinem Blick nicht standhalten und ergriff die Flucht.

I

Xhoda der Irre war der erste, der das Prädikat »unverbesserlich« auf mich verwandte. Ich habe die Szene
bis heute lebendig vor mir: Im Schulleiterbüro schlug er meinem Vater diesen Begriff um die Ohren, worauf dieser mir
zur Kompensation und als Beweis seiner Zustimmung eine
Maulschelle versetzte, gleichsam um mir einzubleuen, daß
ich wirklich genauso war, wie der Direktor behauptete.
Hätte der Direktor es nicht dabei bewenden lassen, sondern
zum Beispiel auch noch behauptet, ich sei der geborene Verbrecher, obwohl ich eben erst vierzehn geworden war, mein
Vater hätte auch dies mit einer weiteren Maulschelle bekräf-
tigt. Er ist ein gutmütiger Mensch, aber damals haßte ich ihn
noch mehr als den Direktor.

Ich kann mich nicht mehr entsinnen, bei welcher Gelegenheit ich von Xhoda zum ersten Mal Prügel bezog. Es war
vermutlich einer dieser banalen Anlässe in einer Kleinstadt-
schule, in der das Verprügeln der Schüler stillschweigend
hingenommen wird, weil die Lehrer wissen, daß von den Eltern keine Proteste zu erwarten sind. Es kamen verschiedene
Techniken zur Anwendung, wobei stets darauf geachtet
wurde, keine Spuren zu hinterlassen. Bis zur fünften Klasse
war ich nie geschlagen worden, und zwar einfach deshalb,
weil ich es in den ersten vier Klassen nur mit einer einzigen
Lehrerin zu tun gehabt hatte, die dieser Unsitte nicht an-

hing. In der fünften Klasse bekamen wir dann verschiedene Lehrer mit verschiedenen Unsitten, und während wir durch ihre Hände gingen, war uns ausreichend Gelegenheit gegeben, darüber nachzusinnen, wie glücklich wir doch in den ersten vier Jahren gewesen waren. Damit nahm alles seinen Lauf. Ich war auch zu Hause nie geschlagen worden, weil mein Vater, wie bereits gesagt, ein weiches Gemüt hat und meine Mutter immer der eigentliche Chef in der Familie gewesen ist. Aber auch sie ließ sich nicht zu Schlägen hinreißen. Dagegen kassierten meine Schulkameraden, die meist aus Arbeiterfamilien stammten, dauernd Prügel, zu Hause wie in der Schule.

Noch heute spüre ich den Kloß in meiner Kehle, wenn ich an das Grauen zurückdenke, mit dem ich meiner ersten Tracht Prügel entgegenbangte. Daß der Moment kommen würde, stand außer Frage. Nur mit einem hatte ich nicht gerechnet: daß ich die Schläge vom Direktor persönlich bekommen würde. Er war ein furchteinflößender Mann, der einzige, dem selbst die verwegensten Schüler lieber aus dem Weg gingen. Zeigte er sich vor der Schule, sichteten die Lehrer ängstlich die Reihen der Schüler, und ich hatte oft den Eindruck, daß sie sich noch mehr vor ihm fürchteten als wir Kinder. Diese Furcht stellte ich mir ziemlich ähnlich vor wie die meine, also als Angst vor Schlägen im Schulleiterbüro, das ich noch nie betreten hatte und in das es mich auch keineswegs zog. Was einem Jungen blühte, der dorthin gerufen wurde, war klar.

Die erste Tracht Prügel bedeutete für mich ein Trauma. An den Grund kann ich mich nicht mehr erinnern, was wohl heißt, daß er nichtig war, zum Beispiel die Beschwerde

14

einer Lehrerin, weil ich zu laut gewesen war. Oder ein Mäd-chen hatte gepetzt, weil ich es an den Zöpfen gezogen hatte. Es können durchaus auch andere Gründe gewesen sein, und zwar alle möglichen. Vielleicht hatte ich gegrinst oder war im Glied nicht stillgestanden, als der Direktor vor der Schule eine Ansprache hielt. Womöglich war ich aber ein-fach auch nur an der Reihe, immerhin gehörte ich zu den ganz wenigen Jungen im Städtchen, deren Rücken bis dahin noch nicht unter den Hobel des Direktors geraten war.

Nachdem er mich an Ohren und Schläfenhaaren gezerrt und mir ein paar Ohrfeigen versetzt hatte, wie ich sie fürder-hin noch häufig zu schmecken bekommen sollte, trat ich aus der Tür des Schulleiterzimmers, ohne eine einzige Träne ver-gossen zu haben. In meiner Bestürzung lief ich geradewegs nach Hause, um mich bei meinem Vater zu beschweren. Ich war damals noch in einem Alter, in dem Kinder ihre Väter für die stärksten Menschen auf der Welt halten, die einen be-schützen und es jedem zeigen, der einem etwas tut. Dies war der Grund meines Traumas. Bis dahin hatte ich meinen Va-ter gar nicht gekannt, hatte einen ganz anderen in ihm gese-hen, als er wirklich war. Es dauerte noch ein paar Jahre, bis ich verstand, daß das feige, geradezu kriecherische Gebaren, mit dem er mich so rettungslos enttäuscht hatte, nicht allein seinem schwächlichen Charakter angelastet werden durfte.

Am nächsten Morgen begleitete er mich in das Büro des Direktors. Hätte ich ahnen können, daß er sich so erniedri-gen würde, ich hätte ihm nie etwas erzählt. Es wäre mir lieber gewesen, zehnmal am Tag Prügel zu bekommen, als in den Augen meines Vater diese Angst entdecken zu müssen. Er-niedrigende Szenen dieser Art sollte es noch oft geben, allerdings mit dem Unterschied, daß mein Vater, der sich bis dahin nicht an mir vergriffen hatte, später das Prügelhandwerk doch noch erlernte und aufs eifrigste praktizierte, nämlich immer dann, wenn ihn Xhoda der Irre in die Schule bestellte, um ihm meine Schandtaten unter die Nase zu reiben, bis ich dann schließlich die siebte Klasse erreichte, von Xhoda als »unverbesserlich« eingestuft wurde, die oben erwähnte Ohrfeige bekam und, so wie es aussieht, von da an mein Leben lang unverbesserlich blieb.

Doch kehren wir zum Tag der ersten Prügel zurück, an dem ich die fatale Entdeckung machte: Mein Vater war nicht stark, mein Vater war ein Feigling, genauso wie die anderen, wie die Lehrer, wie all jene, die sich schon in die Hose machten, wenn sie bloß Xhodas Schatten spürten. Damals war ich zwölf und in der fünften Klasse. Heute, dreißig Jahre später, kann ich sagen, daß die Tränen, die ich an diesem Nachmittag vergoß, die ganzen dreißig Jahre vorgehalten haben. Außerdem riß ich von zu Hause aus. Am folgenden Tag fand man mich schlafend auf einer Parkbank in Tirana, in der Grünanlage gegenüber dem Hotel »Dajti«. Ich war fast tot vor Müdigkeit, Hunger und Grauen. Dabei ahnte ich noch nicht, daß diese naive Enttäuschung erst der Anfang einer langen Reihe von Niederlagen sein sollte. Allerdings erlitt ich die anderen nicht mehr in dieser tragischen Intensität. Für mich war mein Vater gestorben, da gab es nichts mehr zu reparieren. Und weil es Xhoda war, der das Bild von meinem Vater zerstört hatte, beschloß ich, mich auf meine Art zu rächen.

Wir wohnten bereits damals in der gleichen Zweizimmerwohnung mit Küche wie heute. Ich hatte und habe eine fünf
Jahre ältere Schwester, aber sie spielt in der Geschichte meines Lebens keine Rolle. Oder soll man sagen, im mediokren
Fortgang meines Lebens. Denn mein Leben ist medioker gewesen, das Leben eines Menschen, der niemand war und nie
jemand wurde, ein anonymes Leben inmitten der Anonymität eines gottverlassenen Viertels in einer gottverlassenen
Kleinstadt, obgleich in der Nähe der Hauptstadt. Meine
Schwester war eigentlich immer von zu Hause weg in der
Zeit, von der gerade die Rede ist, als sie im Studentenwohn-
heim der Pädagogischen Hochschule lebte, und auch später,
nachdem sie eine Arbeit als Lehrerin in einem Dorf im Nor-
den angetreten hatte, wo sie dann auch hängenblieb.

Der Block, in dem ich wohne, befindet sich gleich im Zen-
trum der Kleinstadt. Gegenüber, auf der anderen Seite der
Grünanlage, steht ein weiterer Wohnblock, dessen Erdge-
schoß von einem Lebensmittelladen, einem Stoffgeschäft, der
Schneiderei und dem Klub belegt ist. Beim Klub können
sich das Gebäude und vor allem der Platz für ihren Ruf be-
danken. Dort haben sich spektakuläre Auseinandersetzun-
gen zwischen rivalisierenden Individuen und Gruppen abgespielt, Schlachten, die von der Kleinstadt allerdings nicht
besonders ernst genommen wurden, wahrscheinlich, weil sie
für die Leute zum Alltag gehörten, so wie es später alltäglich
wurde, vor dem Fernseher zu sitzen und sich alles im Film
anzuschauen. Zu jener Zeit gab es im Städtchen noch keinen
Fernseher. Eine schwarze Chronik aber wohl. Die meisten
Leute sind der Meinung, daß der Staub sich entscheidend
auf den Reichtum dieser Chronik ausgewirkt hat. Wenn er

sich mit den Dämpfen des Alkohols vermischt, vermag er meine Mitbürger in Raserei zu versetzen. Sie sind nämlich sehr leidenschaftlich und überaus eifersüchtig. Zwei Dinge, die sich friedlich nicht miteinander vereinbaren lassen. Hinzu kommt, daß es sich bei ihnen überwiegend um Arbeiter mit starken Armen und Fäusten handelt. Bedarf es mehr, um eine schwarze Chronik zu füllen? Allerdings wurde diese nie schriftlich niedergelegt. Informationsbedürftigen Soziologen sei empfohlen, sich an die zuständigen Organe zu wenden, bei denen, wie ich hoffe, ein Inventar des Tuns und Lassens im Städtchen geführt wird. Vielleicht findet sich dort auch die Akte eines gewissen Thesar Lumi. Das bin ich.

Ich sage, vielleicht. Mir scheint nämlich, daß ich meiner Person zu viel Bedeutung beimesse, wenn ich ihr eine eigene Akte zugestehe. Ich war und bin ein absolut unbedeutender Mensch, und wenn ich mich hier in der Vermutung der Existenz einer solchen Akte sonne, möchte ich damit keineswegs jenen zu nahe treten, die dieser Ehre wirklich und wahrhaftig für würdig befunden worden sind. Zu meinen Gunsten möchte ich den Stimmen vertrauen, die da sagen, man müsse nicht unbedingt wichtig sein, es reiche schon aus, einen Schatten zu werfen, um zu einer entsprechenden Akte zu kommen. Wenn dem so wäre, könnte ich mich glücklich schätzen. Denn es würde bedeuten, daß zu einer Zeit, da ich mich auf dieser Welt gar nicht vorhanden wähnte, bestimmte Leute durchaus anderer Auffassung waren. Wahrlich ein guter Grund, ihnen dankbar zu sein.

Um mir zu schmeicheln, behaupte ich also, daß ich eine Akte hatte. Ich weiß nicht, was darin vermerkt gewesen sein könnte, und bestimmt erfahre ich es auch nie. Eines aber kann ich sagen: Es fehlt darin, was auf die eine oder andere Art als kriminelle Tat bewertet werden könnte. Es kann nicht in der Akte auftauchen, weil ich, als ich es tat, noch ein Kind war. Ich tat es damals, weil sich mein Vater überraschend und aus unbegreiflichen Gründen Xhoda dem Irren unterworfen hatte und es damit in meinen Augen aus mit ihm war. So beschloß ich, mich zu rächen.

An diesem Punkt erscheint Vilma und nimmt ihren Platz in meinem Bericht ein. Oder besser gesagt, ihr Andenken. Vilma ist nicht mehr. Schon lange nicht.

2

In meinem Kopf gehen die Zeiten durcheinander, so daß ich nicht genau sagen kann, ob Vilma schon als Kind das Mädchen war, von dem alle Jungen träumen. Ich kann nicht genau sagen, ob sie schon als Kind dazu bestimmt war, in einem Nest von Streithähnen die Rolle des Zankapfels zu spielen. Mit Mühe dringt mein träger Geist durch die Schichtungen der Jahre, diesen Nebelvorhang, hinter dem sich das Universum der Kindheit weitet, und endlich sehe ich Vilma. Die ich kannte, war noch kindlich, während ich mich selbst für einen Mann hielt. In der Kleinstadt wurden Kinder früh zu Männern.

Es gelingt mir, hinter den Nebel zu schauen. Da ist sie, hinter dem eisernen Staketenzaun. Sie blieb immer hinter ihrem Zaun und beobachtete von dort aus die Passanten auf der Straße. Heute können die Passanten hinter dem gleichen, immer noch schwarzen Staketenzaun Xhoda den Irren auf seiner Bank sitzen sehen, mit den schreckerfüllten Augen des Wahnsinns. Er hockt dort wie ein Wachhund. Sein Wahnsinn kommt daher, daß er glaubt, Vilma befinde sich noch immer da drinnen, und er sitzt da mit einer Eisenstange in der Hand und wartet auf irgendwelche Halunken. Der Unglückliche, er hat nicht gewußt, daß Vilma unantastbar war. Er hat nicht gewußt, daß sein furchterregender Schatten niemand von Vilma abzuhalten vermocht hätte. Etwas anderes schützte sie, und wehe dem, der ihr auch nur ein Härchen zu krümmen wagte. Xhoda hätte hundert Wachhunde um sein Haus verteilen, ihr hundert Jagdhunde zur Begleitung mit auf den Weg geben können, das Mädchen wäre durch sie nicht besser geschützt gewesen als durch Fagu.

Es tut mir leid. Ich könnte verrückt werden. Ich möchte von Vilma erzählen, und Fagu taucht vor mir auf. Ich möchte mich an ihre klaren, meerblauen Augen erinnern, und ich sehe ein paar schwarze, immer zänkische Augen vor mir. Mit Mühe dringe ich durch den dichten Nebel, um auf dieses ruhige, intelligente Gesicht zu schauen, und finde Fagus ewig mürrische Miene. Bis zum Ende meiner Tage werden diese beiden Gesichter für mich miteinander verbunden sein. Kaum stelle ich mir das eine vor, wird es auch schon vom anderen verdrängt. Und dann diese schrecklichen Alpträume, in denen ich das groteske Bild der beiden, sich überlagernden Gesichter vor mir habe. Einen Vilmafagu oder eine Faguvilma. Alles verzerrt, ohne Farben. Alles zerstört, ohne Ausdruck. Tod und Verwesung können ein Gesicht nicht schlimmer entstellen. Manchmal, nicht oft, quält mich dieses Bild im Schlaf, erinnert mich daran, daß ich es nie werde vertreiben können. Schweißgebadet erwache ich dann, mein Herz droht die Brust zu sprengen. Von dem Alptraum verfolgt, verbringe ich einen kranken Tag im Klub. Der erste Doppelte bringt etwas in Bewegung. Der Kognak wirkt wie ein Schmierstoff, der durch die Kapillare ins Gehirn gelangt und das eingerostete Netzwerk meiner Hirnrinde fettet. Dann bewegt sich etwas. Mit dem ersten Glas beginnt das Auseinanderrutschen. Es beginnt auch meine mühsame Befreiung. Aber dafür ist es jetzt noch zu früh. Die Überlagerung stockt. Noch immer ist Vilmas Mund mit den geschlossenen Lippen fast ganz in der Zange der Zähne in Fagus Mund eingeklemmt. Die Nase ist ein klein wenig verrückt, auch die Augen, und die Konturen des Gesichts ebenso. Aus Erfahrung weiß ich, daß nach dem zweiten Glas die eine Hälfte von Vilmas Gesicht durch die eine Hälfte von Fagus Gesicht verdeckt ist, während die jeweiligen anderen Hälften schon frei sind. Dann muß ich mich beeilen, denn diesen Anblick ertrage ich nicht. Nachdem der dritte Doppelte hinuntergestürzt ist, berühren sich die beiden Gesichter nur noch ganz wenig, und beim vierten Doppelten weichen sie auseinander und sind nun für sich. Ich benötige dann noch einen fünften, um Fagus finstere Visage vollends zu verjagen, damit ich endlich mit Vilma allein sein kann.

Da ist sie also, hinter dem eisernen Staketenzaun. Sie trägt das weiße, in der Taille mit einem Gürtel geraffte Kleid. Ihre langen, über die Schultern fallenden Haare glänzen. Sie sind blond, deshalb wirken sie im Sonnenlicht von weitem wie ein goldenes Vlies. Ich kann ziemlich sicher sagen, daß das Kleid wie ein Brautkleid geschnitten war. Der Plan, den ich mir zurechtgelegt hatte, um an Xhoda Rache zu nehmen, bestand allerdings nicht darin, sie zu entführen und zur Braut zu nehmen, obwohl sie in dieser Kleidung wie eine Braut aussah. Ich sah sie mit den Augen eines gewöhnlichen Spitzbuben, der verbrecherische Absichten hat. Was für welche, das werde ich später erzählen. Erst einmal möchte ich auf ein Faktum eingehen, um das alle meine Altersgenossen im Städtchen, also die ganze Bande der zwölf- oder dreizehnjährigen Bengel wußte: Vilma war Fagus Auserwählte. Als solche wurde sie argwöhnisch bewacht von seiner Clique, der die wildesten Typen der ganzen Schule angehörten. Das wußte auch Vilma. Sie war so alt wie ich, also zwölf. Fagu war ein Jahr älter, also dreizehn.

Ich kann nicht sagen, was Vilma von der Rolle hielt, die andere ihr zugewiesen hatten. Darüber zerbrach ich mir damals auch nicht den Kopf. Es war ein Faktum, das ich so hinzunehmen hatte wie in jüngerem Alter das Vater-und-Mutter-Spielen, bei dem jedem Bubenmann eine Mädchenfrau zugeordnet war. Ich für meinen Teil hielt mich aus diesem Spiel lieber heraus. Das war für mich damals kindischer Quatsch, eines echten Jungen unwürdig, für den es sich nicht schickte, mit Mädchen herumzumachen. Wenn Fagu Spaß daran hatte, mit Vilma das alberne Vater-und-Mutter-Spiel zu spielen, bitte schön, dann war das seine Sache. Ich nahm es als kompromittierendes Indiz, und was mich schon sehr verwunderte, war, daß die Clique der Raufbolde das schlukken und Fagu trotzdem als Anführer akzeptieren konnte. Kurz, Vilma spielte in meinem Leben nicht eine solche Rolle, daß ich von meiner Rache an Xhoda Abstand genommen hätte.

Oft versuche ich mir einzureden, dies alles sei ein Spiel des Zufalls, pures Schicksal gewesen. Leider bin ich jedoch wie meine ganze Generation ohne religiöse Gefühle aufgewachsen. Ich habe gehört, ein guter Gläubiger finde Trost und Seelenfrieden in der Annahme, daß es »so nun einmal bestimmt« sei. Ein guter Gläubiger glaubt an Vorbestimmung. Mit was soll ich, der ich an gar nichts glaube, mich trösten? Ich glaube nicht daran, daß die Schurken dieser Welt für ihre Sünden in einem Höllenfeuer büßen, ich

glaube nicht daran, daß die Gerechten mit dem Paradies be-
lohnt werden. Allerdings möchte ich schon glauben, daß es
ein Jüngstes Gericht gibt. Dieser flüchtigen Hoffnung habe
ich angehangen, etwas anderes, das mich am Leben halten
konnte, hat es in der unendlichen Sinnlosigkeit meiner Existenz nicht gegeben.

Ich mußte rasch einsehen, daß die Rache an Xhoda keine
leichte Sache war. Zuerst war ich entschlossen, die Fenster-
scheiben an seinem Haus einzuwerfen, einer Villa am Rande
der Innenstadt, umgeben von einem hohen, mit Blumen und
Kletterpflanzen überwucherten Staketenzaun. Eine enge
Gasse führte daran vorbei, von der aus ich leicht die Fenster-
scheiben hätte zerschmeißen können. Ich gab die Idee auf,
weil man tagsüber wegen der vielen Passanten womöglich
gesehen werden konnte. Nachts ging nicht, weil ich Angst
vor den Hunden hatte. In der Nacht bevölkerte ein Haufen
von halbwilden Kötern die Stadt. Auch die Alternative,
eine Schlange in der Schreibtischschublade des Direktors zu
deponieren, verwarf ich. Nicht, daß es mir schwergefallen
wäre, eine Schlange zu beschaffen. Die Zigeuner am Flußufer hätten mir jederzeit eine besorgt. Ich mußte mich jedoch
zu der Erkenntnis durchringen, daß es ziemlich unmöglich
war, bis ins Schulleiterzimmer vorzudringen, und noch un-
möglicher, die Schreibtischschublade aufzubekommen. Drei
gescheiterte Versuche dieser Art waren bekannt geworden.
Ich mußte also schon gründlich nachdenken, um auf die
richtige Form der Rache zu kommen. Und ich fand sie.

Der Einfall kam mir ganz plötzlich. Eines Tages wurde
ich auf dem hinteren Schulhof, wo sich Fagus Clique gewöhnlich versammelte, Zeuge einer Szene, die allerdings

keineswegs ungewöhnlich war. Fagu verdrosch einen der Jungen vom Flußufer, während seine Spießgesellen gaffend darum herumstanden. Eine Anzahl anderer Jungen verfolgte das Geschehen aus einigem Abstand. Alles vollzog sich in Schweigen. Der Zigeuner steckte die Prügel ein, ohne einen Laut von sich zu geben, bis Fagu genug hatte und von ihm abließ, nicht ohne ihm noch einen abschließenden Fußtritt in den Hintern zu versetzen. Unvorstellbar, daß einer dem Zigeuner zu Hilfe gekommen wäre. Es war ein kleiner, dürrer Junge, einer der ganz wenigen vom Flußufer, die regelmäßig zur Schule kamen. Er hieß Sherif und besuchte die fünfte Klasse, die 5a, während ich in die 5c ging. Ich wußte noch etwas von ihm, das wichtig war. Sein Vater, ein kleinwüchsiger Zigeuner, dürr wie sein Sohn, wurde mehrmals im Jahr mit der Aufgabe betraut, die herrenlosen Hunde auszurotten. Wenn er es nicht tat, so hieß es, dann bestand die Gefahr, daß die Köter die Stadt ausrotteten. Er bediente sich zu diesem Zweck vergifteter Stücke von Rinderleber, die auf der Stelle ihre Wirkung taten.

Die große Pause war zu Ende, und es klingelte. Alles strömte aus dem Schulhof hinten in den vorderen Hof. Sherif blieb in einem Winkel zurück. Ich weiß nicht, was mich dazu veranlaßte, ihn anzusprechen, Mitleid oder meine Verachtung für Fagu. Denn ich verabscheute Fagu. Er war angeberisch und brutal. Auf jeden Fall erfuhr ich etwas, das in meinem Kopf hängenblieb: Fagu hatte Sherif verprügelt, weil dieser am Tag zuvor in der Klasse Vilma gehänselt hatte, und diese war zu Fagu gegangen, um zu petzen. Miststück, dachte ich, genau wie ihr Mistkerl von Vater. Mistpack alle drei, das Scheusal von Vater, sie und dann dieser

Gassenflegel, der sich erniedrigte und zum Handlanger einer Rotznase machen ließ. Es kostete mich keine große Mühe, Sherif zu meinem Komplizen zu machen.

Ich betrieb mein Spiel mit beispielloser Heuchelei.

Ich sage Heuchelei. Damals wußte ich noch nicht, was das Wort genau bedeutet. Doch offensichtlich ist mir die Unaufrichtigkeit bereits in diesem Alter in Fleisch und Blut übergegangen. Hätte mir jemand das Wort erklärt, ich wäre vielleicht nicht so geworden. Niemand erklärte es mir. In der Schule hatten wir schon ab der ersten Klasse Moralunterricht. Ich kann mich nicht entsinnen, daß irgendein Lehrer uns über Heuchelei aufgeklärt hätte. Aber an etwas anderes entsinne ich mich: daß die Lehrer sich in Gegenwart des Direktors ganz anders verhielten, als wenn er nicht da war. Oft logen sie ihn vor unseren Augen nach Strich und Faden an, und keiner gab einen Muckser von sich. Wir haßten Xhoda so sehr, wie wir ihn fürchteten. Allerdings gab es in dieser Hinsicht auch keinen großen Unterschied zwischen den Lehrern und Xhoda. Mir war aufgefallen, daß der Direktor, wenn ein Inspektor da war, sich nicht wie sonst verhielt, sondern freundlich und höflich war. Er führte den Inspektor genauso hinters Licht wie die Lehrer ihn. Alles war ganz wunderbar. Wir wuchsen auf in der Gewißheit, die glücklichsten Kinder auf der Welt zu sein. So hieß es auch in den Liedern, die wir lernten.

Freilich hatte ich Gründe, daran zu zweifeln, daß wir wirklich die glücklichsten Kinder auf der Welt waren. Ich weiß nicht, wie es den anderen erging, aber ich erlebte zu Hause so heftige Szenen zwischen meinen Eltern, daß es mir manchmal eiskalt über den Rücken lief. Um gleich allen Mißverständnissen vorzubeugen: mein Vater war ein Mensch ohne Laster. Er wußte gar nicht, was Alkohol und Tabak sind, und ich kann mir auch nicht vorstellen, daß er ein Schürzenjäger gewesen sein könnte. Außerdem hat ihn meine Mutter seit jeher bevormundet. Er war Betriebswirt, Chefbuchhalter, meine Mutter Schneiderin. Ich merkte wohl, daß sie in meiner Gegenwart Streit zu vermeiden suchten. Es gelang ihnen aber nicht immer. Zu meinem Erstaunen waren es meistens Kleinigkeiten, die zum Krach führten. Ich hätte wegen solcher Bagatellen niemals Streit mit meinen Kameraden angefangen. Dennoch, immer wieder brach der Sturm los, ein Gewitter von Vorwürfen und Widerreden. Zuerst bekam es mein Vater satt. Dann, gegnerlos vor sich hinschnaubend, fand auch Mutter ein Ende. Wenn schließlich lähmende Stille im Zimmer eingekehrt war, hörte ich meinen Vater seufzen: »Ach Gott, was für ein Hundeleben!« Ich folgerte daraus, daß man eigentlich nicht der glücklichste Mensch auf der Welt sein konnte, wie wir es aus unseren Liedern lernten, wenn man gleichzeitig, wie sich Vater ausdrückte, ein Hundeleben führte. Diese Folgerung verwirrte die Dinge noch mehr und stellte mich vor ein weiteres Rätsel. Es hatte mit den schauspielerischen Fähigkeiten meiner Eltern zu tun. Mir fällt es nicht leicht, darüber zu sprechen, aber es ist nun einmal so. Meine Eltern waren große Schauspieler.

In unserem Block wohnte ein gewisser Hulusi. Inzwischen ist er gestorben. Er war ein zwergenhafter Mann und ging bei uns ein und aus. Ich erinnere mich, daß er unmäßig fraß, und es konnte leicht passieren, daß er sich nicht vom

Fleck rührte, ehe er nicht eine ganze Flasche Schnaps ausgetrunken hatte. So, wie meine Eltern über ihn redeten, mußte ich damit rechnen, daß sie ihn bei der ersten besten Gelegenheit packen und aus dem Fenster werfen würden. Etwas in dieser Richtung hatte ich Vater auch sagen hören. Es war nicht schwer, sich vorzustellen, wie mein Vater Hulusi aus dem Fenster warf, immerhin war er doppelt so groß wie dieser, doch leider wurde ich niemals Zeuge einer solchen Szene. Im Gegenteil, als ich nur darauf wartete, daß mein Vater Hulusi, sobald er in der Tür auftauchte, am Kragen packte, fing Vater plötzlich über das ganze Gesicht zu strahlen an, und Mutter ebenso. Hulusi ließ sich mit Schnaps volllaufen und ging, als es ihm genehm war. Kaum war er weg, verschwand die Maske des Lächelns von den Gesichtern meiner Eltern. Vater steckte die Hände in die Hosentaschen und fing an, nervös im Zimmer hin und her zu laufen. Mutter versank in finsterem Schweigen. Denn wahrhaftig, dieser widerwärtige Mensch war der Wohltäter, der Schutzengel meiner Familie. Ohne seine Hilfe wäre meine Schwester nie an die Pädagogische Hochschule gekommen, und ich selber hätte später ohne ihn nicht die Chance gehabt, die Universität zu besuchen. Aber das wußte ich damals noch nicht. Ich wußte nicht, daß Hulusi, der Nachbar eine Etage über uns, der wichtigste Mann im Städtchen war. Ich wußte nicht, daß meine Eltern für die Wohltaten des Schutzengels Hulusi einen dauernden Tribut zu entrichten hatten: den Verzicht auf ihre Würde. Überhaupt wußte ich damals vieles noch nicht, was das Leben mir im Laufe der Zeit beibringen sollte. Mein Verstand bot mir damals eine schlichte, bescheidene, man kann wohl sagen, durch und durch konformistische Lösung für dieses Dilemma an: alle Menschen waren Schauspieler, die Lehrer ebenso wie meine Eltern. Sie wechselten laufend die Masken. Also mußte auch ich, wie die Erwachsenen, eigene Masken bereithalten. Das war des Rätsels endgültige Lösung, die mein Gehirn ausspuckte. Was nun die drängende Frage anbelangte, ob wir tatsächlich die glücklichsten Kinder auf der Welt waren, so fand ich eine durchaus originell zu nennende Antwort. Wir waren es, und gleichzeitig waren wir es auch wieder nicht. Es war genau wie mit den Hunden des Städtchens. Ich konnte mir absolut nicht vorstellen, daß diese Köter glücklich waren. Wo sie auch hinkamen, bezogen sie Fußtritte, von Sherifs Vater und seinen vergifteten Leberstücken ganz zu schweigen. Andererseits mochte es wohl so sein, daß die Haushunde (wer ein eigenes Haus hatte, hielt sich gewöhnlich einen Hund), vor allem aber die Schoßhündchen, der Spezies der Glücklichen zuzurechnen waren. Vilma hatte auch so ein Hündchen. Weiß, mit krausem Fell.

Vilma war Xhodas ein und alles. Das Hündchen war Vilmas ein und alles. Ich beschloß, Vilmas Hündchen zu vergiften.

3

Vilmas weißes Hündchen vergiftete ich aus Rache. Einen anderen Grund hatte die Tat nicht. Als Kind fühlte ich mich allen übrigen Kindern gleich, in dem Sinn eben, den der Begriff »gesellschaftliche Gleichheit« für einen Zwölfjährigen haben oder annehmen kann. Es kann kein Zweifel daran bestehen, daß ich damals keine Komplexe hatte, daß ich mich nicht zur Kategorie der Köter, also zur Spezies der Unglücklichen rechnete und Vilma nicht zur Kategorie der Hündchen, also zur Spezies der Glücklichen. Daß ich und Vilma unterschiedlichen Spezies angehörten, begriff ich erst viel später. Das löste dann mein zweites Trauma aus. Jetzt aber stand ich noch unter der Wirkung des ersten Traumas. Wegen der Schläge. Durch die mein Vater für mich gestorben war. Dafür mußte Vilmas Hündchen bezahlen. Damit Vilma Tag und Nacht weinte. Damit Xhoda durchdrehte vor lauter Wut.

Es war ein wirklich hübsches Hündchen. Wie alle Hündchen sprang es am Zaun hoch und bellte laut, das Schnäuzchen zwischen den Staketen, wenn irgend jemand vorbeikam. Auch mich bellte es auf diese Weise an. Es war ein warmer Nachmittag, und Vilma saß auf einem Stühlchen neben der Treppe, ganz auf ihr Buch konzentriert. Beim ersten Bellen hob sie noch nicht den Kopf. Als ich mich aber nicht von der Stelle rührte, kläffte das Hündchen, das gleich herbeigestürzt war, das ganze Viertel zusammen. Das hatte ich so eingeplant. Endlich schaute Vilma ärgerlich auf. Unsere Blicke trafen sich. Ihre Augen waren klar wie Meerwasser. Wir kannten uns, hatten aber noch nie miteinander gesprochen. Sie war die ganze Zeit in meiner Parallelklasse gewesen. Und, ehrlich gesagt, in diesem Augenblick war ich auf eine Unterhaltung mit Vilma auch gar nicht aus.

Zuerst verzog sie mißmutig das Gesicht und rief etwas wie »Maks, du Störenfried, komm hierher«. Dann, als Maks nicht zu gehorchen geruhte, stand sie auf, legte das Buch auf den Stuhl und kam herbeigelaufen. Ich stand beklommen da. Maks beruhigte sich erst, als seine Herrin ihn auf den Arm nahm. Mit rotem Kopf rang ich mir ein Lächeln ab. Sagte, das sei aber ein hübsches Hündchen. Immer langsam, gab Vilma zurück, das steigt ihm sonst in den Kopf. Dann beißt er aus lauter Übermut alle, die am Haus vorbeikommen.

Auf einmal rannte ich los, weg. Vilma blieb mit Maks am Zaun stehen. Viele Jahre später erinnerte sie mich an diese Szene. Du bist so komisch gewesen. Wie du mich angeschaut hast, richtig angestarrt. Später setzte ich mich dann mit Maks wieder an die Treppe und tat so, als ob ich lesen würde. In Wirklichkeit wartete ich aber bloß darauf, daß du wieder kommen und mich so komisch anschauen würdest. So hatte mich noch nie ein Junge angeschaut. Ich wußte selber nicht, warum ich immerzu auf dich wartete. Ich hatte die ganze Zeit das Gefühl, daß du eines Tages wieder am Zaun auftauchen würdest. Auch später noch, als du auf der Universität warst und man sich im Städtchen erzählte, du hättest ein Verhältnis mit einer Witwe. Aber du bist nie mehr gekommen. Ich habe trotzdem auf dich gewartet, obwohl du meinen Maks vergiftet hattest. Ich habe um ihn geweint wie um einen Bruder. Und trotzdem habe ich gewartet. Obwohl ich mir sicher war, daß du nie mehr kommen würdest ...

Auch ich war mir schon beim Wegrennen sicher, daß ich dort nicht mehr hingehen würde. Als Vilma Maks auf den Arm nahm und mit mir sprach, merkte ich, daß aus meiner Rache nichts mehr werden würde, wenn ich auch nur eine Sekunde länger blieb. Ich weiß nicht, wie ich es ausdrücken soll, aber ich wußte, wenn ich noch länger bei Vilma blieb, ihre Stimme hörte, in ihre Augen schaute, sie die Schnauze des Hündchens streicheln sah, dann konnte ich Maks nicht mehr vergiften. Und wenn ich Maks nicht vergiftete, dann weinte Vilma nicht. Und wenn Vilma nicht weinte, dann platzte Xhoda nicht vor Wut.

Maks hatte ein qualvolles Ende. Ehe wir das Verbrechen begingen, wollte Sherif von mir wissen, was Maks am liebsten fraß. Auf vielen Umwegen, über einen Vetter von Vilma, der häufig mit ihr zusammen war, erfuhr ich schließlich, daß Maks gekochte Hammelleber am liebsten mochte. Ich besorgte welche. Sherif versetzte sie mit dem Hundegift, ohne daß sein Vater etwas merkte. Wir ermordeten Maks an einem Nachmittag, als Vilma, wie so oft, in den Feldern am Stadtrand mit ihm spazierenging. Wie Sherif mir berichtete, war er leicht zu ködern gewesen, während Vilma mit einer Freundin schwatzte. Mit Maks war es rasch vorbei. Danach überschlug sich alles.

Am folgenden Tag erschien Sherif bei mir zu Hause. Er war noch nie bei mir gewesen, und als ich ihn sah, ans Trep-pengeländer gelehnt, wußte ich sofort, daß etwas nicht stimmte. Noch etwas anderes machte mich unruhig: Sherif war an diesem Tag nicht in der Schule gewesen. Er war verängstigt, wollte, daß wir irgendwo hingingen, wo uns niemand sehen und hören konnte. Ich hatte nichts dagegen einzuwenden. Im Schutze der Dunkelheit stahlen wir uns aus der Innenstadt davon und gelangten unentdeckt in das Viertel am Flußufer, wo wir uns hinter einem Gebüsch verkrochen. Sherif zitterte am ganzen Leib. Dann fing er zu weinen an. Schließlich erfuhr ich, was geschehen war. Sobald Maks' Ermordung sich herumgesprochen hatte, war der Ausnahmezustand über das Städtchen verhängt worden. Gegen Mittag, berichtete Sherif, ist der Direktor zu mir nach Hause gekommen. Mit zwei Polizisten. Sie wollten meinen Vater sprechen. Ich weiß nicht, was sie draußen miteinander redeten, aber mein Vater ist ganz aufgeregt wiedergekommen und hat mich am Kragen gepackt. Ich erwürge dich mit bloßen Händen, wenn du das gewesen bist, sagte er.

Der arme Sherif, er kam fast um vor Angst. Er zweifelte nicht im mindesten daran, daß sein Vater ihn wirklich umbringen würde. Aber das war noch gar nichts gegen eine andere, viel schrecklichere Furcht. Obwohl er extra nicht in die Schule gegangen war, hatte ihn Fagu mit seiner Clique am Flußufer aufgespürt. Aller Verdacht richtete sich gegen ihn. Sie hatten ihn geschlagen, sie hatten gedroht, ihn umzubringen, wenn er nicht mit der Wahrheit herausrückte. Sherif hatte das Ganze abgestritten. Aber gerade sein Leugnen brachte ihn in eine ausweglose Lage. Keiner glaubte ihm, weder sein Vater noch Fagu. Schließlich küßte mir Sherif mit tränenden Augen die Hand (ich werde nie vergessen, wie er sich über meine Hand beugte, um sie zu küssen) und bettelte mich an, bitte, bitte, rette mich. Sonst bleibt mir nichts anderes übrig, als in den Fluß zu gehen.

Ich brauchte nicht lange nachzudenken. Sherif starb fast vor Angst. Ich hatte ihn in die ganze Sache hineingezogen, also mußte ich etwas tun. Und dieses etwas war, daß ich die Schuld auf mich nahm. Was ich dann auch tat. Nicht aus Angst, daß er sich tatsächlich umbringen würde, obwohl ich es mir unter den gegebenen Umständen durchaus vorstellen konnte. Ich beschloß, die Verantwortung für das Verbrechen zu übernehmen, weil ich lieber durch alle Höllenfeuer gegangen wäre, als noch einmal seine feuchten Lippen auf meiner Hand ertragen zu müssen. Solange ich nicht die Schuld auf mich nahm, würde Sherif jeden Tag ankommen und mir die Hand küssen. Wie ein geprügelter Hund.

Meine Beichte legte ich vor Fagu ab. Auf diese Weise war sichergestellt, daß die Nachricht postwendend dorthin gelangte, wo sie hingehörte, und ich hatte dennoch genug Zeit, mich seelisch auf die Folgen vorzubereiten. Fagu sperrte Mund und Augen auf, so unglaublich hörte sich mein Geständnis für ihn an. Er war erst überzeugt, als ich den Mord mit der Rache an Xhoda begründete. Alle wußten, daß Xhoda mich erst kürzlich durchgeprügelt hatte. Das hieß, daß Rache durchaus für angezeigt gehalten wurde, wenn auch vielleicht nicht in dieser Form. Fagu konnte mich nicht anrühren, sonst hätte er sich selbst in die Klemme gebracht. Keiner der Raufbolde aus seiner Clique hätte es ihm verziehen, wenn er sich Vilmas wegen an mir vergriffen hätte.

Es kam, wie es kommen mußte. Damals war Fagu größer und ganz sicher auch stärker als ich. Er war wütend, grinste verächtlich. Und ging weg. Mein Leben wurde fortan unerträglich. Im Städtchen fing man an, mich wie einen Verbrecher zu behandeln. Vor den im großen Pausenhof angetretenen Schülern wurde meine Tat als das schlimmste Bubenstück angeprangert, das die Stadt je erlebt habe. Mein Betragenszeugnis wurde gleich um zwei Noten schlechter, und außerdem wurde ich für drei Tage vom Unterricht suspendiert. Anders, als zu erwarten gewesen war, bezog ich meine Prügel für die Tat nicht von Xhoda, der sich noch nicht einmal dazu herabließ, mich ins Rektorat zu bestellen, sondern von meinem Vater. Er hatte mich bis dahin noch nie richtig verprügelt. Er schlug mich, als er vom Polizeirevier zurückkam, wo er sich für mich hatte verantworten müssen. Später erfuhr ich, daß er Xhoda Schadensersatz bezahlt hatte, einen Betrag von drei- oder viertausend Lek. Bis heute weiß ich nicht genau, ob mich mein Vater wegen der Tat selbst bestrafte, wegen des Geldes, das er berappen mußte, oder wegen der Angst, die er auszustehen hatte, als man ihn zur Polizei vorlud. Wie dem auch sei, von nun an machte mein Vater ständige Fortschritte in diesem Handwerk. Doch proportional zu seinen Prügelkünsten wuchsen auch meine Nehmerqualitäten. Wenn sich jemand an Prügel erst gewöhnt hat, dann kann ihn so leicht nichts mehr beeindrucken.

Armer Wicht, dachte ich, als ich Xhoda den Rücken kehrte und ihn mit seiner Eisenstange an der Fried-hofspforte stehen ließ. Mit dir mußte ich mich mein Leben lang herumschlagen. Wir sind wohl dazu bestimmt, einan-der zu peinigen. Als ich dann die staubige Straße hinunter-ging, versuchte ich der Frage auf den Grund zu kommen, ob ich von einer höheren Fügung zu Xhodas Geisel in den Ta-gen des Wahnsinns ausersehen war oder ob sein Wahnsinn mich nur in jedem Augenblick daran erinnern sollte, daß ich auf Nachsicht und Trost niemals hoffen durfte.

Tränen stiegen mir in die Augen. Das zeigte, daß der Blick aus Xhodas blutunterlaufenen Augen mich nüchtern gemacht hatte. Ein Himmel, der so fleckig war wie ein unge-waschenes Laken, ließ mich an die Flüchtlinge auf dem Meer denken. Auf einmal roch ich Urin. War das die Pisse von Doris Sohn? Vielleicht war es auch nur der Geruch mei-ner Tränen. Ich weinte. Das hieß, mein Rausch war verflo-gen. Wahrscheinlich weinte ich um die Flüchtlinge auf dem Meer. Ich ging zurück in den Klub. Unglücklicherweise war inzwischen der Kognak ausgegangen. So blieb mir nichts anderes übrig, als mich auf den Weg zur Fleischbraterei »Uferstrand« zu machen. Sie war geschlossen, hatte an die-sem Tag überhaupt noch nicht aufgemacht. Offenbar setzte unser Freund Arsen Mjalt, der Exbrigadeleiter der Zementfabrik, schon Fett an und leistete sich im Gegensatz zu den meisten seiner Kollegen den Luxus eines freien Sonntags.

Auch das Quantum Kognak, das ich bereits intus hatte, machte das Bild nicht freundlicher: noch immer dämmerte das Städtchen in seinem todesähnlichen Schlaf vor sich hin. Wieder war ich drauf und dran, mich in die Innenstadt zu begeben und dort laut zu rufen: »Verehrte Mitkleinstädter, erwacht! Fortan seid ihr freie Bürgersleut', dürft tun und lassen, was euch beliebt. Die heißersehnte Freiheit ist da, ihr mögt euch nun davonmachen, zu Lande, zu Wasser oder in der Luft. Niemand heißt euch mehr Verräter, keiner sagt noch, ihr wäret Hooligans. Die soziale Gerechtigkeit hat endlich triumphiert.«

Ich brüllte nicht, ging noch nicht einmal in die Innenstadt. Auch war mir nicht mehr zum Weinen zumute, was bedeutete, daß ich wieder betrunken war, ohne etwas zu mir genommen zu haben. Da entdeckte ich Xhoda den Irren. Ich folgte ihm durch den Ort. Bis zu seinem Haus. Er ging hinein, verlor sich im schwarzen Schlund der Tür. Plötzlich, es kam über mich, ich weiß nicht wie, sah ich aus dem schwarzen Schlund kläffend ein weißes Knäuel hervorstürzen. Der Atem stockte mir, und ich schlug die Hände vors Gesicht. Ich hatte Maks bereits vor dreißig Jahren ermordet. Das konnte unmöglich Maks sein. Ich lehnte die Stirn gegen den Pinienstamm und übergab mich. Als hätte ich ein Stück vergifteter Leber verschluckt. Ich kotzte. Als ich den Kopf hob, sah ich durch feuchte Wimpern Xhoda den Irren. Er saß auf einem Stuhl unten neben der Treppe, die Eisenstange in der Hand. Fort mit dir, du Unglücksmensch, wollte ich rufen, tragische Sphinx. Wen behütest du noch?

4

Die Pinie war damals noch dreißig Jahre jünger. Und ich so dünn, daß ich mich hinter ihrem Stamm verstecken konnte. Vilma saß auf ihrem Stuhl und las ein Buch. Ich belauschte sie bereits seit einer Stunde, aber sie hatte noch kein einziges Mal aufgeblickt. Maks konnte nicht mehr bellend an den Zaun gelaufen kommen. Ich hatte ihn umgebracht. Hinter der Pinie versteckt, stand ich da und war mir sicher, daß Vilma mich längst bemerkt hatte. Ich war in Gedanken, als ich plötzlich wahrnahm, wie etwas vor meinen Füßen landete. Ich hob es auf. Ein Stein, in ein Blatt Papier gewickelt. »Willst du mir zeigen, daß du bereust, was du getan hast? Das kannst du dir sparen. Seit fünf Tagen kommst du und versteckst dich hinter der Pinie wie ein Dieb. Und wenn du noch so bereust, ich verzeihe dir nicht. Was hat Maks dir getan? O Gott, was hast du bloß angerichtet? Wenn du nur wüßtest, wie sehr ich dich hasse.«

Als ich aufblickte, war Vilmas Stuhl leer. Dies ist das letzte Bild aus den Jahren meiner Kindheit, das ich noch herbeirufen kann. Alles andere ist wie weggewischt. Geblieben ist der leere Stuhl, der mich daran erinnert, daß mein Leben genauso gewesen ist, leer. Ich empfand keine Reue für das, was ich getan hatte. Beim Lesen von Vilmas Zettel verstand ich nicht, wieso sie überhaupt auf diese Idee kommen konnte. Mein Wunsch, von meinem Versteck hinter der Pi-

nie aus die goldene Flut ihrer Haare zu betrachten, hatte über-
haupt nichts mit Reue zu tun. Aber da Vilma mir nun ihren
Haß offenbart hatte, blieb mir nichts anderes übrig, als von
dort zu verschwinden. Und nie mehr wiederzukommen. Es
war mir eine Qual, dem Wunsch nicht nachgeben zu dürfen,
von meinem Versteck hinter der Pinie aus Vilmas goldene
Haarflut zu betrachten, und dazu gesellte sich ein Gefühl der
Minderwertigkeit. Mit dieser Entdeckung trat ich aus meiner
Kindheit heraus: daß man etwas empfinden konnte, das die
Menschen Minderwertigkeit nannten.

Es war eine jener Nächte, in denen Hulusi, der Bürger-
meister unseres Städtchens, sich nach reichlichem Schnaps-
genuß schwankend und lallend die Treppe hinaufschleppte,
um ein Stockwerk höher ins Bett zu fallen, während bei uns
in der Wohnung außer dem Mief von Alkohol und einem
wüsten Durcheinander auf dem Tisch auch meine genervten
Eltern zurückblieben. Aus heutiger Sicht würde ich das, was
sich damals vor meinen Augen abspielte, als Tragikomödie
bezeichnen. Manchmal schaffte ich es ja sogar, die ständigen
Verrenkungen meiner Eltern von der heiteren Seite zu nehmen. Aber diese Nacht war der reine Wahnsinn. Vermutlich
zum ersten und letzten Mal zog mein Vater mit jedem Glas,
das Hulusi in sich hineinschüttete, mit. Ich erinnere mich,
wie meine Mutter mit sorgenvoller Miene immer wieder in
der Küche verschwand, bis beide Männer schließlich betrunken waren. Im Gegensatz zu Hulusi, der in einem fort
redete, saß Vater nur schweigend da und hörte zu. Mag auch
sein, daß er nicht zuhörte. Als Mutter endlich die Tür hinter
Hulusi schloß, machte mein Vater eine obszöne Geste, deren
Bedeutung einem Kleinstadtbengel wie mir längst vertraut

war. Ich muß sie hier wohl nicht näher beschreiben. Dann bekam er einen Schluckauf und trat in die Küche, wo er im wesentlichen folgende Ansprache hielt: »Wenn dein Bruder nicht so ein Hurenbock wäre, dann würde mir ein anderer Hurenbock nicht das Leben vermiesen. Aber dein Bruder, dieser Oberhurenbock, hat mir nun mal die Doppelsechs an den Hals gehängt, und jetzt weiß ich nicht, wohin damit. Kommst du drauf, wen ich mit der Doppelsechs meine?«

Mutter stieß einen spitzen Schrei aus. Das reichte, um meinen Vater schlagartig nüchtern werden zu lassen. Mutter rannte aus der Küche und schloß sich im Schlafzimmer ein. Vater stand da wie vom Donner gerührt. Mir in der Sofaecke wurde ganz anders. Beide, Mutter und Vater, hatten mich total vergessen. Vielleicht waren sie aber auch nur zu echauffiert, um sich durch meine Anwesenheit noch bremsen zu lassen. Vater hob die Hand vor den Mund. Er ging zum Tisch, sank schwer auf einen Stuhl und brach in Tränen aus. Mein Mund war ganz trocken. Sein massiger, in sich zusammengesunkener Leib bebte. Der ganze Tisch bebte, ja sogar die Wände, wie mir schien. Ich wollte nur noch weg, hatte aber schreckliche Angst, daß Vater auf mich aufmerksam werden würde. Auf Zehenspitzen, mit den Tränen kämpfend, schaffte ich es schließlich zur Küche hinaus. Leise verschloß ich die Zimmertür hinter mir und heulte los. Von Vaters Ansprache hatte ich nichts verstanden, und Mutter hatte nur diesen einzigen Schrei ausgestoßen. Aber die nächtliche Szene hatte etwas viel Bedrückenderes gehabt als die sonstigen Streitereien zwischen meinen Eltern. Ich versuchte auch später nicht, tiefer in den Sinn von Vaters Worten einzudringen. Wollte auch nicht wissen, was meiner Mutter Aufschrei bedeutete. Es erschien mir nicht richtig, mich in Dinge einzumischen, die nur meine Eltern etwas angingen. Ich weiß dann noch, wie ich in fassungslosem Erstaunen über Vaters Tränenausbruch an die Zimmertür gelehnt dastand, als auf dem Flur seine Stimme zu hören war. Ich lauschte. Vater bettelte Mutter an, ihm zu verzeihen. Mit leiser Stimme, schluchzend, beschwor er sie: Nie werde sich so etwas wiederholen, zum ersten und zum letzten Mal habe er sich betrunken. Offenbar antwortete Mutter nicht, denn nach einem kurzem Schweigen begann Vater von neuem mit seinen Schwüren. Ich kann nicht sagen, was ich in diesem Augenblick empfand, Mitleid oder Abscheu. Mutter öffnete nicht. Die Nacht verbrachte er in der Küche, noch lange hörte ich ihn schnarchen, und ich versuchte mich damit zu trösten, daß nun auch Mutter keinen Grund mehr hatte, wach zu bleiben.

Gegen Morgen bin ich dann wohl doch noch eingeschlafen. Als ich erwachte, strömte helles Sonnenlicht in das Zimmer. Das bedeutete, daß ich den Schultag abhaken konnte, meine Eltern hatten mich länger schlafen lassen. Ich stand noch ganz unter dem Eindruck der abendlichen Szene. Zu meiner Verwunderung hatten auch die Eltern ihre Arbeit sausenlassen: sie saßen in der Küche und tranken Kaffee. Weiß der Teufel, warum ich so wütend wurde, als ich sie in aller Ruhe ihren Kaffee schlürfen sah, als sei am Abend vorher überhaupt nichts passiert. Sie wollten besonders nett zu mir sein und reizten mich damit nur noch mehr. Ich fühlte mich wie ein Tiger im Käfig. Je liebevoller sie mit mir umgingen, desto aufgebrachter wurde ich. Mir war danach, laut zu brüllen, etwas zu zerschlagen, die schmutzigsten Be-

schimpfungen auszustoßen, zu spucken, höhnische Grimas‚
sen zu ziehen, ihnen die Zunge herauszustrecken, kurz, alles
zum Einsatz zu bringen, was das Arsenal verbotener Verhal‚
tensweisen bot. Sie waren naiv genug, nichts zu bemerken.
Gut möglich aber auch, daß ich ihnen gar keinen Anlaß zu
bösen Vermutungen gab. Letztlich stellte ich nur eine Frage.
Ich wollte wissen, wer Mutters Bruder sei. Bis zu diesem Tag
hatte ich nicht die geringste Ahnung gehabt, daß Mutter mit
einem Bruder und ich mit einem Onkel gesegnet war.

Mutter fiel die Tasse aus der Hand. Vater wurde kreide‚
bleich. So war ich denn dazu bestimmt, bereits im zarten
Alter erfahren zu müssen, daß ich zur Kategorie der Minder‚
wertigen zählte oder, wie es sich mir damals darstellte, zur
Kategorie der Straßenköter, der räudigen Hunde, die man
mit einem Fußtritt wegjagt, wo immer sie sich blicken lassen.
In knappen Worten, totenblaß die Miene, klärte mich mein
Vater darüber auf, daß ich tatsächlich einen Onkel mütter‚
licherseits besaß. Du warst erst ein paar Monate auf der
Welt, berichtete er, als dein Onkel, der bei einer Einheit an
der Grenze seinen Wehrdienst ableistete, zusammen mit zwei
Kameraden auf die andere Seite wechselte. Er ist geflüchtet,
er ist ein Feind, eine Schande für unsere ganze Familie. Er
existiert für uns nicht mehr, demnach auch für dich nicht.
Du solltest ihn hassen.

Mit dieser Aufforderung, einen Menschen zu hassen, von
dem ich bis dahin noch nicht einmal gewußt hatte, daß
er überhaupt existierte, schloß mein Vater seine Erklärung.
Allerdings bedurfte es keines großen Nachdrucks seinerseits,
damit ich diesen Menschen von Herzen haßte, obwohl er der
Bruder meiner Mutter und damit mein leiblicher Onkel war.

Ein Flüchtling, das war für uns kindliche Gemüter ein echtes Monster. In der Stadt kannte ich einen Jungen, dessen Bruder abgehauen war. Rik war sein Name. Die anderen Kinder mieden ihn, keiner wollte mit ihm etwas zu tun haben, als leide er an einer gefährlichen Seuche, vor der wir uns in acht nehmen mußten. Ich tat, was alle taten, ich ging ihm aus dem Weg. Selbst das Haus, in dem Rik wohnte, war einsam, ein flaches, ziegelgedecktes Gebäude außerhalb des Städtchens, wo es keine Straßen mehr gab, im freien Feld. Ein grausiges Geheimnis umwitterte dieses Bauwerk, in das nie jemand ging, das nie jemand verließ und das uns deshalb wie ein Totenhaus vorkam. Mein Vater mußte wirklich nicht viel tun, damit ich einen Unbekannten haßte. Das Wort »Flüchtling« allein war genug.

Es ist kaum anzunehmen, daß meine Eltern die Wirkung dieser Enthüllung auf mich richtig deuteten. In Wahrheit mußte ich sofort an Vilma denken. Kaum denkbar, daß sie mein Erbleichen mit Vilma in Verbindung brachten. Was mir durch den Kopf schoß, war: Nie mehr wirst du von deinem Platz hinter der Pinie aus ihre glänzenden Haare betrachten können. Ich hatte einen Flüchtling zum Onkel, und das hieß in meinen Augen, daß ich Vilmas Sympathie nicht würdig war. Darauf kamen meine Eltern jedoch nicht. Im Gegenteil, mein Vater hielt es für geboten, mir kategorisch zu befehlen: Niemals zu niemand irgendein Wort über deinen Onkel! Dabei schaute er mich bohrend an. Unter seinem hypnotischen Blick erschien Riks Haus vor meinen Augen, versunken in jammervoller Einsamkeit. Auch Rik selbst sah ich vor mir, so wie er war, immer ängstlich, immer fliehend wie ein Schatten. Wenn sich meine Eltern, religiös gesehen, je an mir versündigt haben, dann war es an diesem Tag. Und zwar in doppeltem Sinne. Sie verlangten von mir, einen Unbekannten zu hassen, obwohl es doch mein Onkel war. Und sie verlangten von mir, daß ich ihn schweigend haßte, in aller Heimlichkeit. So geriet ich, religiös gesehen, auf den Weg der Sünde. Ein paar Tage zuvor hatte ich Maks ermordet. Dieses kindliche Verbrechen belastete mein Gewissen nicht. Ich hatte den Mut besessen, mich zu ihm zu bekennen und die Folgen auf mich zu nehmen. Unter diesem Aspekt gesehen, kann ich Maks' Ermordung nicht für eine Sünde halten, und wenn ich mich vor diesem Tag noch nicht versündigt gehabt hatte, so war auch dies meine erste Sünde nicht. Mein Sünderdasein beginnt für mich in dem Augenblick, als mein Vater von mir verlangte, einen mir gänzlich unbekannten Menschen zu hassen. Wie, um alle Welt, sollte ich denn ein Gespenst hassen? Egal, ob offen oder heimlich. Meine seelische Verkrüppelung setzte ein, als in mir ein brennendes, entsetzliches, gefährliches Geheimnis zu wohnen begann, damit geriet ich auf den Pfad der ewigen Sünde. Daß auch meine Eltern dieses Geheimnis strengstens hüteten, war mir klar. Sie hatten sich kurz nach der Flucht des anrüchigen, biographieschädigenden Onkels in der Kleinstadt niedergelassen, in der Hoffnung, von dem kanzerösen dunklen Fleck verschont zu bleiben. Irgendwie hatten sie es ja auch geschafft.

Von diesem Tag an gab es für mich nur noch zwei Farben auf der Welt: Schwarz und Weiß. Die Welt teilte sich in zwei Gruppen: die Gemeinschaft der Weißen (Vilma) und die Gemeinschaft der Schwarzen (ich). Von diesem Tag an war es reine Täuschung, wenn ich mich im Kreis der Weißen bewegte, denn ich wußte, daß ich eigentlich in die Gesellschaft der Schwarzen gehörte. Damit begann mein von einem ständigen Schuldkomplex geprägtes Doppelleben. Ich saß in der Sackgasse, und aus dem Bedürfnis heraus, ihr zu entkommen, begann ich von Flucht zu träumen. Nicht im physischen Sinne. Davon hatte ich gekostet, ich kannte den Geschmack. Ich suchte Zuflucht in mir selbst, in den Weiten der Einsamkeit. Trübseliger kann Flucht nicht sein. Von nun an schleppte sich mein Leben inmitten der staubigen Banalität des Städtchens in einschläfernder Monotonie dahin, die nur ab und zu durchbrochen wurde durch Xhodas Prügel in der Schule oder Vaters Prügel zu Hause, oder aber durch die Prügel beider. Aber auch mit den Prügeln hatte es einmal sein Ende. Ich kann es allerdings nicht datieren. An die jeweils erste Tracht Prügel von Xhoda beziehungsweise meines Vaters kann ich mich recht genau erinnern, nicht aber, wann und von wem der beiden ich die letzten Schläge bezog. Das muß nicht verwundern. Anders als die erste körperliche Züchtigung wird die letzte ohne Beulen, spurlos an mir vorbeigegangen sein, denn sie gehörte zur alltäglichen Routine, wurde weggesteckt, ohne richtig wahrgenommen worden zu sein. Eines aber kann ich mit Gewißheit sagen. Es handelt sich um den Beginn jenes Lebensabschnitts, in dem Vilma fast völlig verschwunden ist, so wie Fagu, Xhoda, meine Eltern, das ganze Städtchen verschwunden sind. Der ganze Zeitraum ist aus meinem Gedächtnis wie weggefegt, so spurlos wie die letzte Tracht Prügel. Aus begreiflichen Gründen ging ich nicht im Städtchen aufs Gymnasium. Das minderte die Gefahr der Entdeckung der biographischen Zeitbombe, die meine ganze Zukunft in Stücke hätte reißen können. Möglichst weit weg von der Kleinstadt, von den Leuten, die mich kannten, von allen, die mich als Konkurrenten sehen konnten – dieses Prinzip, das bereits bei meiner Schwester praktiziert worden war, galt nun auch für mich. Es half der Schutzengel Hulusi. Unser ewiger Wohltäter. Damit verschwindet, ohne je richtig in mein Leben eingedrungen zu sein, auch dieser rätselhafte Mensch mit seinen noch rätselhafteren Beziehungen zu meinen Eltern, die mich allerdings nie besonders interessierten. Ihm war es zu verdanken, daß mich ein Gymnasium in Tirana aufnahm. Er besorgte mir auch den Studienplatz für industrielle Chemie an der Universität. Drei Monate, nachdem ich mein Studium begonnen hatte, starb er unerwartet. Ich ging nicht zu seiner Beerdigung, wünschte jedoch seiner Seele von Herzen einen Platz im Paradies. Ich hoffe, sie hat ihn gefunden. Inzwischen war Ladi in mein Leben getreten.

5

Ich möchte eine Pause machen, Atem holen. Ich möchte Luft in meine Lungen pumpen, eintauchen in den Schlaf des Vergessens. Es ist unmöglich. Ich halte es nicht aus, ich muß von Ladi sprechen. Denn der Schmerz um ihn brennt in mir so sehr wie der Schmerz um Vilma.

Eigentlich hieß er Vladimir. Wie alle anderen rief auch ich ihn Ladi, mit der Kurzform dieses Namens, die alle Vladimirs gemeinsam haben. In unserer Generation war der Name große Mode, und in jeder Schule, in jedem Stadtviertel gab es eine ganze Heerschar von Vladimirs, die, auch wenn sie nicht am Tag des heiligen Vladimir geboren waren, dennoch einen Namenspatron hatten, auch er ein Heiliger, zwar nicht der orthodoxen Kirche, aber doch einer anderen Orthodoxie. Ladi war ein schweigsamer Junge, schmal und großgewachsen, und er trug Jeans, wie sie zu jener Zeit, also Anfang der siebziger Jahre, im Handel kaum zu finden waren. Im Winter trug er stets einen dicken Schal um den Hals, weil sich seine Mandeln leicht entzündeten. Obwohl er dann immer schrecklich litt, hatte man sie ihm weder als Kind noch später herausgenommen, was mich einigermaßen verwunderte.

Schon in den ersten Vorlesungstagen fiel mir auf, daß die Dozenten ihm gegenüber ungewöhnlich höflich waren. Ganz besonders der Chef des Lehrstuhls, ein kleiner, energischer Mann mit schon etwas dünnen Haaren, den ich Xhohu taufte. Das Wort war aus den Anfangssilben der Namen Xhoda und Hulusi zusammengesetzt. Xhohu vereinigte nämlich die Charaktereigenschaften von Xhoda mit der Physis und den Manieren von Hulusi. Ich werde ihn fortan nicht bei seinem richtigen Namen, sondern einfach Xhohu nennen. Damit sollen seine intellektuellen Kapazitäten nicht geschmälert sein, obgleich ihm Ladis bloße Gegenwart ausreichte, um zu vergessen, wer er eigentlich war, und sich in einen Kriecher reinsten Wassers zu verwandeln. Ladis Vater stand in der Nomenklatura ziemlich weit oben. Daraus erklärt sich auch noch etwas anderes: Ladi war kaum je alleine anzutreffen, stets umschwärmte ihn eine Schar von Jungen und Mädchen. Ich von mir aus, versteht sich, hatte genug Gründe, keinen Annäherungsversuch zu unternehmen, ganz abgesehen davon, daß ich schon seit geraumer Zeit ein ziemlich verschlossener Typ war. Ich vermied jeden Ansatz zu geselligen Zusammenschlüssen, weil es mir stets darauf ankam, zur Kategorie der Unauffälligen zu gehören. An dieser Rolle hatte ich schon die ganzen Jahre am Gymnasium gearbeitet, so daß ich beim Eintritt in meine universitäre Phase bereits über die Sicherheit eines Meisters der Selbstkontrolle verfügte. In einem Alter, in dem der Mensch sich wahrscheinlich nichts mehr wünscht, als in Erscheinung zu treten, war dies sehr schmerzhaft. Einen Vorteil allerdings hatte meine selbstgewählte Position: ich konnte die anderen beobachten und ihr Verhalten erforschen, was mir, ich will es nicht verhehlen, durchaus eine Reihe ergötzlicher Momente bescherte. Ein ganz unvergleichliches Vergnügen war es, Xhohus Gebaren zu studieren. Es war einzigartig.

Besonders, nachdem ich dann mit Ladi Freundschaft ge-schlossen hatte, durfte ich mich davon überzeugen, aber da-von später. Hier sei angemerkt, daß ich im Unterschied zu denen, für die es hieß, Ladi hinten, Ladi vorn, und für die außer Zweifel stand, daß er glücklich war (schließlich fehlte ihm nichts zum Glücklichsein), den Eindruck hatte, daß er genau wie ich, wenn auch in einem anderen Sinne, in Rollen schlüpfte, in denen er hartnäckig etwas zu überspielen ver-suchte: nämlich die Traurigkeit in seinen Augen. Das gelingt nur guten Schauspielern, und für mich war er ein schlechter. Ich lag damit nicht falsch. Wie dem auch sei, aus den be-kannten Gründen unterließ ich jeden Versuch, ihm näherzu-kommen. Der mit der buntesten Gesellschaft männlicher und weiblicher Gefährten überreichlich ausgestattete Ladi wiederum konnte mich bei achtzig Studentinnen und Stu-denten in unserem Semester eigentlich nicht wahrgenommen haben. In diesem Punkt irrte ich mich.

Eher zufällig kamen wir an einem regnerischen Novem-bernachmittag im hinteren Saal des Cafés im Kulturpalast an einem Tisch zu sitzen. Heute ist dort alles heruntergekom-men. Außer den ewig gelangweilten Kellnerinnen und einer leeren Theke gibt es noch ein paar rauchende Jugendliche mit einer Tasse Ersatzkaffee oder, im besten Fall, einem Glas des ekelhaften Kognaks »Iliria« vor sich auf dem Tisch. Da-mals galt der Saal noch etwas, die Bedienung war für die Verhältnisse der Hauptstadt vorbildlich, und es traf sich hier eine Art jugendlicher Elite, lauter Snobs, meistens Funktio-närskinder. Ich war noch nie dort gewesen, weil ich mir die Preise nicht leisten konnte. An diesem Tag lief ich im Kul-turpalast herum, weil es draußen regnete, und wollte eigentlich nur einen Blick hineinwerfen. Ladi saß an einem Tisch etwa in der Mitte des Saales, und als er winkte, bezog ich das Signal zuerst nicht auf mich. Er war in Begleitung eines Mädchens um die sechzehn, seiner Schwester, wie ich später erfuhr, und eines zweiten weiblichen Wesens, dessen Alter ich auf den ersten Blick nicht zu taxieren wußte. Ladi stellte mich mit den Worten vor: »Das ist mein Studienkollege mit dem komischen Namen Thesar Lumi. Schweigsam, wie er ist, könnte man wirklich meinen, er hütete einen Schatz, damit der Fluß ihn nicht mitnimmt.«

Offensichtlich war er angetrunken. Daraus erklärte ich mir seine Kontaktbereitschaft. Daß er meinen Namen wußte, obwohl wir noch nie ein Wort miteinander gewechselt hatten, imponierte mir in diesem Moment auch nicht besonders. Ihm war sogar aufgefallen, daß ich eher zu den Stillen im Lande gehörte, aber selbst das kam nicht richtig bei mir an. Ich fühlte mich vor allem unwohl. Ich kam mir vor wie einer, dem unter fremden Leuten unverdiente Wertschätzung zuteil wird, weil man ihn mit jemandem verwechselt. Nun ja, Wertschätzung drückten die steinernen Mienen seiner Begleiterinnen nicht eben aus. Die Sechzehnjährige, das Schwesterchen, brachte kaum einen Gruß heraus, und die ganze Zeit, die ich an ihrem Tisch verbrachte, oder genauer, die ganze Zeit, in der Ladi mit der Halsstarrigkeit eines Betrunken darauf bestand, daß ich ihnen Gesellschaft leistete, demonstrierte sie mir unverblümt, wie sehr sie sich durch meine Anwesenheit gestört fühlte, als sei ich schuld am Zustand ihres Bruders. Dieses hochnäsige Pflänzchen aus den höheren Kreisen der Gesellschaft hielt mich wohl für unwürdig, an einem Tisch mit ihr zu sitzen. Es lohnt sich nicht, noch mehr

Worte über sie zu verlieren, sie spielt in meinem Bericht keine Rolle mehr. Die andere schon. Bei ihr muß ich mich noch ein bißchen aufhalten.

Wie ich bereits sagte, konnte ich ihr Alter auf den ersten Blick nicht genau einschätzen. Wäre mir eine Wette angeboten worden, daß sie zehn Jahre älter sei als ich, ich hätte ohne Zögern dagegengehalten. Und verloren. Sie war nämlich wirklich zehn Jahre älter als ich, seit etwas mehr als einem Jahr Witwe und hatte ein Kind. Ihr Mann, ein Architekt, war bei einem Verkehrsunfall am Stadtrand von Tirana ums Leben gekommen, als er mit einem Freund, ebenfalls einem Architekten, auf dem Motorrad von Durrës zurückkam. Beide waren auf der Stelle tot gewesen. Das erfuhr ich dann später, als Sonja, so hieß sie, mich mit Haut und Haar auffraß (und zwar im wahrsten Sinn des Wortes), und das Zweigestirn Sonja-Ladi zu einem weiteren Sternbild des Schmerzes am trostlos leeren Himmel meines Lebens wurde. Sonja ist mir in Erinnerung geblieben, wie ich sie an diesem Tag kennenlernte: ein blasses Gesicht mit Augen wie glühende Kohlen, stets leicht geöffnete, feuchte Lippen mit regelmäßigen Zähnen, dichte, schwere, dunkle, zur Seite gekämmte, auf die Schultern fallende Haare, die das Gesicht zur Hälfte bedeckten, wenn sie den Kopf drehte, dazu die selbstsichere Ausstrahlung einer Frau, die sich ihrer unwiderstehlichen, magischen, Macht über andere verleihenden Reize bewußt ist. Sie war einfach überwältigend schön. Wahrscheinlich sah ich ihr deshalb ihr wirkliches Alter nicht an, wahrscheinlich konnten mich deshalb auch die schnutenziehende Sechzehnjährige und all ihre kleinen Beleidigungen nicht am Bleiben hindern. Ich wollte nur eins:

solange wie möglich diese Frau namens Sonja mir gegenüber anschauen.

Drei Monate konnte ich sie nicht wiedersehen. Ich schwindle nicht, wenn ich sage, daß ich sie in der Zwischenzeit vergessen hatte. Der Grund war ganz einfach. Sie gehörte in eine andere, für mich unerreichbare Welt. Nach einer unter dem Terror ihrer Weiblichkeit schlaflos verbrachten Nacht fühlte ich mich am nächsten Morgen wie gerädert. Dieser Zustand war mir nicht ganz unbekannt. Ich kannte ihn bereits aus dem letzten Sommer, der mir meine ersten Erfahrungen mit einem Mädchen beschert hatte. Wie viele Jungen im Städtchen bekam auch ich meinen Elementarunterricht bei einer Zigeunerin. Sie hieß Ermelinda oder kurz Linda, war siebzehn und arbeitete im Schichtbetrieb in der Zementfabrik, in der Kalkmühle. Ich war gerade achtzehn, also ein Jahr älter als sie. Im Sommer, nach den Prüfungen für das Abitur, küßten wir uns in einem dunklen Winkel an der Straße, die von der Fabrik in das Viertel führte, wo sie wohnte, ganz in der Nähe von Sherif. Gleich einleitend gab mir Linda zur Kenntnis, ich hätte keine Ahnung vom Küssen. Ihr Gadschojungen könnt eben nicht küssen, hänselte sie mich, in der Liebe könnt ihr den Tschatschojungen nicht das Wasser reichen. Tief gekränkt wollte ich wissen, weshalb sie dann überhaupt mit mir gehe, und bekam eine typische Zigeunerantwort: Weil mir deine Nase gefällt. Sogleich machte sie sich daran, mir das Küssen beizubringen. Ein paar Tage später war ich ihrem Urteil nach reif für die nächste Lektion in Sachen Liebe. Meinen Eltern log ich vor, bei einem Freund zu übernachten, sie ließ die Spätschicht sausen. Die Nacht verbrachten wir unter einem sternenüber

52

säten Himmel im Freien. Als der Morgen nahte, war ich völlig ausgepumpt. Ehe Linda mich alleine im Gebüsch zurückließ, verabreichte sie mir noch einen letzten Knutsch-fleck auf der Brust. Insgesamt wies ich sechs solcher Trophäen auf, eine für jede Inanspruchnahme meiner Manneskraft in dieser schlaflos verbrachten Nacht. Beim Weggehen flüsterte sie mir ins Ohr: »Ich wußte, daß du im Sex eine Null bist.« Ich schlief auf der Stelle ein.

Ebenso erschöpft war ich nach der Nacht, in der mich die Gewalt von Sonjas Augen um jeden Schlaf gebracht hatte. Mir war, als habe sich der Zugriff ihrer Augen noch ruinöser auf mich ausgewirkt als Lindas sechsfach dokumentiertes Tun. Der Regen fiel noch immer sachte, aber beständig, als habe er seit gestern Nachmittag noch gar keine Pause einge-legt. Auf den Straßen des Städtchens war es so still, daß ich in der Ferne den Fluß plätschern hören konnte. Ich blickte zu dem wäßrigen Himmel hinauf und dachte: Wenn heute die Sintflut käme, Sonja müßte unter den Geschöpfen sein, die sie in Noahs Arche überstehen dürfen. Ob Ladi, der mit einem Regenschirm in der Hand vor der massiven Eingangs-tür des Fakultätsgebäudes wartete, meine Meinung geteilt hätte, weiß ich nicht. Seine Anwesenheit dort oben auf der Treppe brachte ich durchaus nicht mit meinem Eintreffen in Zusammenhang, dafür gab es kein Motiv. Aber er wartete tatsächlich auf mich, wie er mir gleich, als ich bei ihm an-langte, so leichthin mitteilte, als seien wir schon ewig be-freundet. Er war blaß. Mit dem Schal um den Hals kam er mir vor wie ein braves Kind, das gehorsam alles tut, was seine Eltern ihm sagen. Ladi entschuldigte sich bei mir. Ich begriff nicht. Schließlich war zwischen uns nichts vorgefallen, für das er sich zu entschuldigen gehabt hätte. Ich sagte ihm das, und er lachte. Es war dieses ewig traurige Lachen. Dann legte er mir die Hand auf die Schulter, sah mich fest an und schlug vor, an diesem Tag die Vorlesungen sausenzulassen und lieber irgendwo hinzugehen. Wenn wir zur Arche Noah gehen, dachte ich, begegnen wir dort Sonja. Aber wir gingen nicht zu Noahs Arche, wir gingen in das gleiche Café wie am Nachmittag zuvor. Und Sonja trafen wir selbstverständlich nicht.

So wurde ich mit Ladi bekannt. Oder, besser gesagt, so machte sich Ladi mit mir bekannt, denn die Initiative ging von ihm aus, nicht von mir. Das Recht der freien Wahl lag bei ihm, nicht bei mir. Wenn ich zu etwas berechtigt war, dann nur, seine Freundschaft anzunehmen oder abzulehnen. Ich nahm sie an. Um jeder falschen Auslegung vorzubeugen, muß ich hier klar und deutlich feststellen, daß ich die Freundschaft, die mir angeboten wurde, ohne Hintergedanken erwiderte. Niemals dachte ich daran, aus der gesellschaftlichen Position seiner Familie Nutzen für mich zu ziehen. Ganz im Gegenteil, lange Zeit hatte ich ein schlechtes Gewissen, wenn ich mit Ladi zusammen war, denn ich verheimlichte etwas vor ihm, weil ich fürchtete, es sei mit unserer Freundschaft vorbei, wenn ich ihm reinen Wein einschenkte. Es geht mir keineswegs darum, mich hier als Heiligen hinzustellen, um auch noch anderen Mißverständnissen vorzubeugen. Ich war finster entschlossen, mein Geheimnis auch Ladi nicht zu offenbaren, aber keineswegs aus Angst, seine Freundschaft zu verlieren, obwohl dies durchaus im Bereich des Möglichen lag. Ich fürchtete vor allem, mich selbst zu verlieren. Es wäre auf der Stelle um mich geschehen gewesen. Und so naiv, aus rein ethischen Gründen ein solches Opfer zu bringen, war ich nun bestimmt nicht. Das dachte ich wenigstens. Ich war finster entschlossen, lieber ins Grab zu gehen, als mein Geheimnis jemandem zu offenbaren. Damit lag ich ganz falsch. Was zeigt, daß ich mich selbst nicht kannte. Aber wer kennt sich schon selbst? Es dauerte jedenfalls nicht lange, und ich beichtete Ladi mit der größten Leichtigkeit mein Geheimnis, sprich die biographische Zeitbombe. Und nur wenig später auch Sonja.

6

Ende Januar des folgenden Jahres fiel Schnee. Die Studenten waren völlig aus dem Häuschen. Die Straßen und Gehsteige zwischen der Naturwissenschaftlichen Fakultät und der Geburtsklinik verwandelten sich in Schlachtfelder. Die Vorlesungen begannen mit einer Stunde Verspätung, weil ein Großteil der Studenten es nicht über den Skanderbegplatz geschafft hatte, wo das absolute Chaos herrschte. Ich habe heute Geburtstag, sagte Ladi zu mir. Wir beobachteten von einem Fenster des großen Hörsaals im Obergeschoß des Fakultätsgebäudes aus das eisige Wüten unter den Mädchen, und die Mitteilung, daß er Geburtstag habe, ergänzte er noch um den Satz, er erwarte mich am Abend bei sich zu Hause. Ich war sprachlos. Noch nie zuvor hatte er mich zu sich nach Hause eingeladen.

Ladi war ganz ungewöhnlich blaß. Angesichts dieser Blässe klang die beiläufig vorgetragene Geburtstagseinladung ein wenig unpassend. Ich brachte kein einziges Wort des Dankes heraus. Nicht, weil die Einladung unpassend klang. Auch nicht wegen seiner ungewöhnlichen Blässe. Glücklicherweise schrillte in diesem Moment in allen Etagen die Klingel. Das Dekanat hatte sich offenbar entschieden. Obwohl die Hälfte der Studenten noch fehlte, begannen die Vorlesungen. Wir suchten uns hinten im Hörsaal, in der Nähe der Tür, einen Platz. Durch ein zerbrochenes Fenster zog es eisig herein, und Ladi wickelte sich den Schal fester um den Hals. Ich saß während der gesamten Vorlesung da, das Kinn auf die Faust gestützt, ohne irgend etwas mitzube-kommen. Ladi hingegen lauschte so konzentriert, als habe es nie eine interessantere Vorlesung gegeben. Auf dem Nach-hauseweg sagte ich ihm die Wahrheit, rundheraus und unbe-schönigt. Mitten auf dem Boulevard, weil auf dem Gehweg Dachlawinen drohten, gingen wir in Richtung Innenstadt, und ich beichtete Ladi das Geheimnis in meiner Biographie, den geflohenen Onkel. Ich berichtete knapp, schmucklos und im gleichen beiläufigen Ton, in dem er seine Einladung ausgesprochen hatte. Dann schwieg ich. Auch Ladi schwieg. Das Schweigen, das zwischen uns eintrat, war sozusagen nur logisch. Wortlos gingen wir weiter in Richtung Innenstadt. All dies hatte ich so vorausgesehen, als ich, das Kinn auf die Faust gestützt, der Vorlesung zu folgen vorgegeben hatte. Wir würden gemeinsam bis zur Innenstadt gehen, und dort würden sich unsere Wege, die fraglos ganz verschieden wa-ren, trennen. Ladi blickte mich aus seinen hellblauen Augen geradewegs an. Wo hatte ich diese Augen schon gesehen? Plötzlich fand ich die Lösung eines Rätsels, das mich seit ge-raumer Zeit umtrieb, wahrscheinlich schon seit dem Tag, an dem wir uns zum erstenmal begegnet waren. Es waren Vil-mas Augen, ihre Augen, die irgendwo weit hinten in mei-nem Gedächtnis einen Platz gefunden hatten. Du warst bis-her nicht bei mir, sagte Ladi, deshalb kennen dich die Wachposten noch nicht. Ich hole dich an der Brücke beim Hotel »Dajti« ab, um sieben Uhr. Bitte, sei pünktlich, ich kann nicht so lange von zu Hause wegbleiben … Damit drückte er mir wie jeden Tag die Hand und ging weg. Ich stand mitten auf der Straße im zertrampelten und harschigen Schnee und sah ihm nach, bis er hinter der Biegung beim Puppentheater verschwunden war.

An der Brücke beim Hotel »Dajti« war ich zehn Minuten zu früh. Es war mir nicht bewußt gewesen, wie viel mir Ladis Freundschaft bedeutete. Kaum je in meinem Leben hatte ich mich so beeilt, und die nervöse Sorgfalt, mit der ich mich angezogen hatte, brachte einen verdächtigen Beigeschmack in meiner Freude ans Licht. Es stimmt schon. Ich verspürte ein leichtes Kribbeln, wenn ich daran dachte, daß ich dabei war, eine Grenze zu überschreiten, an die ich mich bisher noch nicht einmal im Traum herangewagt hätte. Für mich lag dahinter eine ganz andere Welt, Ladis Welt, so völlig verschieden von der Welt, in der ich lebte. Ich kam mir vor wie ein Martin Eden vor dem Schritt in ein phantastisches Milieu, mit dem Unterschied, daß mich dort, wie ich wußte, keine Ruth, sondern eine mürrische Sechzehnjährige erwartete. Was Sonja angeht, so hatte sie mir Ladi drei Monate zuvor als seine Cousine vorgestellt. Als ich an der Brücke wartete, dachte ich nicht an ein Wiedersehen mit ihr. An das Geschöpf, dem ich an jenem regnerischen Nachmittag mit Ladi und seiner Schwester begegnet war, hatte ich nur noch eine vage Erinnerung. Es hatte mir eine schlaflose Nacht bereitet, aber dann war sein Bild zerflossen und ungreifbar geworden wie Nebel.

Ladi erschien Punkt sieben. Auf dem verlassenen Boulevard mit seinen verharschten Schneefladen fuhr ab und zu ein einsames Auto vorbei. Wie schon am Morgen kam mir Ladi ungewöhnlich blaß vor, aber wahrscheinlich trug auch das kalte Neonlicht seinen Teil dazu bei. Er war um Humor

bemüht. Heute abend fühle ich mich von Optimismus beflü-
gelt, sagte er, und ich hoffe, daß ich mich den hohen Erwar-
tungen, die in dieses Jubiläum gesetzt sind, gewachsen zeigen kann. Was die Gäste angeht, so wirst du schon sehen.
Allerdings möchte ich dir einen Rat geben: Sprich möglichst wenig und höre genau hin. Glaube mir, dann wirst du
deine Freude haben. Die Gäste schwelgen alle in Optimismus, und ich als Jubilar muß sie darin noch übertreffen. Dir
möchte ich allerdings nicht zu übertriebenem Optimismus
raten. Der Quatsch, den du mir vorhin erzählt hast, gibt dir
nicht das Recht dazu.

Wir hatten das Schild »Zugang verboten!« und die beiden
Wachposten, unter deren Pelerinen die Läufe von Maschi-
nenpistolen hervorragten, bereits hinter uns gelassen. Alles
war hier mit einer dicken, jungfräulichen Schneeschicht bedeckt, Gehwege, Höfe, Gärten, Pinien, Mimosen, Liguster-
hecken, nur der Asphalt der Straßen glänzte schwarz. In einem Winkel stand starr und steif ein Schneemann wie aus
einem Kinderbuch. Alles schlummerte friedlich vor sich
hin, eingetaucht in eine märchenhafte Ruhe. Wir kamen an
einer Reihe von Häusern vorbei, die aussahen, als stammten
sie aus einem Prospekt, und bogen schließlich in ein Sträß-
chen ein, das vor einer massiven zweistöckigen Villa endete.
Die vom Schnee reflektierten Lichter hüllten sie in einen un-
wirklichen Schein. Am Straßenrand stand ein schwarzer
Mercedes, neben dem Mercedes ein Mensch in Zivil. Als wir
das schmiedeeiserne Tor der Gartenmauer passierten, ging
die Haustür auf. Erst traten zwei Leute in Zivil heraus. Hinter ihnen tauchte Ladis Vater auf. Er war groß und kräftig,
trug einen weiten Mantel und auf dem Kopf eine Schirm-

mütze. Oben an der Treppe sprach er kurz mit einem der beiden Zivilen, der stehengeblieben war, um auf ihn zu warten. Er hatte uns gesehen. Als er an uns vorbeikam, sagte er ein paar Worte zu seinem Sohn. Mich würdigte er keines Blickes. Die beiden Zivilen waren bereits zum Tor hinausgegangen und warteten beim Mercedes. Vater und Sohn redeten vielleicht zwei Minuten miteinander. Offensichtlich waren sie sich nicht einig. Sie sprachen zu leise, als daß ich etwas hätte verstehen können, aber als sie sich trennten, schien der Ältere ungehalten. Mit erhobener Stimme bestand er darauf, daß die betreffenden Freunde eingeladen wurden. Das ist ein Befehl, sagte er, mach keine Dummheit. Dann ging er weg, zum Auto.

Ich kam mir vor wie ein Stück Dreck, so deutlich hatte mir Ladis Vater seine Verachtung zu verstehen gegeben. Auch die einfachsten Anstandsregeln hätten wenigstens verlangt, daß er »Guten Abend« zu mir sagte. Na ja, dachte ich, nichtige Existenzen wie ich müssen dieses Spiel wohl akzeptieren. Schließlich war es schon Ehre genug, daß man mich überhaupt hier hereingelassen hatte, wo selbst die Luft, die ich nun atmete, ganz anders roch. Wir warteten, bis der Mercedes wegfuhr. Ladi war anzusehen, wie verstört er war. Von seiner Blässe ganz zu schweigen. Ich dachte, das alles ist eine Nummer zu groß für dich. Drinnen im Haus brachte mich Ladi in ein kleines Nebenzimmer, in dem ein Fernsehapparat stand. Bei uns im Städtchen besaßen damals nur zwei Leute einen Fernseher: Hulusi und Xhoda. Ich hatte ein paarmal bei Hulusi fernsehen dürfen. Ladi bat mich, kurz zu warten, er müsse noch einmal telefonieren. Es war nicht schwer zu begreifen, daß es bei diesem Anruf um die

Freunde ging, von denen sein Vater gesprochen hatte. Die nicht einzuladen eine Dummheit gewesen wäre. Das mußten schon ungeheuer wichtige Freunde sein, wenn selbst ein so mächtiger Mann wie Ladis Vater beim Gedanken an sie nervös wurde. Was sich an diesem Abend versammelt hatte, war die Creme de la Creme unter den Erben der Macht in Partei und Staat, alle wahnsinnig wichtig, wenigstens für jemanden wie mich. Sie tröpfelten in Grüppchen herein, zu zweit oder zu dritt, und ich vermag wirklich nicht zu sagen, wer die gerade noch im allerletzten Moment Eingeladenen waren. Die Mienen waren strahlend, durch und durch optimistisch, so wie Ladi es angekündigt hatte. Leider übertrug sich ihr Optimismus nicht auf mich. Bei aller Liebenswürdigkeit meines Freundes, ich fühlte mich fremd. Ladi merkte, was in mir vorging. Offenbar wollte er mir zeigen, daß ich an diesem Abend sein Ehrengast war, jedenfalls legte er mir den Arm um die Schulter und stellte mich allen vor. So gut er es auch meinte, mir ging das Ganze auf die Nerven. Ich kam mir vor wie ein Affe im Zoo. Ladi ließ sich aber nicht davon abbringen, mich der Runde zu präsentieren. Die Gäste reagierten durchaus wohlwollend, ich hatte keinen Grund, mich über sie zu beschweren. Fremd fühlte ich mich trotzdem. Was mir am Ende blieb, war die Erkenntnis, daß jemand, der an einem staubigen Flußufer groß geworden ist, seinen Minderwertigkeitskomplex nicht so einfach ablegen kann. Und, das hatte ich inzwischen gelernt, wer sich minderwertig fühlt, dem haftet etwas Schäbiges an. In meinem Fall der Neid auf diese jugendliche Elite. Diese Einsicht machte mich noch wütender. Ich habe an diesem Abend bestimmt einen schlechten Eindruck hinterlassen. Aber vielleicht bilde ich mir das auch nur ein. Die Beachtung, die ich bei den Anwe‍senden fand, war gleich null. Als Ladi mit seiner Präsentati‍onstour fertig war, dachte keiner mehr an mich. Selbst von Ladi fühlte ich mich irgendwie im Stich gelassen, obwohl er sich bei dieser Masse von Gästen beim besten Willen nicht mehr um mich kümmern konnte. Schon nach kurzer Zeit wollte ich nur noch weg. Ich blieb aber trotzdem. Denn auf einmal war Sonja da. Und alles erschien plötzlich in rosigem Licht.

7

Als ich Sonjas Anwesenheit bemerkte, fühlte ich mich wie jemand, der in fremder Umgebung im Finstern gesessen hat, und plötzlich gehen die Lichter an. Ich fand mich wieder in in einem großen Raum, eigentlich zwei Zimmern, die durch eine geöffnete Schiebetür miteinander verbunden waren. An der Decke hingen Lüster aus Kristall. An den Wänden reihten sich in regelmäßigem Abstand runde Tische aneinander, auf denen Schalen mit Süßigkeiten, Früchteteller und Flaschen standen. Zwischen den Tischen gab es Stühle und gepolsterte Hocker, die in dem Moment, als für mich die Lichter angingen, größtenteils unbesetzt waren. Die Gäste, sorgsam ausgewogen nach Geschlecht, tanzten. Aus den gleichmäßig über den Saal verteilten Lautsprecherboxen drangen raumfüllend die Klänge des Titelsongs der »Love Story«. Die Melodie war damals, genau wie Roman und Film, der Hit des Jahres. Alle Radiosender spielten sie mehrfach am Tag. Es ist das Lied meiner Generation gewesen. Bei Ladi hatte ich eine Illustrierte gesehen, deren Titelblatt die Hauptdarsteller zierten. Ich erinnere mich sogar noch an ihre Namen: den Oliver spielte ein sympathischer junger Mann namens Ryan O'Neal, die Jenny wurde von Ali McGraw verkörpert. Also, in dem Augenblick, als für mich die Lichter angingen, dröhnte aus den Lautsprecherboxen die Titelmelodie der »Love Story«. Ich

weiß nicht wie, aber plötzlich fand ich mich mit Sonja in⁄
mitten der vorwiegend engumschlungenen Tanzpaare wie⁄
der, obwohl wir uns, wie ich mich gut erinnere, an entgegen⁄
gesetzten Enden des Raums befunden hatten. Weiter erinnere
ich mich, daß mir, als ich Sonja erblickte, durch den Kopf
schoß, daß sie eigentlich besser aussah als die Darstellerin der
Jenny. Genau das sagte ich ihr auch. Ich flüsterte ihr ins Ohr,
sie sehe besser aus als Jenny. Sie lachte und meinte, sie kenne
keine Jenny. Und daß ich nicht soviel trinken solle. Es
stimmte, bis für mich die Lichter angegangen waren, hatte
ich ständig nur getrunken. Recht so, dachte ich, sonst wäre
ich nämlich nicht mehr hier. Auch dies flüsterte ich Sonja
ins Ohr. Sie lachte wieder. Das gab mir Mut. Wenn ich
schon weg wäre, fuhr ich fort, dann könnte ich dir nicht
mehr sagen, daß alle diese wohlgenährten Fräuleins offen⁄
sichtlich nicht besonders froh über deine Anwesenheit sind,
sonst würden sie sich ihren armen Verehrern nicht so an den
Hals hängen, daß diese beinahe aufs Parkett gezogen werden.
Sonja hielt sich die Hand vor den Mund, um nicht laut hin⁄
auszuplatzen.

Entweder war ich wirklich furchtbar komisch, oder sie
war bloß in alberner Laune, aber das war mir ziemlich egal.
Jedenfalls lachte Sonja über alle Sprüche, die ich von mir
gab, und ich war baff vor Entzücken. Ich wußte ja nicht, daß
mein Glück sich aus dem Martyrium eines anderen nährte.
Ich wußte nicht, daß jemand in der Schar der Tänzer uns
mit zorniger Eifersucht beobachtete. Ich wußte nicht, daß
Sonja es geradezu darauf anlegte, diese Eifersucht bis zur
Weißglut zu steigern. Sie wich bis zum Ende nicht mehr von
meiner Seite. Sie wies alle Bewerber ab. Wir saßen zusam⁄

men und tranken Whisky. Ins Tanzgeschehen griffen wir nur ein, wenn es einen Blues gab. Als sie schließlich mit einer fließenden Bewegung im Rhythmus des Blues den Abgrund zwischen uns verschwinden machte, da verfiel (was ich nicht wußte) jemand endgültig in Raserei und verließ das Fest. Im Bewußtsein ihres totalen Triumphs ließ sich Sonja vollends los, und ich spürte außer der Verantwortung des besitzenden Mannes auch ihren heißen Atem auf meinen Wangen und die Glut ihrer Lippen, als sie die meinen streiften und verbrannten. Aber den wahren Grund dieser Attacke des Glücks auf mich, den kannte ich nicht. Später beteuerte Sonja immer wieder, was zwischen uns entstanden sei, habe nichts zu tun mit dem, der an diesem Abend ihr Opfer war. Ich weiß nicht, warum sie soviel Wert darauf legte. Je hartnäckiger sie es behauptete, desto weniger war ich überzeugt. Die Besessenheit, mit der sie mich glauben machen wollte, es sei wirklich Liebe, hat mich jedesmal berührt. Eine Besessenheit, die ich verhängnisvoll nennen möchte. Oft habe ich mir überlegt, ob nicht ein Vorgefühl des Unheils sie in diesen Rausch getrieben hat. Denn unsere Affäre war ein Rausch. Ein Rausch, der fast ein Jahr lang dauerte. Wie es aussieht, war ich der Unglücksbringer. Alle, die mit mir zu tun hatten, waren vom Unglück verfolgt. Dabei war ich überzeugt, das Glück sei in Gestalt einer Frau namens Sonja zu mir gekommen.

Ich hatte nicht erwartet, daß eine Frau von Sonjas überwältigender Weiblichkeit spontanen Komplimenten so zugänglich wäre. Sie wollte unbedingt alles über diese Jenny wissen. Natürlich ging es ihr vor allem darum, den Wahrheitsgehalt meiner Aussage zu überprüfen. Diese Jenny, sagte sie zu mir, ist wirklich hübsch. Aber, so schmeichelhaft es für mich ist, daß ich dir noch besser gefalle, mit einer Toten mag ich nicht verglichen werden.

Meinte sie das ernst? Ich stützte den Kopf auf den Ellbogen. Sie lag auf dem Rücken, das Laken bedeckte sie bis zu den Schultern. Ihr dunkles Haar floß dicht und schwer zu mir herüber. Ich schob es mit der Hand zur Seite, um ihr Gesicht zu sehen. Ihre Schönheit brach mir fast das Herz. Ich beugte mich hinab und suchte ihre Lippen. Sie regte sich, ihre Arme legten sich um meinen Nacken. Es ging wie ein Stromstoß durch meinen Körper, die Berührung ihrer Haut elektrisierte mich. Ich wurde mitgerissen. Sie stöhnte, dann ging das Stöhnen in kurze Schreie über. Sie biß in meine Halsbeuge, um sie zu ersticken. Schließlich löste sich ihr Mund von meiner Schulter, sie stieß einen langen, keuchenden Schrei aus und preßte meinen Kopf fest an ihre Brust. Der Duft ihrer Haut drang in mich hinein. Ich versank ganz. Ihr Leib bog sich, ihre Hände krampften sich in mein Haar. Dann ließen sie los und sanken auf meine Schulter. Mit geschlossenen Augen blieb sie liegen.

Du hättest mich nicht mit ihr vergleichen sollen, flüsterte sie. Ich war perplex. Meinte sie das ernst? Ich habe mir das Buch besorgt, sprach sie weiter. Du hast es wahrscheinlich nicht gelesen. Kannst du überhaupt Englisch? Ich räumte ein, daß es bei mir mit Fremdsprachen nicht weit her sei, sah man einmal von ein paar Brocken Schulenglisch ab. Sie stand auf und zog sich einen Morgenrock über. Es war ein japanischer Seidenkimono, ich hatte im Fernsehen schon einmal ein solches Kleidungsstück gesehen. Dann ging sie aus dem Zimmer, und ich dachte, wie absurd, wie unverdient dieses Glück doch sei. Alles ringsum verstärkte noch dieses Gefühl, die Wohnung, das Schlafzimmer, das weiche Ehebett, in dem sie vor nicht allzu langer Zeit noch mit einem anderen geschlafen hatte, ihrem Mann. O Gott, durchfuhr es mich schmerzlich, so sinnlos sterben und eine Sonja zurücklassen zu müssen. Ich kam nicht dazu, den Gedanken weiter zu vertiefen, denn Sonja brachte Kaffee. Während sie die Tassen füllte, überlegte ich mir, daß Sonjas seliger Gatte vielleicht gar nicht so zu bedauern war, wenn man sich dieses Hundeleben anschaute. Außerdem wäre sie sonst unerreichbar für mich geblieben, Lichtjahre entfernt. Ja, so war das, mein schäbiges Glück verdankte ich der Tragödie eines andern. Ich verstand nun besser, warum Sonja nicht mit der Jenny aus dem Roman verglichen werden wollte. Sie war abergläubisch. Mit großem Ernst beteuerte ich ihr, daß sie mit dieser Jenny nicht mehr zu tun habe als ich mit dem Sohn eines Multimillionärs. Sonja sagte nichts, und ich setzte hinzu: Immerhin könnte man ja schon sagen, daß du aus einer der großen Familien kommst.

Sonja rang sich ein Lächeln ab. Ironie und Spott lagen darin. Der japanische Morgenrock klaffte über ihren Brüsten. Als ich sie mit diesem Lächeln auf dem Gesicht dasitzen und gedankenverloren an ihrem Kaffee nippen sah, verfluchte ich mich selbst. Warum, zum Teufel, mußte ich auch von Millionären und großen Familien anfangen! Ich weiß nicht, warum alle das denken, sagte sie, während meine Augen nicht von ihren Brüsten loskamen. Über den Rand der Kaffeetasse hinweg bemerkte sie meinen Blick. Erschrocken schaute sie an sich hinunter, dann wieder auf, ganz konsterniert. Ich wurde rot. Das war wahrscheinlich meine Rettung. Sonja stellte die Tasse ab, ließ den Morgenrock fallen und kam zu mir. Ich saß auf dem Bettrand. Sie nahm meinen Kopf mit beiden Händen und preßte ihn gegen ihre Brüste. Meine Lippen lagen feucht an dem weichen Fleisch. Als ich mit der Zungenspitze ihre Brustwarze liebkoste, überlief sie ein Beben, und sie stieß mich weg. Sie hob ihren Morgenrock auf, zog ihn an und setzte sich wieder auf ihren Stuhl. Schwer atmend sank ich auf das Bett und zog das Laken über mich. Sonja brachte ein Glas Kognak, das mich besänftigen sollte. Ich stürzte es hinunter. Du bist ein Kindskopf, sagte sie, und auch ein bißchen dumm. Wie kommst du bloß darauf, daß ich zu einer der großen Familien gehöre? Weißt du, ich bin allergisch gegen Leute, die das meinen. Außerdem, was denkst du, was das sind, deine großen Familien? Glaubst du, alle sind wie Ladi?

Verblüfft starrte ich sie an. Ich habe es nie geschafft, Sonja als Typ richtig einzuordnen, auf den Grund ihres Wesens vorzustoßen. Sie konnte sprunghaft sein und abgeklärt, einfühlend und grausam. Auf jeden Fall war sie ein wenig hurenhaft, was ich nicht abwertend verstanden wissen will. Ihr gegenüber kam ich mir ziemlich kümmerlich vor; es war mir unerklärlich, wie sie es geschafft hatte, daß ich bereits eine Woche nach dem Flirt auf Ladis Geburtstagsparty, die wir beide angeheitert verlassen hatten, in ihrem Bett gelandet war. Nur damit du es weißt, fuhr sie fort, und um einen Strich unter dieses Thema zu ziehen: Wenn ich mich dort sehen lasse, dann nur wegen Ladi. Mein Vater ist ziemlich eigenwillig. Zu seinem Bruder, ich meine Ladis Vater, geht er nur, wenn er einen Besuch erwidern muß. Und das ist selten genug. Klar?

Völlig klar. Ich kam nie mehr auf dieses Thema zu sprechen, und sie auch nicht. So neugierig ich auf das Leben dieser großen Familien war, meine Beziehung zu Sonja wollte ich nicht aufs Spiel setzen. Außerdem wußte ich, wie abergläubisch sie war. Hoffnungslos abergläubisch. Abergläubisch bis zum Fatalismus.

8

Ich wäre bereitwillig mit Sonja durch die Straßen und Lo-kale von Tirana gezogen, schließlich gab es nichts, was dem männlichen Ego mehr hätte schmeicheln können. Aber es war nun einmal nicht möglich, weder für Sonja noch für mich. Sonja hatte eine Menge guter Gründe, vorsichtig zu sein. Für mich gab es nur einen einzigen: Ladi sollte nichts erfahren. Auch Sonja erzählte ihm nichts von uns. Wir hat-ten nicht darüber gesprochen, doch ich wußte, daß sie es mir nie verziehen hätte, wenn ich Ladi gegenüber auch nur die kleinste Andeutung hätte fallenlassen. Immerhin, ich fühlte mich in der schlechteren Position. Sonja hatte, was Ladi an-ging, nichts zu verlieren. Ich schon, seine Freundschaft. Wenn wir zusammen waren, wurde ich nie das Gefühl los, ihn zu hintergehen. Es war ein peinigender Zwiespalt, und eines Tages hätte ich Sonja gegenüber beinahe die größte al-ler Dummheiten begangen, nämlich um ihre Hand anzuhal-ten. Heute, nach allem, was geschehen ist, meine ich fast, ich hätte es tun sollen. Vielleicht wäre dann vieles anders gekom-men. Durchaus möglich, daß Sonja einverstanden gewesen wäre, und was mich angeht, ich hätte keinen Augenblick ge-zögert, sie zu heiraten. Doch ich bin schon lange der gleiche unverbesserliche Fatalist, der auch Sonja war. Ich glaube nicht, daß irgend etwas den Dingen eine andere Richtung hätte geben können. Sonja hätte mich sicher nicht geheiratet.

Ich war ihr Schoßhündchen, nicht mehr. Und so behandelte sie mich auch.

Unsere Leidenschaft blieb einige Monate lang ungetrübt. Sonja schien mit mir den Beweis antreten zu wollen, daß die menschlichen Möglichkeiten in Liebesdingen unbegrenzt sind. Wenn wir auseinandergingen, blieb die Zeit stehen, alles um uns herum wurde bedeutungslos, wir lebten nur noch für die Stunde unseres nächsten Zusammenseins. Verstohlen schlich ich mich die Treppe zu ihrer Wohnung im zweiten Stock eines Wohnblocks am Rand der Innenstadt hinauf. Die Tür war angelehnt. Wir verbrachten Stunden im Rausch. Sooft es ging, lieferte Sonja ihren fünf Jahre alten Sohn über Nacht bei den Großeltern ab. Dann blieb ich bis zum Morgen bei ihr. Es waren so ekstatische wie aufreibende Nächte, nach denen ich, um wieder auf die Beine zu kommen, vierundzwanzig Stunden Schlaf brauchte. Der Wahnsinn war uns an den Augen abzulesen. Vor allem Sonja. Es war, als wolle sie im Vorgefühl des Unheils keine Zeit mehr verlieren. Sie fraß mich auf mit Haut und Haaren. Schließlich verlangte sie, daß ich jeden Tag käme, und ich kam. Die Vorlesungen waren nur noch lästige Fesseln, und an die Prüfungen dachte ich lieber gar nicht. Dann geschah, was wir die ganze Zeit zu vermeiden versucht hatten. Allerdings ganz anders als erwartet. Zumindest nicht so, wie ich es ständig befürchtet hatte. Jemanden in flagranti zu ertappen war nämlich gerade Mode. Aber wer sollte schon darauf lauern, uns in flagranti zu ertappen? Nun, belauert wurden wir auf jeden Fall.

Wenn ich irgend etwas in meinem Leben bereue, dann, daß ich es nicht fertigbrachte, diesem Subjekt auf der Stelle eine saftige Abreibung zu verpassen. Immerhin war er einen halben Kopf kleiner als ich und mir weder körperlich noch vom Alter her überlegen. Ich schätzte ihn auf etwa dreißig, während ich gerade zwanzig war. Aber er war der Sohn eines Ministers, und diesen Vorteil durfte man nicht unterschätzen. Als ich Sonja von dem Zwischenfall erzählte, meinte sie: Dieser Idiot, der war für mich immer schon die zweite Potenz von null. Bei der Null im Quadrat handelte es sich um ihr Opfer bei Ladis Geburtstagsfeier. Sonja gestand mir, daß sie nur hingegangen war, um ihn in Rage zu bringen. Dieses Scheusal, sagte sie, dieser sture Esel, der hat sich schon an mich gehängt, als wir noch studierten. Mein Mann war noch keine Woche unter der Erde, da hat er sich schon wieder an mich herangemacht. Er war einfach nicht mehr loszukriegen. Ich bin nur zu Ladis Geburtstag gegangen, um ihm zu zeigen, daß ich mit jedem anderen ins Bett gehen würde, bloß nicht mit ihm. Er ist ein echtes Scheusal …

An dieser Stelle muß ich wohl blaß geworden sein, denn Sonja verstummte. Bleich wie ein zorniges Kind. Sonja jedenfalls sah sich veranlaßt, mir zu beteuern, wie sehr sie mich liebe. Das werde ich dir immer wieder sagen, bis zu dem Tag, an dem wir auseinandergehen, um uns nie wiederzusehen. Wie spießerhaft ich damals reagierte, werde ich mir nie verzeihen. Mangel an Seelengröße äußert sich in verschiedenen Formen; was Sonja aus meinem Mienenspiel herausgelesen hat, weiß ich nicht. Ich will auch nicht mehr darüber reden. Vor meinen Augen erscheint die Null im Quadrat.

Er war mittelgroß, hatte schon etwas gelichtete Haare und graue Augen. Seine Gesichtshaut glänzte. Es ließ sich nicht erkennen, ob dieses Glänzen auf den Gebrauch von Vitaminen oder Kosmetika zurückzuführen war. Ich entdeckte ihn, als ich aus dem Eingang zu Sonjas Treppenhaus trat und dabei den Kopf aus purer Gewohnheit nach links drehte. Er lehnte an der Hauswand und rauchte eine Zigarette. Ich kannte das Gesicht nicht. Komisch, daß du dich nicht an mich erinnerst, sagte er, als wir zehn Schritte vom Hauseingang entfernt waren. Ich sah ihn ziemlich genervt an. Wahrscheinlich lag das an meiner Müdigkeit. Um dir auf die Sprünge zu helfen, fuhr er fort, wir haben uns bei Ladis Geburtstag kennengelernt, das ist schon ein paar Monate her. Wir haben uns sogar die Hand gedrückt. Ich kam darauf, daß es seine wäßrigen Augen waren, die mich nervten. Sie waren ziemlich tückisch. Zehn Minuten später und zehn Schritte weiter hatte ich meine Meinung präzisiert. Es waren die Augen einer Viper. Sie schwammen in Gift. Das Gift kreiste bereits in meinen Adern. Seine Worte waren knapp, bestimmt und absolut eindeutig gewesen. Ich war nicht weiter überrascht, als ich von Sonja erfuhr, daß er, der Sprößling eines einflußreichen Ministers, als Beamter bei der Ermittlungsbehörde arbeitete. Sein Ton war der eines Ermittlers, und seine Forderungen waren im Stil eines Ermittlers vorgetragen. Trotz seiner Zweifel an meiner Gedächtnisleistung bin ich durchaus imstande, seine Ansprache Wort für Wort wiederzugeben: »Kommen wir gleich zur Sache, und du tätest gut daran, genau zuzuhören. Seit einiger Zeit frequentierst du die Wohnung einer Frau, gerade eben kommst du auch von ihr. Laß dir sagen, daß du dich in einem Minenfeld

73

bewegst. Wenn du nicht auf der Stelle die Finger von ihr läßt, werden bei nächster Gelegenheit zwei Briefe abgehen, einer davon an die Adresse von Ladi und der andere an das Dekanat der Fakultät. Ladi wird erfahren, daß sein bester Freund mit Cousinchen schläft. Das ist dem Dekanat egal. Das Dekanat wird allerdings etwas anderes interessieren, das womöglich auch für Freund Ladi nicht ganz ohne Belang ist. Also, entweder du läßt dich zur Vernunft bringen, oder das Dekanat und Ladi erfahren, daß dein Onkel ein Republikflüchtling ist, was du bisher verheimlicht hast, zumindest taucht es in deinen Unterlagen nirgends auf. Das war's schon. Laß es dir durch den Kopf gehen ...«

Eine Weile lang lief ich ziellos durch die Straßen, wütend und zornig. Ich war zornig beim Gedanken an seine wäßrigen Augen. Ich war wütend, weil ich mich nicht getraut hatte, ihm eins auf die Nase zu geben. Während er redete, dachte ich an nichts anderes, ich plante schon den Faustschlag an den Kinnwinkel, der ihn aufs Trottoir strecken sollte. Es wäre leicht gewesen, ihn an dieser Stelle zu treffen, denn er war einen halben Kopf kleiner als ich und mußte beim Sprechen zu mir aufschauen. Aber ich schlug nicht zu. Als er ausgeredet hatte, drehte er sich um und ging weg. Womöglich ahnte er, was mir im Kopf herumging. Vielleicht wollte er mich auch nur noch mehr unter Druck setzen. Tatsache ist, daß ich mich nicht getraute, ihn zu schlagen. Statt dessen rannte ich in blinder Wut durch die Straßen. Schließlich wich der Zorn düsteren Ahnungen, Angst und Niedergeschlagenheit.

Zu Sonja ging ich noch am gleichen Abend, vorsichtig wie immer, nur hatte dieses Wort inzwischen eine ganz konkrete Bedeutung: ich mußte mich vor einem Paar wäßriger grauer Augen vorsehen. Möglicherweise waren die Augen, die mich beobachteten, auch nicht grau, sondern hatten irgendeine andere Farbe, aber das Ergebnis war das gleiche. Wenn sie mich entdeckten, wurde der Reiz direkt auf die Netzhaut der grauen Augen weitergeleitet, und die Briefe gingen an die jeweiligen Empfänger ab. Doch das konnte mich nicht davon abhalten, auch an diesem Abend Sonja zu besuchen. Immerhin war ich sorgsam darauf bedacht, nicht in das Gesichtsfeld grauer Augen zu geraten. Ich erzählte ihr, was geschehen war, und vergaß auch meine biographische Zeitbombe nicht. Sie ließ sich davon so wenig beeindrucken wie Ladi. Doch sie hielt den Grauäugigen für äußerst gefährlich. Das hat mit Moral gar nichts zu tun, meinte sie. Unter den gegebenen Umständen läufst du Gefahr, deine ganze Zukunft zu verspielen, deshalb müssen wir gut aufpassen. Sonja hielt es für mehr als wahrscheinlich, daß ich von der Universität flog, wenn die biographische Zeitbombe entdeckt wurde. Das wollte sie auf keinen Fall. Aber Sonja wollte mich. Und ich wollte Sonja. Wir konnten uns ja nicht einfach in Luft auflösen. Das wäre aber die einzige Möglichkeit gewesen, den grauen Augen zu entkommen. Oder wir trafen uns nicht mehr. Es war für mich ganz und gar unmöglich, Sonja nicht mehr zu treffen. Jeder Tag, an dem wir uns nicht sahen, kam uns wie ein Jahrhundert vor. Ein nutzloses Jahrhundert, vergeudet an ein gleichgültiges Leben, in dem die Furcht jedes Interesse erdrückte. Unsere Beziehung verwandelte sich in einen Rausch angsterfüllter Leidenschaft. Unter diesen Umständen war es uns in Theorie und Praxis, wie man so sagt, absolut unmöglich, Vorsicht walten zu lassen.

Das Verhängnis, das auf mich gelauert hatte, erschien mir in Gestalt eines Männleins, das ich Xhohu nennen möchte. Er war der Chef des Katheders, ein Hybride sui generis, hervorgegangen aus der Überpflanzung von Xhodas Charakter auf den Leib und das Gebaren eines Hulusi. Jedesmal, wenn ich ihn sah, fiel mir der Satz ein, daß das Produkt der Kopulation einer Schlange mit einem Igel ein Stück Stacheldraht ist. Xhohu war der Stacheldraht unseres Lehrstuhls, das war kein Geheimnis. Dennoch war ich wie vor den Kopf geschlagen, als ich eines Abends ins Café »Flora« kam und in einer Ecke Xhohu im Tête-à-tête mit der Null im Quadrat, dem Ministersohn und Ermittlungsbeamten A. P. entdeckte. Es war das denkbar merkwürdigste Paar, die ungewöhnlichste Kombination in beruflicher Hinsicht: der eine Vorsteher einer Stätte der Forschung und Lehre, der andere so eine Art Polizist. Ich tat die ganze Nacht kein Auge zu. Ich hatte allen Grund zu der Annahme, daß ich der Gegenstand ihrer Aussprache gewesen war. Und ich irrte mich nicht.

Am folgenden Tag nach der ersten Stunde paßte mich die Fakultätssekretärin auf dem Flur ab und gab mir bekannt, daß ich mich in der Geschäftsstelle zu melden hätte. Mein Herz pochte heftig. Ich ließ mir auf den Fluren viel Zeit, bis ich glaubte, mich wenigstens äußerlich einigermaßen unter Kontrolle zu haben. Xhohu war allein im Zimmer. Er thronte auf einem der Sessel, die um einen niedrigen Tisch gruppiert waren. Auf dem Nußbaumfurnier der Tischplatte entdeckte ich einen Aschenbecher, auf dem Rand des Aschenbechers eine brennende Zigarette. Xhohu winkte mich heran. Ich machte die Tür hinter mir zu und nahm auf dem Sessel ihm gegenüber Platz. Über den Tisch kam die säuerliche Alkoholfahne eines Rülpsers herangeweht und verursachte mir Brechreiz. Vielleicht war mir aber auch nur übel von seinem prahlerischen Gehabe. Alles in allem war klar, es stand schlecht um mich. Xhohus einziger Nachteil war, daß er nicht wußte, daß ich ihn am Abend vorher bei seinem trauten Beisammensein mit dem Grauäugigen beobachtet hatte. Sein gravitätisches Gebaren machte mir keinen Eindruck. Während ich dasaß und darauf wartete, daß die Bombe platzte, ging mir durch den Kopf, daß er eine frappierende Ähnlichkeit mit einem aufziehbaren Spielzeugaffen hatte. Der einzige Unterschied war: bei ihm hatte kein Kind am Schlüssel gedreht, sondern ein Polizist. Aber Xhohu wußte nicht, daß ich es wußte, wodurch ich in den Genuß des ästhetischen Vergnügens kam, ein Exemplar der Gattung der servilen Kaderprimaten in voller Aktion zu erleben. Er nahm einen tiefen Zug aus seiner Zigarette und stieß eine dicke Rauchwolke aus, ehe er, genau wie kürzlich die Null im Quadrat, die Dinge gleich auf den Punkt brachte: »Ich bedaure, mein Junge, dich daran erinnern zu müssen, daß in unserer Gesellschaft nichts für verwerflicher gehalten wird als der Mangel an Aufrichtigkeit.« Hier legte er eine kleine Pause ein, wobei er mir einen forschenden Blick zuwarf, um die Wirkung seiner Worte zu überprüfen, dann fuhr er in unverändertem Ton fort: »Ich persönlich habe keinen schlechten Eindruck von deinen Leistungen im Studium. Überdies bist du mit dem Genossen Vladimir befreundet, und wer der Genosse Vladimir ist, das wissen wir ja beide. Nun, das macht es mir nicht leichter, das zu tun, was mir die Verantwortung, in die man mich gestellt hat, auferlegt. Machen wir es kurz: Du hast, ob nun wissentlich oder auch nicht, einen schweren Betrug begangen. Ein Bürger deiner Heimatstadt hat sich mit einem Brief an unser Dekanat gewandt, in dem er darauf hinweist, daß dein Onkel ein Republikflüchtling sei. Der Brief ist zwar anonym, aber er ist in der Stadt aufgegeben, aus der du kommst. Wir sind dem Hinweis nachgegangen, und bedauerlicherweise hat sich herausgestellt, daß er der Wahrheit entspricht.« Er schwieg erneut, nahm einen Zug aus seiner Zigarette und sprach dann in schärferem Ton weiter, weil ich mich offenbar nicht beeindruckt genug zeigte: »Bis jetzt liegt der Brief noch in meinem Safe. Aber ich kann ihn unmöglich zurückhalten. Ich muß ihn dem Parteisekretär übergeben. Der Parteisekretär leitet ihn weiter an das Komitee. Ich denke, du bist dir über die Konsequenzen im klaren. Allerdings möchte ich dir noch bis morgen Zeit geben, vielleicht fallen dir ja noch ein paar mildernde Umstände ein. Sonst sieht es schlecht für dich aus. Laß dir das gut durch den Kopf gehen …«

Ich hatte mit vielem gerechnet, aber nicht mit einem so durchsichtigen Erpressungsversuch. Der Ministersohn war offensichtlich viel schwächer, als ich ihn eingeschätzt hatte. Er gab mir noch eine Chance. Ich mußte nur die Finger von Sonja lassen. Sicher, er hatte die Macht, mich zu vernichten. Aber er wollte es nicht. Er traute sich nicht. Wenn er mich nämlich vernichtete, dann konnte er seine Hoffnungen, jemals bei Sonja zu landen, in den Wind schreiben. Außerdem war da auch noch etwas anderes. Die Sache mit dem anonymen Brief bewies, daß er es vorzog, im Hintergrund zu bleiben. Es gab eine Person, die er zu fürchten hatte, und das war Ladi. Ladi war Sonjas Cousin. Ladi war mein Freund. Auch Xhohu konnte trotz seines forschen Auftretens nicht verbergen, daß ihm meine Mogelei einiges Kopfzerbrechen bereitete. Zwar spielte auch er bedenkenlos mit gezinkten Karten, wie die erfundene Geschichte mit dem anonymen Brief zeigte, aber ihm war dabei nicht wohl in seiner Haut. Unser Ritter der Gerechtigkeit war zwischen zwei Feuer geraten, und er wollte sich an keinem verbrennen.

Ich hätte meinem Verstand vorher diese kalte, berechnende Präzision gar nicht zugetraut. Sonja ließ ich völlig aus dem Spiel. Diese verfahrene Situation konnte nur Ladi retten, vorausgesetzt, er ließ sich in diese Geschichte überhaupt hineinziehen. Daß ich ihm in einer Anwandlung von Aufrichtigkeit meine biographische Zeitbombe gebeichtet hatte, kam mir nun zugute. Ein gewisses Risiko mußte ich eingehen, indem ich ihm mein Verhältnis mit Sonja gestand, um dann seine Hilfe zu erbitten. Andernfalls war ich verloren.

Mein Vorgehen war durch und durch schamlos, allerdings ließ mir die absurde Logik meiner Umgebung auch keine andere Wahl. Ich war bloß ein Sandkorn. Ein Nichts, das jeder unter dem Absatz zerquetschen konnte. Ladi würde mich nicht im Stich lassen, das spürte ich. Und er tat es auch nicht. Schwer zu sagen, was er von mir dachte. Sein blasses Gesicht wurde noch bleicher. Schweigend saß er da, als ich meinen Sack voll Peinlichkeiten ausleerte. Beides, Blässe und Schweigen, deutete darauf hin, daß er sich ärgerte. Über wen? Über mich? Über Sonja? Über Xhohu oder den Ministersohn? Ganz sicher über uns alle. Kein Zweifel, wir waren kleine Geister für ihn, Störenfriede, Streithammel. Einmal, als der Alkohol, was selten genug geschah, seine Zunge gelöst hatte, war zum Ausdruck gekommen, wie sehr er diese bornierte Welt verabscheute. In solchen Augenblikken trat bei ihm eine selbstzerstörerische Tendenz zutage, und hinter seiner äußerlichen Ruhe wurde eine tiefe innere Zerrissenheit erkennbar. Er hatte eigentlich nur eine Passion, das waren Bücher. Ich habe sonst niemand kennengelernt, dem Bücher so viel bedeuteten. Alles andere war für ihn episodisch, flüchtig, unbeständig. Vermutlich habe auch ich zu den episodischen Dingen in seinem Leben gehört. Auch sich selbst sah er so, als einen anonymen Passanten auf den Straßen dieser Welt.

Es ist mir ein Rätsel, wie Ladi es schaffte, die Krise so schnell zu bereinigen. Jedenfalls teilte er mir nach ein paar Tagen mit, künftig werde mich niemand mehr belästigen. Mein Leben, das so einfach aus seinen normalen Bahnen zu bringen gewesen war, kehrte ebenso leicht dahin zurück. Das Ganze war ziemlich verwirrend. Keine Frage, er hatte sich der Autorität seines Vaters bedient, um mir aus der Klemme zu helfen, sowohl Xhohu als auch Grauauge gegenüber. Ich kann mir gut vorstellen, wie Xhohu sich gewunden hat. Ladi wird ihm gesagt haben: »Herr Professor, Sie wissen doch, daß es keinen anonymen Brief gibt.« Und Xhohu: »Glauben Sie mir, Genosse Vladimir, das ist ein Mißverständnis. Von einem anonymen Brief kann nicht die Rede sein.« Dem grauäugigen Ministersohn gegenüber hat er vermutlich die Karte Sonja ausgespielt, ihm beispielsweise erklärt: »Wenn du Sonja noch einmal belästigst, dann sorge ich dafür, daß du deines Lebens nicht mehr froh wirst.« Vielleicht war es aber auch eine andere Karte. Sie kamen aus den gleichen Kreisen und wußten, wo der andere seine Achillesferse hatte. Was jedoch mich anging, so durfte ich mich keineswegs in Sicherheit wiegen. Nach all den Jahren war die biographische Zeitbombe nun kein Geheimnis mehr. Wenn ein Polizist und Xhohu darum wußten, dann würde über kurz oder lang die ganze Welt davon erfahren. Es war nur ein paar glücklichen Umständen zu verdanken, daß die Bombe noch nicht geplatzt war. Auch ein anderer Umstand beunruhigte mich: mein Verhältnis mit Sonja war für Ladi kein Geheimnis mehr, er wußte jetzt, daß ich mit seiner Cousine ging. Ausflüchte waren nicht mehr möglich. Mit geradezu kindlicher Naivität beschloß ich, die Sache zu beenden. Also keine Besuche bei Sonja mehr zu machen.

Die Prüfungen standen vor der Tür. Ladi war in letzter Zeit nicht mehr zu den Vorlesungen gekommen. Ich hatte Sonja schon zehn Tage nicht mehr gesehen. Zehn Jahrhunderte. Die Welt hatte ihre Farbe verloren. Die Welt war grau geworden. Ich fühlte mich machtlos, wollte fliehen, mich in einer Höhle verkriechen, ein Eremitendasein führen. Dabei war ich schon Einsiedler genug. Die Flucht fand nicht statt. Sonja paßte mich auf dem Boulevard ab. Blieb kurz bei mir stehen. Sah mir fest in die Augen und befahl, ich solle ihr folgen. Wörtlich sagte sie: Du kommst jetzt nach, und zwar auf der Stelle, und paß auf, wenn du die Treppe hochgehst. Wehe dir, wenn du nicht kommst. Dann drehte sie sich um und ging. Ich stand benommen da, halb verrückt vor Freude, sah sie davonschlendern und war ganz besessen von dem Bedürfnis, ihr nachzurennen, sie zu überholen, zu packen und herumzuwirbeln, bis uns schwindelig wurde. Es ließ mich die ganze Zeit nicht los, während ich ihr in einem Abstand folgte, der für jeden, der auch nur ein bißchen von uns wußte, verdächtig, vielsagend, eindeutig war, aber das kümmerte mich nicht, sollten uns ruhig alle sehen. Wir kamen fast gleichzeitig in ihrer Wohnung an. Ich zog die Tür hinter mir ins Schloß. Sonja war blaß. Sie wollte etwas sagen, doch sie kam nicht dazu. Ich verschloß ihren Mund mit meinen Lippen. Sie machte sich los und flüsterte: »Du bist verrückt.« Dann verschlang sie mich fast, ihre Zunge attakkierte mich, sie saugte sich buchstäblich an mir fest. Ich knöpfte ihre Bluse auf und wurde vollends mitgerissen, denn darunter trug sie nichts. Dann stürzte sie sich auf mich und riß mir die Kleider vom Leib. Ich nahm sie auf die Arme und hob sie hoch, ihre Haare hingen herab wie die Ruten einer Trauerweide. Ich stolperte vorwärts, suchte den Weg ins Schlafzimmer, zum Glück stand die Tür offen. Vorsichtig, als sei sie aus Glas, ließ ich sie auf dem Bett nieder, preßte das Gesicht zwischen ihre Brüste, spürte ihre Hände unter mir, ihren Leib, der nicht zur Ruhe kam, ihren halbgeöffneten Mund in meiner Halsbeuge, sie keuchte, ihr Körper bäumte sich auf und gab nach, dann löste sich ihr Mund von meiner Schulter, sie stieß einen spitzen Schrei aus, aber anders als sonst entspannte sich ihr Körper nicht und kam nicht zur Ruhe, sie hielt mich fest und bedeckte mich mit Küssen, bis ich die Stellung wechselte, so wie sie es besonders mochte, und erneut in sie eindrang. Ihr Stöhnen erstickte im Kissen, und wir stürzten hinein in einen Abgrund der Ekstase. Wir ließen erst voneinander ab, als wir völlig erschöpft waren.

Ich sollte dich eigentlich aus dem Fenster werfen, du hättest es wirklich verdient, sagte sie. Ich lag auf dem Bauch, die gewölbte Hand auf einer ihrer Brüste. Ihre Finger waren in meinem Haar vergraben und liebkosten mich. Du gehörst aus dem Bett geworfen und mit dem Besen die Treppe hinuntergekehrt und mit der Tür auf die Nase geschlagen, wenn du es wagtest, wiederzukommen. Meine gewölbte Hand lag immer noch auf ihrer Brust. Ab und zu spielte ich mit der Warze. Nach der Liebe machte sie dies gewöhnlich nervös, doch diesmal reagierte sie überhaupt nicht. Sie drohte mir nur immer schlimmere Strafen an. Schließlich stieß sie mich weg. Auf die Ellbogen gestützt, erklärte sie, sie wisse alles. Ich erstarrte. Sie warf sich auf mich und legte ihre Hände um meinen Hals. Ich bringe dich um, du Verräter, sagte sie. Du hättest zu mir kommen müssen, anstatt zu Ladi zu laufen. Du hast uns bloßgestellt, du Egoist. Ich hätte die Sache viel leichter aus der Welt schaffen können als Ladi, Kindskopf. Und immer noch über mir, mit den Händen an meinem Hals, fuhr sie fort, mich zu beschimpfen. Ich ließ alles schweigend über mich ergehen, denn schließlich hatte sie recht. Dann wandte sie sich heftig von mir ab, verbarg das Gesicht im Kissen und begann zu schluchzen. Ich war völlig verwirrt. Was sollte ich bloß tun? Ich blickte auf ihre bebenden Schultern, die Flut ihrer schwarzen Haare und verstand nicht, was diese Eruption von Schmerz zu bedeuten hatte. Sonja war ein impulsiver Mensch, aber gewiß nicht hysterisch. Nein, das war kein hysterischer Anfall. Beschämt bat ich sie um Verzeihung, ohne den Mut zu haben, sie zu berühren. Wieder und wieder. Sie schwieg. Schließlich stand sie auf und ging ins Bad. Als sie wiederkam, trug sie den japanischen Kimono, der über ihren Brüsten wieder auseinanderklaffte. Sie wußte genau, daß mich das aus dem Gleichgewicht brachte, daß diese aggressiv entblößten Brüste auf mich wirkten wie das rote Tuch auf einen Stier, aber ich hatte nicht den Eindruck, daß sie es aus Berechnung tat. Es war einfach nicht der Moment dafür. Trotzdem brachte ich den

Blick nicht davon los. Allmählich beruhigte sie sich wieder. Sie schenkte uns beiden Kognak ein, sagte, sie sei ganz durcheinander, aber ihre Tränen hätten gar nichts mit mir zu tun. Mit was denn sonst, wollte ich wissen und erfuhr, daß ihr Vater am Abend zuvor angeheitert seinen Bruder, also Ladis Vater, besuchen gegangen war und ihn leider auch zu Hause angetroffen hatte. Sie waren in Streit geraten. Sonja lachte, doch auf ihrer Wange glitzerte noch eine Träne. Vater gerät sich jedesmal mit Onkel in die Haare, wenn er ihn trifft. Du kannst dir gar nicht vorstellen, was er ihm alles an den Kopf wirft. Sie schaute mich an. Er nennt ihn einen Krautjunker, er schimpft, überhaupt führen sich alle dort oben auf wie ein Haufen von Gutsherren. Mein Onkel steckt das gewöhnlich weg, weil er der Jüngere ist, aber diesmal hat er ihn hinausgeworfen. Es hat nicht viel gefehlt, und Vater wäre hinter Gittern gelandet. Als er dann, immer noch be‚ trunken, nach Hause kam, schimpfte er weiter, über alles und jeden. Die ganze Nacht haben wir kein Auge zugetan.

Sonja trank den Rest Kognak, der noch in ihrem Glas war. Sie wollte trinken. Sie hatte den Morgenrock inzwi‚ schen gegen ein hauchdünnes Kleid getauscht, das auf mich noch zehnmal aufreizender wirkte, unglücklicherweise, denn ihre Stimmung vertrug ganz sicher keine neuerlichen Annä‚ herungsversuche. Auch Sonja schien das so zu sehen, denn sie stand auf und wollte, daß ich mit ihr in die Küche ging, um dort weiterzutrinken, was ich ihr nicht abschlug. Schließlich waren wir in der Wohnung, es konnte nicht viel passieren. Die da oben sind am schlimmsten, brach es plötz‚ lich aus ihr heraus. Ich wurde schlagartig nüchtern. Sie sind total verdorben, fuhr sie fort. Offensichtlich war ihr egal, wie ihre Worte auf mich wirkten. Dort gibt es nur einen einzigen anständigen Menschen, und das ist Ladi. Alle anderen sind Bestien, die Männer Krokodile, die Frauen Schlangen. Und dann diese ganzen häßlichen Kröten, die sich mit Schminke zuschmieren. Vater hat schon recht ... Gib mir noch einen Kognak!

Gehorsam goß ich ihr das Glas voll, obwohl ich merkte, daß sie eigentlich schon genug hatte. Sonja vertrug nicht viel. Um nicht zurückzustehen, kippte ich gleich zwei Gläser nacheinander hinunter. Es wurde allmählich Abend. Ladi, flüsterte Sonja, kommt mit seinem Vater auch nicht aus. Sie sind miteinander wie Hund und Katze. Du erzählst das aber niemand weiter, verstanden! Das bleibt unter uns. Sonja strich mir über den Nacken. Ich beugte mich hinab und suchte ihre Lippen. Ich weiß nicht, aber ich mußte bei der Erwähnung von Ladi an den traurigen Hamlet denken. Ich spürte ihre glühenden Lippen und erinnerte mich an den Abend mit Schnee, an dem er seinen Geburtstag gefeiert hatte, an die Bruchstücke der Unterhaltung zwischen Vater und Sohn an der Treppe vor der Villa, die ich mitbekommen hatte, an die nachdrückliche Forderung seines mächtigen Vaters, Freunde anzurufen und einzuladen, die offensichtlich noch mächtiger waren. Nach einem weiteren Glas kam mir Sonjas Vorschlag, einen Spaziergang zu machen, ganz selbstverständlich vor. Sie werden uns schon nicht sehen, meinte sie, außerdem wäre mir das auch egal. Der einzige, der es nicht erfahren sollte, war Ladi, aber dem mußtest du es ja unbedingt erzählen. Hast du Angst davor, mit mir nach draußen zu gehen? Wo denkst du hin, erwiderte ich. Ich war nahe daran, vor ihr auf die Knie zu fallen und ihr die Füße zu küssen wie ein verliebter Page. Ich wollte mir damals noch nicht eingestehen, daß unsere Beziehung nun kein Rausch mehr war, sondern eine Kampfansage. Sonja war es, die den Fehdehandschuh hingeworfen hatte. Ich konnte in dieser Hinsicht nicht mit ihr mithalten. Mein Kampfgeist war gestorben, und zwar in jener Nacht meiner lange zurückliegenden Kindheit, in der ich von der Existenz eines Onkels erfahren hatte und die Welt für mich in Schwarz und Weiß, Köter und Rassehunde zerfallen war. Wie es aussah, schloß für mich seit damals die Notwendigkeit des Überlebens die Lust an kühner Provokation aus. Sonja hingegen bewies, daß sie außer ihrer herausfordernden Weiblichkeit auch noch über eine andere aggressive Eigenschaft verfügte, nämlich Stolz. Heute verstehe ich, wem Sonjas Herausforderung galt. Damals habe ich noch nicht begriffen, daß sie einem Milieu den Kampf ansagte, in dem sie bei jedem Schritt latenter Feindschaft begegnete: der Machtelite. Sie hat darüber nie mit mir gesprochen. Heute ist es mir klar, heute verstehe ich, warum Sonja anfing, sich mit mir zu exponieren. Aber vielleicht spielte auch mit, daß sie mit ihrer fast unglaublichen Intuition das baldige Ende vorausahnte.

9

An diesem Abend, an dem wir zum erstenmal gemeinsam ausgingen, begegnete uns kein Bekannter. Auch
sah uns niemand von den Mitbewohnern, als wir die Treppe
zu ihrer Wohnung hinaufschlichen. Tags darauf tauchte ein
Problem auf: meine Kleidung. Es war Ende Mai, die Nächte
waren kühl, und man trug gewöhnlich einen Anzug. Meine
Ausstattung war äußerst bescheiden, und was in der ko-
gnakbeflügelten Hochstimmung des ersten Abends nicht
aufgefallen war, wurde am nächsten Tag wahrgenommen. In
meinem schäbigen Aufzug wirkte ich neben Sonjas Pracht
wie ein Hausierer. Diese Diskrepanz konnte ich unmöglich
akzeptieren. Sonja ebensowenig. Ich habe bisher zu erwäh-
nen vergessen, daß Sonja den gleichen Beruf ausübte wie ihr
verstorbener Ehemann, also Architektin war. Und noch etwas. Überall standen Photos von ihm herum. Selbst auf dem
Nachttisch neben dem Ehebett, in dem wir uns einander hin-
gaben. Das Bild zeigte einen stattlichen blonden Mann von
etwa fünfunddreißig Jahren. Die ersten Male peinigte mich
seine Gegenwart, und ich hätte Sonja fast offenbart, wie
schwer es mir fiel, unter seinen Augen mit ihr zu schlafen.
Dann gewöhnte ich mich daran. Wenn es für Sonja zu ertragen war, dann mußte auch ich es hinnehmen. Sie war ein
kompliziertes Wesen und ich zu grob gestrickt, als daß ich
ihre zarte Seele hätte ergründen können. Die frappierende

Ähnlichkeit zwischen mir und dem Mann auf der Photographie fiel mir zuerst gar nicht auf. Sie meinte es ernst, wenn sie mir schwor, daß sie mich liebe, denn sie sah in mir sein Ebenbild. Das habe ich damals noch nicht verstanden. Ich denke heute, daß sie einfach jedermann beweisen wollte, daß sie zu jemandem gehörte, als sie beschloß, sich mit mir genauso in der Öffentlichkeit zu zeigen wie früher mit ihrem unglücklichen Mann. Aber vielleicht sind das auch nur Hirngespinste, und mein kränkelnder Geist denkt sich etwas aus, das es gar nicht gegeben hat.

Wie dem auch sei, Sonja war jedenfalls fest entschlossen, mit mir auszugehen. Wenn uns auch am ersten Abend kein Bekannter begegnet war, irgendwann würde es nicht mehr zu vermeiden sein. Am folgenden Abend waren wir beide nüchtern, der Alkohol spielte keine Rolle. Sie musterte mich von Kopf bis Fuß. Also, sagte sie, dann schauen wir einmal. Wortlos folgte ich ihr ins Schlafzimmer, wo sie mir befahl, mich meiner Kleider zu entledigen. Ich zog mich aus. Ungeduldig wies sie mich an, auch Unterhemd und Unterhose abzulegen. Ich tat es. Hierauf ging sie zur Kommode, öffnete eine Schublade und holte ein Paar Unterhosen und ein Unterhemd daraus hervor. Zieh das an, sagte sie, und ich gehorchte. Dann förderte sie noch ein hellblaues Hemd, eine Krawatte, Strümpfe zutage, außerdem ein gebügeltes Taschentuch, das dort wer weiß wie lange geruht hatte. Am Kleiderschrank war sie zögerlicher. Ich schaute ihr zu wie ein neugieriges Kind, bereit und willig, mich allen ihren Befehlen zu unterwerfen. Nachdem sie beide Schranktüren geöffnet hatte, ging sie alle Bügel durch, ehe sie sich für eine blaue Hose entschied. Ich zog sie an. Sie saß wie angegossen.

Als ich dann noch in einen federleichten hellen Sakko geschlüpft war, stieß sie einen leisen Ruf aus. Eilends band sie mir die Krawatte um und brachte dann noch ein Paar schwarzer Schuhe, zweiundvierzig, genau meine Größe. Schließlich schob sie mich in die Mitte des Zimmers, trat einen Schritt zurück und betrachtete mich zufrieden. Geh jetzt raus, sagte sie daraufhin, warte im anderen Zimmer.

Im Wohnzimmer war ich nur selten gewesen, und wenn, dann hatte ich mich darin nicht wohl gefühlt. Mehr als überall sonst in der Wohnung war hier die Vergangenheit präsent und wollte hartnäckig beweisen, daß sich nichts verändert hatte, daß in Abwesenheit des Hausherrn niemand berechtigt war, sich hier gemütlich niederzulassen. Doch der Hausherr war da, er stand als Photographie mittlerer Größe im Bücherregal. Ich nahm sie in die Hand. Schrecklich, dachte ich, auf dem Höhepunkt der Kraft, in der Blüte seiner Mannesjahre sterben und eine Sonja zurücklassen zu müssen! Wer hat eine so grausame Strafe, einen so sinnlosen Tod verdient? Du, hörte ich den Mann auf dem Photo leise sagen, und er lächelte dabei freundlich. Wäre ich noch da, dann wärest du nicht hier. Sparti hat ganz recht, bestätigte Sonja, wäre Sparti noch da, du wärest wirklich nicht hier. Entweder du oder ich. Wenn ich, dann nicht du ... Betreten stellte ich fest, daß Sparti den gleichen Sakko, das gleiche Hemd, die gleiche Krawatte, die gleichen blauen Hosen und vermutlich auch die gleiche Unterwäsche trug wie ich. Das Farbphoto war in dem Zimmer aufgenommen, in dem ich mich befand. Sie saßen nebeneinander auf dem Sofa dort drüben. Im Schlafzimmer waren Sonjas Schritte zu hören. Ich stellte rasch das Photo zurück und nahm Platz, zufällig genau dort, wo auch Sparti gesessen hatte. Als Sonja mit purpurner Morgenröte auf den Wangen ins Zimmer trat, konnte ich auf meinem Sofa gerade noch einen Aufschrei des Erstaunens zurückhalten: sie trug ein kirschrotes Kleid, in der Hand einen Pullover und über der Schulter eine weiße Tasche. Genau wie auf dem Photo. Sie stand wartend an der Tür, doch ich brauchte eine Weile, bis ich es begriff und aufstand. Fast hatte ich damit gerechnet, daß sie herüberkam, sich neben mir auf dem Sofa niederließ und, leicht an meine Schulter gelehnt, Photographierposition einnahm. War das alles Zufall oder Sonjas Inszenierung? Ich weiß es nicht. Damals war mir meine Ähnlichkeit mit Sparti noch nicht bewußt. Und selbst wenn, ich hätte bestimmt meinen Mund nicht aufgemacht, und zwar aus einem ganz einfachen Grund. Seit Sonja mich in Spartis Kleider gesteckt hatte, konnte sie mit mir machen, was sie wollte. Ich war bis zum Wahnsinn in sie verliebt.

Sonja spielte, kein Zweifel, und sie spielte hoch. Es war eine Schnapsidee. Wie hätten wir sonst drei Abende hintereinander in die Taverne des »Dajti« gehen können? Es waren nur drei Abende und nicht vier oder mehr, weil uns am dritten Abend der Ministersohn und Ermittler A. P. dort begegnete. Ich hatte schon am ersten Abend gemerkt, daß Sonja hier keine Unbekannte war. Die Überraschung stellte ich dar. Der Direktor des Hotels, dem wir in der Eingangshalle über den Weg liefen, der Oberkellner, der Schwarm der Kellner und selbst die Musiker in der Taverne begrüßten sie respektvoll, fast untertänig. Wir nahmen an einem runden Tisch in der Ecke Platz, möglichst weit vom Orchester entfernt. Es half nichts, der Lärm war überall gleich ohrenbetäubend.

Auf der Tanzfläche drehten sich einige ausländische Paare. Wir bestellten Whisky und Kaffee. Umsichtig, wie sie war, hatte Sonja mich mit einem Bündel großer Scheine ausgestattet. Sie hatte mich angewiesen, mir den Kopf nicht zu zerbrechen, sondern ganz locker zu bleiben. Einen Kleinstadttölpel wie mich kostete es allerdings viel Mühe, Sonjas hohen Ansprüchen gerecht zu werden. Außerdem kam mir die Taverne ziemlich langweilig vor. Das einzig Interessante waren die Ausländer, aber die scherten sich nicht um uns.

Grauauge tauchte eine Stunde nach uns in der Taverne auf. Bei ihm waren noch zwei andere, alle trugen die gleichen Anzüge. Der Hoteldirektor gab ihnen das Geleit. Ich entdeckte sie sofort, und meine Hand mit dem Whiskyglas erstarrte. Sonja war gerade dabei, mich in das Scheidungsdrama einer Freundin einzuweihen. Offenbar erstarrte auch meine Miene, denn sie erkannte, daß ich nicht bei der Sache war, unterbrach ihren Bericht und verfolgte meinen Blick bis zum Eingang der Taverne, wo die Ankömmlinge noch immer standen. Sie lächelte. Du mußt nicht so hinstarren, sagte sie, hob das Glas, stieß mit mir an, nahm einen kleinen Schluck und stellte das Glas wieder auf den Tisch. Das rätselhafte Lächeln verschwand nicht von ihrem Gesicht. Die neuen Gäste strebten einer Ecke auf der entgegengesetzten Seite der Taverne zu, wo sie offenbar einen freien Tisch entdeckt hatten. Dort verlor ich sie aus den Augen, ebenso den Hoteldirektor, der ihnen gefolgt war. Sonja wandte sich erst ungerührt wieder dem Scheidungsdrama ihrer Freundin zu, unterbrach es aber gleich wieder. Die Beleuchtung wurde gedämpft, und die Taverne versank in ein sanftes, rötliches Licht. Die Kapelle spielte einen Blues. Sonja befahl mir, meinen Whisky auszutrinken, und tat selbst das gleiche. Noch war die Tanzfläche leer. Los jetzt, sagte sie. Weitere Erläuterungen waren überflüssig, obwohl mir ganz flau im Magen war. Ich wußte genau, was Sonja vorhatte, wen sie meinte und was die Botschaft war. Sei ganz ruhig, flüsterte sie mir zu. Ich sagte ihr, sie sei eine Hexe, und bot ihr an, dem Grauäugigen mitten in der Taverne das Fell zu gerben. Nicht nötig, erwiderte sie, das hier macht ihn viel wilder. Wir drehten uns so lange allein auf dem Parkett, bis auch der apathischste Gast auf uns aufmerksam wurde. Sebstverständlich auch die drei am Tisch, oder vier, wenn man den Direktor mitzählte. Die Paare strömten nun auf die Tanzfläche, und Sonja meinte, wir sollten uns setzen. Der Kellner brachte Whisky, aber Sonja wollte nicht weitertrinken. Wir bestellten geröstete Mandeln. In der Taverne des »Dajti« wurden tatsächlich Salzmandeln serviert. Dieses faszinierende Detail ist das einzige, was mir von der Taverne in Erinnerung geblieben ist, die ich seit diesem Abend nie mehr betreten habe. Ich wäre neugierig zu erfahren, ob der Ministersohn sich weiter dort sehen ließ.

Er hat uns auf jeden Fall bemerkt, sagte Sonja. Jetzt dreht er durch. Wie man hört, quält er gern seine Opfer, das heißt, die armen Schlucker, die ihm als Ermittler in die Hände geraten. In Ladis Kreisen weiß das jeder, alle tuscheln darüber. Und keiner tut etwas. Warum auch, von ihrem Standpunkt aus gesehen? Weißt du, wie viele Augen uns jetzt anstarren? fragte sie plötzlich. Aber du brauchst keine Angst zu haben, ich bin ja bei dir. Für diese Idioten ist das genauso, als ob du mit Ladi zusammen wärest. Und mit Ladi zusammen zu sein, das ist praktisch das gleiche, wie wenn man mit Ladis

Vater zusammen ist. Viehzeug. Vor den Hasen spielen sie die Tiger, und bei den Tigern sind sie wie Hasen. Sonja trank einen Schluck Whisky aus meinem Glas. Und dieser Typ da, fuhr sie fort, der ist doch bloß ein Parvenü, genau wie sein Vater, der Herr Minister. Weißt du, was ein Parvenü ist? Unser Staat ist den Parvenüs in die Hände gefallen. Unsere angeblich so monolithische Gesellschaft ist total verrottet. Weil sie von Parvenüs kommandiert wird. Sie sind das größte Unglück für unser Volk. Es wird schwer sein, sie einmal loszuwerden ...

Bald darauf gingen wir. Draußen war es kühl. Der große Boulevard war menschenleer. Sonja hakte sich bei mir ein. Wir gingen eng aneinandergeschmiegt. Ich hatte den Heiratsantrag bereits auf den Lippen. Aber ich getraute mich nicht. Ich kam mir vor wie ein Parvenü. Ein Parvenü, der durch eine Verkettung glücklicher Umstände mit der Gunst einer himmlischen Frau beschenkt worden war.

Sonjas Verhalten wurde mir immer unverständlicher. An den geltenden Normen gemessen, bedeutete es einen öffentlichen Skandal. Das waren Ladis Worte. Als er anrief, um seinen Besuch anzukündigen, waren wir eben aus dem Bett aufgestanden und tranken Kaffee. Ich stand mitten in den Semesterprüfungen. Zur ersten war ich schon gar nicht hingegangen, weil ich die Zeit nutzen wollte, um für die zweite zu lernen. Ladi hatte ich seit drei Wochen nicht mehr gesehen. Es macht keinen Sinn, wenn du gehst, sagte Sonja, er weiß sowieso, daß du hier bist. Tatsächlich nahm Ladi meine Anwesenheit ohne ein Zeichen der Verwunderung zur Kenntnis. Er meinte, wir hätten uns ja ordentlich in Szene gesetzt, ganz Tirana zerreiße sich das Maul über uns. Dann kam die Bemerkung mit dem öffentlichen Skandal. Sonja lachte. Dieses Lachen machte mir angst. Ich war schon lange nicht mehr imstande, mich gegen ihre Kapriolen zur Wehr zu setzen. Wirklich, ich hatte nicht die geringste Lust, bei diesem Gespräch dabeizusitzen, aber Sonja hätte mir nie verziehen, wenn ich gegangen wäre. Unter den gegebenen Umständen machte Ladi es kurz. Ich komme mit einer definitiven Anweisung meines Vaters, sagte er. Sonja sollte noch am gleichen Abend ihren Sohn bei den Großeltern abholen, wo sie ihn schon vor mehr als einem Monat abgegeben hatte. Am nächsten Morgen würde ein Auto kommen und sie zusammen mit dem Jungen nach Durrës in die Villa bringen, und zwar auf unbestimmte Zeit. Für zwei Monate vielleicht, sagte Ladi, bis sich dein Zustand ersichtlich gebessert hat. Vater, und übrigens nicht nur Vater, meint nämlich, bei dir machten sich Anzeichen einer psychischen Erkrankung bemerkbar.

Diesmal lachte Sonja nicht. Sie wurde bleich. Onkel soll seine Befehle denen geben, die unter seiner Fuchtel stehen, erwiderte sie. Ich gehöre nicht dazu, und er wird mich auch nicht so weit bringen. Außerdem habe ich mich noch nie wohler gefühlt. Sie verließ das Zimmer und kam mit einer Flasche Kognak zurück. Sie schenkte ein und leerte, um es uns vorzumachen, ihr Glas in einem Zug. Ladi rührte seines nicht an. Ich das meine auch nicht. Sonja hatte recht mit ihrem Protest, aber dies war nicht die passende Form. So dachte ich in meiner Mediokrität. Weil ich vergessen hatte, was Empörung heißt, und weil ich diese Frau nicht verstand. Auf Ladis Gesicht legte sich die bekannte Blässe. Du wirst genau das tun, was Vater sagt, erklärte er. Ich mache keine Witze. Und viel Zeit zu verlieren gibt es auch nicht. Wenn du es genau wissen möchtest: Vater hat eindeutige Hinweise erhalten. Wenn du so weitermachst, dann ist auch Sari (so wurde ich von ihm und Sonja gerufen) nicht mehr zu helfen. Das alles hier ist kein Geheimnis mehr. Vater hat davon erfahren, und nun sieht es düster aus. Ladi schwieg eine Weile, dann wandte er sich in bittendem Ton wieder an Sonja: Sei jetzt nicht so stur. Es gibt einfach keinen anderen Ausweg. Sonst passiert vielleicht etwas, vor dem sich offenbar sogar mein Vater fürchtet. Er besteht darauf, und fertig. Und wenn du meine Meinung hören möchtest, diesmal hat er sogar recht. Ich weiß auch nicht mehr, außer daß Vater wirklich besorgt ist. Besorgt, wohlbemerkt, nicht bloß nervös. Und du, Sari, läßt dich in nächster Zeit besser nicht in Tirana blicken. Geh nach Hause in dein Städtchen und lerne dort auf die Prüfung.

Ich mußte an seinen Geburtstag denken, den Abend mit Schnee. An das Gespräch zwischen Vater und Sohn, die beharrliche Forderung von Ladis Vater, noch weitere Gäste einzuladen. So ist das also, ging mir durch den Kopf, keiner kann sich sicher fühlen, alle haben Angst, egal, wie mächtig sie sind. Ich entdeckte diese Angst in Ladis Worten, in der Art, wie er Sonja anbettelte. Und sie fuhr auch mir in die Knochen. Eiskalt lief es mir über den Rücken. Ich war es ja, der Ladi die ganze Sache eingebrockt hatte. Es tut mir leid, flüsterte ich, es tut mir so leid. Sonja stand auf und trat ans Fenster. Ladi nippte an seinem Kognak. Dann rang er sich ein Lächeln ab, mit dem er mir wohl sagen wollte: Nur keine Sorge, so ist das nun einmal bei diesen Sachen. Als Sonja

sich uns wieder zuwandte, hing eine Träne in ihren Wimpern. Gut, sagte sie zu Ladi, ich verstehe. Wahrscheinlich
habe ich nur nicht gemerkt, wie krank ich bin. Sage deinem
Vater, daß ich einverstanden bin. Aber nicht morgen. Übermorgen, sage ihm das. Ich bin vor übermorgen früh nicht fertig. Damit wandte sie uns wieder den Rücken zu. Ladi
wirkte nicht besonders beeindruckt. Erleichterung stand auf
seinem Gesicht. Er trank seinen Kognak aus und stand auf.
Ich gehe jetzt, sagte er. Sonja antwortete nicht. Ladi zuckte
mit den Schultern, gab mir wortlos die Hand und ging weg.

Regungslos blieb ich vor meinem gefüllten Kognakglas
sitzen. Ich brachte es noch nicht einmal fertig, Ladi zur Tür
zu begleiten. Sonja stand immer noch wie eine Statue am
Fenster. Was sollte ich bloß tun? Ich beschloß, besser den
Mund zu halten. Schließlich kam sie zu mir. Es war heiß an
diesem Nachmittag. Ich trank von meinem Kognak, und
mir wurde noch heißer. Zum ersten Mal gestand ich mir
wirklich ein, daß ich nicht hierher gehörte. Zufällig war ich
in den Umkreis von ein paar Menschen geraten, die selbst bei
noch so großer Nähe von einem geheimnisvollen Nebel umgeben blieben, den ich nicht zu durchdringen vermochte.
Trotzdem kann ich sagen, daß ich Sonja an diesem Abend
besser verstand als je zuvor. Hast du Angst, mit mir auszugehen? fragte sie. Da ließ ich mich zu der theatralischsten
und blödsinnigsten Geste meines Lebens hinreißen. Ich fiel
vor ihr auf die Knie und bedeckte ihre Hand mit Küssen. Ich
hatte mir an diesem Tag einen Wildwestfilm angeschaut.
Auch darin war der Held nach tausend Heldentaten vor seiner Angebeteten auf die Knie gesunken. Ich glaube allerdings nicht, daß mein zugegebenermaßen ziemlich anachro-

96

nistisches Gebaren von der Handlungsweise des Filmhelden inspiriert war. Ich ging wahrscheinlich nur deshalb in die Knie, weil sie unter mir nachgaben, als Sonja wissen wollte, ob ich mich an diesem Abend mit ihr hinausgetraute. Das konnte nur bedeuten, daß es das letzte Mal war. Deshalb hatte sie ihre Abreise auf übermorgen verschoben. Sonja übrigens schien meine sentimentale Reaktion für völlig angemessen zu halten. Sie ergriff meinen Kopf und streichelte meine Haare. Daraus kann man schließen, daß bestimmte Verhaltensweisen, die Männern anachronistisch erscheinen mögen, von Frauen durchaus nicht so verstanden werden. Als es dämmerte, gingen wir los. Schweigend, als seien wir auf dem Weg zu einer Beerdigung. Die Leute auf der Straße waren für mich wie Stechfliegen. Was sie für Sonja waren, weiß ich nicht. Vor dem Restaurant »Donika« blickten wir uns an und waren einer Meinung. Wo hätte man sich vor lästigen Blicken besser schützen können als im »Donika«? Das galt nicht so sehr für graue Augen, deren Blicken wir uns an diesem Abend so wenig entziehen konnten wie sonst. Womöglich gab es auch noch andere Augen, die uns sahen, ohne daß wir es bemerkten. Immerhin, im »Donika« konnten wir uns am sichersten fühlen. Dort saß man auch am ruhigsten. Wir gingen hinauf auf die Empore. Auf der Treppe mußte man wie üblich aufpassen, daß man sich nicht den Kopf stieß. Wir fanden Platz in einer der Nischen. Uns gegenüber, direkt am Geländer, mit Blick auf den Saal, stand ein leerer Tisch. Sonja saß wortlos da. Genauso ich. Nach einer halben Stunde erschien endlich ein Kellner und teilte mit, daß an diesem Abend nur Frikadellen mit Kohl zu haben seien. Gut, sagte Sonja, dann nehmen wir Frikadellen mit Kohl. Und Bier dazu, ergänzte ich. Bier gibt es nicht, sagte der Kellner. Was gibt es dann, fragte ich. Nur Uzo, erwiderte er hämisch. Dann wollen wir zwei doppelte Uzo, dämpfte Sonja seine Schadenfreude. Es dauerte eine Weile, bis der Kellner wiederkam. Inzwischen hatte am Tisch gegenüber ein Pärchen Platz genommen. Mein zerstreutes Auge nahm die beiden nur als Silhouetten wahr. Ich hielt sie für Verlobte, und sie taten mir leid, weil es an diesem Abend nur Frikadellen mit Kohl gab. Und Uzo. Ich war gespannt, ob das Mädchen auch Uzo nehmen würde. In diesem Augenblick sah sie herüber.

Mit ihr hätte ich in diesem Lokal am wenigsten gerechnet. Es war Vilma. Sie befand sich in Begleitung des Vetters, den ich damals zur Ermittlung von Maks' Freßgewohnheiten mißbraucht hatte. Vilma errötete, wahrscheinlich, weil ich sie bei ihrem Blick ertappt hatte, und schaute schnell weg. Ich wußte, daß sie in Tirana die höhere Schule besuchte und kurz vor dem Abitur stand. Ihr Vater war immer noch Direktor der Grundschule in unserem Städtchen. Irgend etwas trieb mich dazu, sie weiter zu fixieren. Bestimmt würde sie wieder herüberschauen. Nicht wegen mir, sondern wegen Sonja. Ich täuschte mich nicht. Gleich darauf machte sie jene scheinbar zufällige Kopfbewegung, wie sie für neugierige Gymnasiastinnen typisch ist. Vilma war auf meine Falle nicht vorbereitet und tappte prompt hinein. Obwohl dieser Abend so schrecklich traurig war, mußte ich lachen. Sie wurde puterrot. Was bist du doch für ein Idiot, schalt ich mich. Dann wollte Sonja gehen. Der Kellner ließ sich eine weitere halbe Stunde nicht blicken. Wir gingen.

10

Es war ein langweiliger Sommer. Mehr als langweilig, öde. Mehr als öde, unnütz. Ich legte auch die Herbst-prüfung schon Ende August ab, einem Augustende mit ei-nem Zustrom afrikanischer Luftmassen, die zeigten, daß der Herbst es nicht besonders eilig hatte. Ladi erschien erst mit zwei Wochen Verspätung zu den Vorlesungen. In ihm be-gegnete ich meiner Sehnsucht nach Sonja. Aber wir er-wähnten Sonja mit keinem Wort. Für Ladi gab es keinen Anlaß. Ich getraute mich nicht. Was für absurde Konventio-nen, dachte ich. Sie hatten den ganzen Sommer gemeinsam verbracht, es war wahrscheinlich noch keine zwei Tage her, daß Ladi sich von Sonja verabschiedet hatte, und ich mußte meinen Mund halten. Das machte mich nervös. Es machte mich wütend. Ich hatte gute Lust, ihm zu sagen, daß die Konventionen mir gleichgültig waren, daß ich noch am sel-ben Abend zu Sonja gehen oder mich mit halb Tirana prü-geln würde. Es tut so weh, wenn ich daran denke. Natürlich sagte ich gar nichts. Etwas wühlt in mir und frißt mich auf: die Reue. Ladi stand am Rande des Abgrunds, und ich dachte nur an mich. Aber woher hätte ich auch wissen sol-len, daß er am Rande des Abgrunds stand? Alles ging weiter seinen alten, schläfrigen Trott. Das Massiv des Dajti über-ragte in seiner ewigen olympischen Ruhe die Hauptstadt. Wie immer waren Ladis Augen traurig, sein Gesicht blaß.

Woher sollte ich wissen, daß sich Beben ankündigten? Ich war schließlich kein Prophet. Ich war ein armseliger kleiner Wicht, den nur der Wunsch umtrieb, mit Sonja zu schlafen. Ein Parvenü, wie Sonja andere zu nennen pflegte, ein verliebter Parvenü. Alles, was keinen Bezug zu Sonja hatte, interessierte mich nicht. Wie konnte ich ahnen, daß unter dem Sumpf schon ein Feuer brannte, das die modrigen Wässer mit all den Kröten und Quappen, Aalen und Schlangen bald zum Kochen bringen würde. So weit reichte mein Verstand nicht. Niemand konnte es voraussehen. Außer denen, die schon die Hitze unter sich spürten. Ich war bloß ein Stück Reisig, das neben einem lodernden Holzscheit zu liegen kommt und mit ihm zusammen verbrennt.

Als ich Ladi Mitte September wiedersah, nahm ich eine gewisse Zerfahrenheit an ihm wahr. Es war drückend heiß. Alle klagten darüber, daß es keine Hitzeferien gab, und von morgens bis spät in den Abend hinein fühlte man sich matt und ausgelaugt. Ich kann nicht sagen, ob Ladi auch das Feuer unter seinen Füßen spürte. Beziehungsweise in seiner Nähe. Genauer gesagt, unter dem Sessel seines Vaters. Blind vor Eigensucht nahm ich nicht wahr, daß sich die Welt um mich herum überschlug. Zwei Monate ohne Sonja hatten mich überempfindlich gemacht. Alles, was war, alles, was sich ereignete, alles, was irgend jemand tat, brachte ich in Bezug zu ihr. Vor allem das, was Ladi sagte und tat. Mein Gehirn produzierte Fehlinformationen wie ein vom Virus befallener Computer. Ladis Niedergeschlagenheit interpretierte es als Abkühlung seiner Gefühle für mich, seine Menschenscheu als Versuch, mir aus dem Weg zu gehen, seinen Widerwillen gegen gemeinsame Kneipentouren als Angst vor

Kompromittierung und Sonjas Verwahrung als gemeines Komplott gegen mich. Bis zu jenem Tag im Oktober, an dem ich einsehen mußte, wie engstirnig ich gewesen war. Wenn du Lust hast, sagte Ladi nach der Vorlesung zu mir, dann komme heute abend zur Kirche*. Ich bringe Whisky mit. Wenig vorher hatte er zum zweitenmal hintereinander eine Einladung von mir ausgeschlagen. Tut mir leid, antwortete ich, aber ich fürchte, daraus wird nichts. Ladi ignorierte meine demonstrativ kühle Reaktion. Ich finde es auch schade, sagte er, Sonja wird glauben, ich hätte es dir zu sagen vergessen. Nach dieser beiläufigen Mitteilung wechselte er das Thema. Er erkundigte sich nach Xhohus nächstem Kolloquium. Xhohus nächstes Kolloquium, antwortete ich, ist in einer Woche. Dann trennten wir uns. Er nahm den großen Boulevard, ich ging in Richtung Flugreisebüro, wo sich an der Ecke meine Bushaltestelle befand. Mein Herz pochte heftig. Im letzten Moment überlegte ich es mir anders. Ich drehte mich um und sah ihn langsam weggehen. Aber bitte eine ganze Flasche, rief ich ihm nach, nicht schon wieder halbleer. Er winkte mir zu. In seinen Augen entdeckte ich dieses seltene Lächeln. Dann ging er weiter.

Es war für uns drei der letzte gemeinsame Abend. Und an diesem Abend schlief ich auch zum letztenmal mit Sonja. Der Volksmund sagt, wenn ein Mensch den Zeitpunkt seines Todes wüßte, würde er selbst sein Grab ausheben. Weder Ladi noch Sonja wußten, was ihnen bevorstand, davon bin ich fest überzeugt. Sie konnten es nicht wissen, sowenig wie ich ahnen konnte, daß dies unser letzter gemeinsamer Abend

* Ausflugslokal am Rande Tiranas

war und daß ich an diesem Abend zum letztenmal mit Sonja schlafen würde. Wir tranken die ganze Flasche Whisky aus, wir tranken Wein, wir tranken Bier. Die Küche bereitete uns einen vorzüglichen Imbiß zu. Nicht um Sonjas schöner Augen willen. Leider verbeugen sich die Menschen vor der Macht, nicht vor der Schönheit. Die Kellner und Köche des Lokals am See machten da keine Ausnahme. Sonjas schöne Augen waren ihnen egal. Wenn es nur um Schönheit gegangen wäre, hätten wir vermutlich überhaupt nichts zu essen bekommen. Ladi allerdings bekam etwas. Denn Ladi hatte Macht, und Macht übt einen weitaus stärkeren Zauber aus als weibliche Schönheit. Alle sind von der Macht besessen, Männer wie Frauen. Die Männer bis zur Perversität, die Frauen bis zur Entweiblichung. Die Kellner und Köche des Lokals am See, alle, die an diesem Abend dort waren, hatten offensichtlich keine Ahnung von dem, was meinen Freunden bevorstand. Und ich wußte nicht, was auf mich wartete.

Später, als dann alles geschehen war, hörte ich munkeln, schon früh seien Vorzeichen des winterlichen Wütens zu erkennen gewesen, zum Jahresende hin sogar überdeutlich. Zum Beispiel wollten manche bereits im Trubel der Neujahrstage wahrgenommen haben, daß das Porträt von Ladis Vater unter den Konterfeis der wichtigen Persönlichkeiten fehlte, die den festlichen Schmuck der Hauptstadt bei solchen Anlässen gewöhnlich komplettierten. Die Mehrheit indessen stellte diese Behauptung in Abrede und bestand darauf, das betreffende Bildnis sei wie immer zwischen den anderen zu finden gewesen. Wie dem auch sei, ich hatte auf jeden Fall nichts bemerkt. Führerporträts waren das letzte, was mich interessierte. Zeitungen las ich auch nicht, sieht man einmal von der obligatorischen Lektüre im Kollektiv ab, die man für ungemein wichtig hielt, ohne daß ich begrif- fen hätte, warum. Etwas anderes war aber in den folgenden Monaten nicht zu übersehen: Ladi verlor jedes Interesse an Büchern. Die Zeit, die er zuvor dem Lesen gewidmet hatte, eine eherne Regel seines Lebens, begann er nun damit zu ver- geuden, daß er mit mir durch die Lokale zog. Das war in der Zeit, als Sonja jeden Kontakt mit mir abbrach. Ohne den Trost, den mir Ladis Gesellschaft gab, hätte ich vermutlich die größten Dummheiten begangen, deshalb zerbrach ich mir über sein verändertes Verhalten nicht zu sehr den Kopf. Mir schien, als passe er sich in seinem Gebaren nur meiner Verzweiflung über den Verlust von Sonja an, und in meiner egoistischen Verblendung sah ich darin eine Geste seiner So- lidarität mit mir.

Im Städtchen tauchten die ersten Gerüchte auf. Ich lernte ge- rade für die einzige Prüfung in diesem Semester, die Ende Ja- nuar stattfinden sollte, als mein Vater zu mir ins Zimmer kam. Er war blaß und mußte am Türrahmen Halt suchen, sonst hätten wahrscheinlich seine Beine unter ihm nachgege- ben. Stotternd fing er an zu berichten. Mein Vater stotterte immer, wenn er sich Sorgen machte. Vor zwei oder drei Ta- gen war Ladis Vater zum Staatsfeind erklärt und inhaftiert worden. Kein Mensch wußte, warum. Außer ihm hatten auch noch einige andere Funktionäre ihre Ämter verloren, bekannte und unbekannte Namen. Man rechnete mit weite- ren Verhaftungen. Mein Vater war so aufgeregt, daß ich mich ungeheuer konzentrieren mußte, um ihn überhaupt zu ver- stehen. Er fing an, im Zimmer auf und ab zu marschieren, er jammerte, er fluchte, ohne den Mut zu haben, jemand oder etwas beim Namen zu nennen. Er starb fast vor Angst, denn Ladi war ein paarmal bei uns gewesen, und mein Vater hatte natürlich schrecklich damit angegeben, daß sein Junge mit dem Sohn eines so mächtigen Mannes befreundet war. Nun hatte ihn der Katzenjammer befallen, und er wußte nicht mehr, was er tun sollte. Jetzt ist es aus mit uns, stammelte er. Das hat uns gerade noch gefehlt. Was mußtest du dich auch mit ihnen einlassen? Als ob wir nicht schon genug Sorgen hätten! O lieber Gott, warum tust du mir das an?

Ich ließ ihn jammern und ging weg, sonst hätten wir uns unter Garantie geprügelt. Wo sollte ich hin? Mein Kopf dröhnte. Es war ein eisiger Januartag. Mit leeren Straßen und den nackten Bäumen bereitete sich das Städtchen auf eine Nacht wie jede andere vor. Dem Städtchen war egal, was in der Hauptstadt passierte. Es zerbrach sich auch nicht den Kopf über Porträts, die auf- und abgehängt wurden. Es hatte diese ganzen Geschichten einfach satt. Das Städtchen interessierte sich für die Fäuste, die im Klub flogen, für die Messer, zu denen man bedenkenlos griff. Die Bilder, die auftauchten oder verschwanden, lieferten längst nur noch Stoff für Anekdoten. Die Kühnsten wagten sogar die Bemerkung: »Sollen sie sich ruhig gegenseitig die Schädel einschlagen.« Die Bildtafeln wußten davon nichts, sie wurden weiter auf- und abgehängt, was wiederum das Städtchen völlig gleichgültig ließ.

Man hörte den Fluß rauschen, wahrscheinlich, weil es im Städtchen so totenstill war. Ein eisiger Wind schnitt mir in den Leib. Erst allmählich begriff ich richtig, was Vaters Mitteilung zu bedeuten hatte. Alles lag bereits zwei oder drei

Tage zurück. Kalter Schweiß trat auf meine Stirn. Zehn Minuten später stand ich in der schmutzigen Halle des Postamts. Wie üblich war das Fräulein von der Vermittlung gerade damit beschäftigt, sich mit jemand herumzustreiten. Ich steckte ein paar Münzen in den Automaten und wählte die Nummer. Ladi hatte ein Telefon auf seinem Zimmer. Ich ließ es lange klingeln, bis ich mich endlich erschüttert darin fügte, daß auf der anderen Seite niemand den Hörer abnahm. Ich legte auf. Der Automat schiß die Münzen wieder aus. Nach fünf Minuten machte ich einen weiteren Versuch. Bis um acht Uhr abends, als die Post schloß, muß ich es wohl an die fünfzehnmal versucht haben. Niemand ging ans Telefon.

Ich kehrte nach Hause zurück. Mutter hatte sich von Vaters Angst anstecken lassen. Als ich die Wohnung betrat, standen sie wie erstarrt im Flur und warteten. Mutters Augen waren gerötet. Mich überfiel kalte Wut. Ich war nahe daran, sie anzubrüllen, sie sollten mich gefälligst in Frieden lassen, doch dann ging ich einfach nur wortlos an ihnen vorbei in mein Zimmer. Sie begriffen wohl, daß jeder Versuch, mit mir zu reden, absolut sinnlos gewesen wäre. In meinem Zimmer warf ich mich aufs Bett, fuhr aber gleich wieder hoch wie von der Feder geschnellt. Es ging so schnell, daß meine Eltern immer noch im Flur standen. Als ich die finstere Treppe hinablief, hörte ich hinter mir noch ihre leisen Rufe: Bitte, geh nicht weg! Draußen wußte ich erst nicht, ob das Rauschen in meinen Ohren vom Fluß kam oder in meinem Schädel war. Ich stieg an der Haltestelle vor dem Flugreisebüro aus dem Bus und rannte wie gehetzt zu Sonjas Wohnblock, wo ich keuchend ankam. Im trüben Licht des

Treppenhauses flüsterte mir eine Frau zu, Sonja sei nicht da, ich könne sie in der Wohnung ihres Vaters finden. Als ich mich umdrehte, war die Frau verschwunden. Ich werde verrückt, dachte ich, jetzt habe ich schon Halluzinationen. Sonja war tatsächlich nicht zu Hause. Mit einer geradezu idiotischen Hartnäckigkeit drückte ich immer wieder auf den Klingelknopf, aber es machte niemand auf.

Ich kann nicht sagen, wie spät es war. Ich kann nicht sagen, wie lange ich auf der untersten Stufe der Treppe zu Sonjas Wohnung saß. Die nächtliche Kälte drang mir in die Knochen, und ich stand schließlich auf, weil ich Angst hatte, dort auf der Treppe einzuschlafen. Sonja war nicht zu Hause. Die Stimme, die ich gehört hatte, war wohl doch keine Halluzination gewesen. Ohne lange nachzudenken, lief ich los. Ich rannte in nördlicher Richtung, wo in etwa einem Kilometer Entfernung Sonjas Eltern wohnten. Die Straßen waren verlassen, nur das Echo meiner Schritte begleitete mich. Ich wußte nicht, was ich eigentlich dort wollte. Heute sage ich mir, daß ich besser nicht hingegangen wäre. Ich hätte mir dann nicht anschauen müssen, wie klein ein Mensch werden kann, wie schwach, eine Null. Genauso fühlte auch ich mich, als ich in der Straße von Sonjas Eltern ankam: klein und schwach, wie eine Null.

Ich sah das Auto schon von weitem, gleich als ich in die Straße einbog. Die Scheinwerfer waren abgeblendet wie bei einem Luftalarm. Wahrscheinlich erweckte gerade dies meine Aufmerksamkeit. Solche Lichter waren nicht normal. Ich ging langsamer. Flüsternde Stimmen waren zu vernehmen. Vor den Lichtern konnte man Silhouetten erkennen. Menschen gingen schweigend hin und her. Polizisten standen auf dem Gehweg vor dem Fahrzeug, einem großen Skoda mit geschlossener Ladefläche und Anhänger. Ich sah alles wie durch einen Nebelschleier. Das kam nicht von der Kälte, die in dieser Nacht biß wie ein Hund. Es war die Szene selbst, die vor meinen Augen verschwamm. Sie werden interniert, dachte ich. Mir wurden die Knie weich. Der Selbsterhaltungstrieb nagelte mich auf meinem Platz fest. Die Straße lag in Finsternis: die Neonlampen waren kaputt, alle Fenster ringsum dunkel. Allerdings bewiesen plötzlich sich bewegende Vorhänge, daß die Anwohner das Schauspiel heimlich beobachteten. Ich wagte mich so nahe heran, daß ich die Stimmen verstehen konnte. Dann entdeckte ich Sonja. Sie trug ihren Sohn auf dem Arm. Ein Stück entfernt stand ihr Vater. Noch ein Stück weiter war die Mutter. Auf der Treppe herrschte ein Kommen und Gehen, Leute brachten Dinge heraus, die sie auf den Anhänger luden. Der Lastwagen selbst war bereits beladen. Dort auf der anderen Seite der Straße, auf dem Gehweg, stand also Sonja. Ein paar Schritte hätten genügt, und ich wäre bei ihr gewesen. Ich biß in meine Faust, bis sie zu bluten anfing. Sonja war ganz nahe, aber ich getraute mich nicht aus dem Dunkel heraus. Ich verkroch mich wie ein Maulwurf. Hinter dem Anhänger trat ein Zivilist hervor und näherte sich Sonja. Ja, er war es, es war der Ministersohn. Sonja wandte sich ab. Ich wußte genau, daß ich an meinem Standort für alle unsichtbar war, aber trotzdem hatte ich das Gefühl, daß Sonja mich anschaute. Ihre erloschenen Augen versuchten dem Blick der grauen Augen auszuweichen, indem sie ins Leere starrten. Sie wußte nicht, daß ihr Blick gar nicht ins Leere ging. Ich schlug die Hände vors Gesicht. Am liebsten wäre ich mit dem Kopf gegen die Mauer gerannt. Was der Ermittler A.P. zu Sonja sagte, konnte ich nicht verstehen, und auch nicht, wie Sonja darauf antwortete. Als ich wieder hinschaute, war man schon dabei, die Menschen zu verladen. Auch Sonja. Dann fuhr der Lastwagen los. In ein paar Fenstern bewegten sich die Vorhänge. Weg mit euch, hätte ich am liebsten geschrien. Es gibt nur Unrat auf dieser Erde. Wie euch, wie mich. Wir alle sind Unrat. Wir alle verdienen es, daß man uns wie Unrat behandelt.

Am frühen Morgen, es dämmerte schon, war ich wieder im Städtchen. Nachts schlief auch der Bus, deshalb hatte ich zu Fuß gehen müssen. Sonjas erloschener, ins Leere gerichteter Blick stak in mir wie ein Pfeil. Vermutlich lag es daran, daß ich gegen alle anderen Schmerzen unempfindlich war. Ich schlief wie ein Toter. Als ich aufwachte, war alle Farbe aus der Welt verschwunden. Mir war, als sei ich eingetaucht in Finsternis, und alles, was dann geschah, ließ mich unberührt.

Was geschah, war nicht viel, und es war nach der Logik der Dinge zu erwarten gewesen. Ich ging nicht zur Prüfung, einerseits, weil ich kein Buch mehr angerührt hatte, vor allem aber, weil ich mich keinen sinnlosen Illusionen hingeben wollte. Womit ich allerdings nicht gerechnet hatte, war das Maß an moralischer Verkommenheit, mit dem ich konfrontiert wurde, als die Vorlesungen wieder begannen. Niemand wagte sich in meine Nähe, keiner wollte etwas mit mir zu tun haben. Es erfüllte mich mit einer Art boshafter Befriedigung, als ich sah, wie der ganze Haufen gleich einem Tier nur noch seinen Instinkten folgte. Einem Tier kann man keine Vorwürfe machen, es hat schließlich kein Gewissen. So wartete ich ziemlich gelassen auf etwas anderes, das dann auch rasch folgte. Es war am zweiten Vorlesungstag, als mir der Sprecher unseres Jahrgangs mit unverhohlenem Ekel (offenbar war so schmutzig, was er in den Mund nehmen mußte) die Mitteilung machte, ich hätte mich auf dem Sekretariat zu melden. Ich tat, wie mir befohlen. Im Sekretariat befand sich nur die Sekretärin. Sie war eine große, bebrillte Frau mit hübschen Beinen, um die sie alle Studentinnen beneideten. Man sah ihr an, in welch peinlicher Situation sie sich befand. Um ihr Mut zu machen, setzte ich ein Lächeln auf, und sie errötete wie ein Schulmädchen. Überhaupt war alles an ihr wie bei einem Schulmädchen, selbst die Stimme. Sie müssen verstehen, fing sie an, es tut mir wirklich leid, ich weiß auch nicht, warum man gerade mich ausgesucht hat, es ist ja schließlich gar nicht meine Aufgabe. Also, ich soll Ihnen mitteilen, daß Sie vom heutigen Tag an die Vorlesungen nicht mehr besuchen dürfen, weil in Ihrer Biographie einige Umstände aufgetaucht sind, die ein weiteres Universitätsstudium unmöglich machen. Wirklich, es tut mir leid, ich muß Ihnen nun einmal diese schmerzliche Mitteilung machen, obwohl es eigentlich gar nicht zu meinen Aufgaben gehört. Ich weiß, wie schwer das für Sie ist, und ich versichere Sie meines aufrichtigen Mitgefühls …

Ich war geneigt, sie einen Engel zu nennen. Ihr zu sagen, daß sie nicht in dieses häßliche Büro, sondern in den Himmel dort oben gehöre. Daß sie eine paradiesische Sirene sei. Ich sagte nichts davon. Hoffentlich war mir die Dankbarkeit wenigstens an den Augen abzulesen. Ich weiß es nicht genau. Ich bin mir nicht sicher, ob die Sekretärin durch ihre Brille hindurch überhaupt imstande war, in fremden Augen zu le-

sen. Jedenfalls erwiderte ich ihr in einer an Zynismus grenzen-
den Seelenruhe, daß ich diese Mitteilung nur in schriftlicher
Form akzeptieren könne, mit Unterschrift und Siegel. An-
sonsten sähe ich keinen Grund, meine Studien einzustellen.
Sie war verlegen. Sicher, murmelte sie, das ist Ihr gutes Recht.

Ich ging hinaus und in die Vorlesung. Ich wußte, daß ich
mir den Auftritt hätte sparen können, die Sache war gegessen.
Aber ich hatte auf so niederträchtige Weise zwei Menschen
verloren, die ich liebte. Sie waren weg, spurlos verschwunden. Ohne daß sie sich auch nur das mindeste hatten zuschul-
den kommen lassen. Ich mußte ständig an den Geburtstag
denken, den Abend im Schnee, den Wortwechsel zwischen
Vater und Sohn, das Insistieren des Vaters auf die Einladung
eines oder einiger Menschen. Ladi hat den Befehl nicht zur
Zufriedenheit des oder der Geladenen durchgeführt, dachte
ich, während ich die somnambulen Gesten des Pädagogen
beobachtete. Man war verärgert. Man sagte: Schau an, diese
schwindsüchtige Vogelscheuche wagt es, uns zu brüskieren.
Dem reißen wir den Kopf ab, den lassen wir mit seiner ganzen
Sippe Dreck fressen! Bis es dann eines Tages soweit war. Zuerst kam, der Rangfolge entsprechend, der Kapo der Familie
an die Reihe. Der Gockel. Ob der Familiengockel wohl noch
seinen Kopf hat? Ich glaube, meiner ist auch schon so gut wie
weg, dachte ich. Und zuckte zusammen. Jemand hatte mich
an der Schulter berührt. Es war der Jahrgangssprecher. Er
war so angeekelt wie vorher, als habe er in Scheiße greifen
müssen. Ich solle in Xhohus Büro kommen, teilte er mir leise
mit, und zwar sofort. In diesem Augenblick rechnete ich ganz
konkret damit, daß man mich um einen Kopf kürzer machen
würde.

Xhohu empfing mich formlos. Ich wußte, was kommen würde. Mir war danach, ihm noch vor Beginn seiner Ansprache zu sagen, daß er eigentlich nicht in dieses täglich ausgekehrte und geputzte sowie elektrisch beheizte Büro gehörte, sondern in den siebten Kreis der Hölle. Indessen hatte Xhohu, ohne mich eines Blickes zu würdigen, bereits zu folgender Erklärung angehoben: Wenn der Herr auf etwas Schriftlichem beharrt, dann kann er das gerne bekommen. Allerdings nicht bei uns, wir geben nichts schriftlich. So etwas bekommt er im Büro eines seiner Bekannten, er trägt den Namen A. P. Wenn der Herr nicht zufrieden ist, dann tut es mir leid, dann muß er zu A. P. gehen. Dort kriegt er es dann schriftlich ...

Xhohus Argumente waren schlagend. Mit diesem Ausgang hatte ich nicht gerechnet. Ich verschwand aus seinem Büro, zitternd am ganzen Körper. Xhohus Hinweis war überdeutlich gewesen, mich schauderte, ich konnte nichts dagegen tun. So rannte ich davon. Wie ein geprügelter Hund. Wie ein Hund, den man mit Steinen bewirft. Wie ein Straßenköter.

Als ich das Erbrochene vor meinen Füßen sah, drehte sich mir erst recht der Magen um. Meine Muskeln verkrampften sich, und ich schlug mit dem Kopf gegen den Stamm der Pinie. Ich hatte nichts mehr von mir zu geben als bittere Galle, die in eine Pfütze aus Magenschleim floß, vermischt mit Ersatzkaffee und Kognak. Hau ab, du Jammerbild, wiederholte ich. Alles verschwamm vor meinen Augen. Auf wen paßt du auf? Du Irrer, die du behüten möchtest, ruht im Schoß der Erde. Du tragische Sphinx, sie ist schon lange vermodert. Der Schoß der Erde birgt nur noch ihre Knochen. Aber wir beide, du und ich, wir leben noch. Wir sind dazu verurteilt, einander bis ans Ende unserer Tage zu quälen. Du bist wahnsinnig, ich ein Verlorener. Schau dir an, Wahnsinniger, für wen von uns diese Welt mehr bereitzuhalten hatte. Was dein Teil war, das sehe ich, das sehe ich schon seit Jahren. Und wie ist es bei dir? Sind deine blutunterlaufenen Augen imstande zu sehen, was ich bekommen habe? Ach, hau doch ab! Kein Mensch hat vor, in deine öde Villa einzudringen. Geh hinein und schlafe. Vielleicht träumst du ja auch. Ich habe gestern Nacht von ihr geträumt. Ich sah sie über das Meer fliehen, in diesem weißen Kleid, das aussah wie ein Brautkleid. Sie war gekleidet wie eine Braut, doch für mich war sie halb Kind, halb Braut. Und ich weinte, weil sie mit den Flüchtlingen gegangen war. Was bedeutet dieser Traum, Wahnsinniger, und warum habe ich ihn gerade gestern nacht geträumt?

Von dem Irren bekommst du doch keine Antwort, dachte ich. Schließlich gelang es mir, vom Stamm der Pinie loszukommen. Die Sonne hatte einen Riß im schmutzigen Himmel entdeckt und warf ein Licht herab. Geblendet tau-melte ich auf dem Gehsteig davon. Xhoda blieb hinter dem Gitterzaun zurück, mit der Eisenstange in der Hand saß er auf seinem Stuhl. Vor mir befand sich Arsen Mjaltis Fleischbraterei. Die Tür stand offen. Eben war sie noch ge-schlossen gewesen, jetzt stand sie auf einmal offen. Das hieß, es gab einen Weg, dem schrecklichen Druck auf meine Trä-nendrüsen zu entrinnen. Wenn ich nicht trank, mußte ich weinen. Also ging ich schnurstracks in die Fleischbraterei von Arsen Mjalti. Was machte es schon, wenn seine Klopse aus Katzenfleisch waren. Einen Tag unter diesem schmutzi-gen Himmel überstand ich nicht, ohne zu trinken. Aller-dings wußte ich, anders als Xhoda, daß sie nicht unter den Flüchtlingen war. Sie lag im kalten Schoß der Erde, nicht mehr war von ihr übrig als eine Handvoll Knochen. Soll Gevatter Tod uns beide holen, dich und mich, die man uns hier vergessen hat. Laß uns Arsens Scheiße fressen, saufen wir seinen Urin. Dieser keineswegs abwertend gemeinte Satz klang mir in den Ohren, als ich über die Türschwelle trat, und Tabaksrauch, vermischt mit dem Brodem von Fleischklopsen, mir in die Nase schlug. Natürlich, dachte ich angesichts der aggressiv selbstgefälligen Miene des Bu-denbesitzers, für uns Zurückgebliebene gibt es nichts an-deres zu fressen und zu saufen. Ich nahm auf einem Stück Papier die mit Salz und Pfeffer bestreuten Fleischklopse entgegen, dazu einen großen Schnaps, und bezog, einen Ell-bogen zwischen den Rippen, ein Plätzchen in der Buden-ecke. Die Fleischklopse würgte ich so schnell wie möglich hinunter. Den Schnaps trank ich langsam. Wäre es Kognak gewesen, ich hätte ihn auf einen Zug ausgetrunken. Ich hatte einen brennenden Durst. Es war so schlimm, daß ich am liebsten das Glas genommen und es mir in den Rachen geschüttet hätte. Wie Autofahrer Wasser in einen kochen-den Motor schütten. Aber ich trank weiter in kleinen, gedul-digen Schlucken. Das ist die einzige Methode, um mit Schnaps seinen Durst zu löschen. Und bösartige Gedanken zu vertreiben. Zum Beispiel dachte ich einen Moment daran, das Glas zu nehmen und den Schnaps dem Exbriga-deleiter in das aggressiv selbstzufriedene Gesicht zu schüt-ten. Mir war nämlich, als sei der Schnaps von noch zweifel-hafterer Natur als die verrufenen Fleischbällchen. Doch anstatt den tückischen Einfall in die Tat umzusetzen, nahm ich die explosive Brühe vorschriftsmäßig, also langsam und in kleinen Schlucken, zu mir und bat sogar darum, mir das Glas erneut zu füllen, ein Wunsch, der sogleich erfüllt wurde. Ich kann nicht genau sagen, wie lange wir noch Höf-lichkeiten tauschten, das heißt ich und Arsen Mjalti. Als ich ging, war der Himmel heruntergesackt und finster ge-worden, über den Hügeln auf der anderen Seite des Flusses blitzte es, und ein paar dicke Tropfen näßten mein Gesicht. Ich hob den Blick zum Himmel. Der Platz war verlassen. Ein Bus hielt, aber niemand stieg aus. Er war so leer wie der Platz. Ich stand mitten auf der menschenleeren Fläche und schaute dem Autobus nach. Das Städtchen lag im trüben Wetter da, ohne aus seinem todesähnlichen Schlaf zu erwachen. Ich tat ein paar Schritte. Meine Beine wollten mich nicht tragen, wie es sich gehört. Wie das eben bei den Beinen eines Betrunkenen so ist. Ich hatte nur ein einziges Ziel: nach Hause zu kommen, und zwar unter allen Umstän‹ den …

11

Ich muß unbedingt nach Hause, dachte ich, unter allen Umständen. Der Bus war bereits wieder abgefahren, ohne daß außer mir noch jemand ausgestiegen wäre. Der Platz lag verlassen da, der Himmel hing tief, ein Februarhimmel, kalt und schmutzig. Feindselig, wie Xhohus Gesicht. Ich stand noch unter dem Eindruck seiner Drohung. Wenn der Herr es schriftlich haben möchte … Nein, ich wollte bestimmt nichts schriftlich haben. Denn dann hätte ich bei Grauauge vorstellig werden müssen, und nach allem, was man so hörte, fand Grauauge großen Gefallen daran, seine Kundschaft zu quälen. Ich wollte nicht Grauauges Kunde werden. Der gleichen Meinung waren auch meine Eltern, denen ich einen detaillierten Bericht meiner Konfrontation mit dem Zeus des Lehrstuhls gab. Mutter raufte sich die Haare, Vater trat seinen Marsch durch die Küche an. Er war es diesmal, der die Krise bereinigte, und zwar auf die denkbar einfachste Art. Nachdem er eine Weile in der Küche auf und ab gelaufen war, wandte er sich mit folgenden Worten an Mutter: Hör auf zu heulen, schließlich ist niemand gestorben. Das Schicksal meint es nun einmal nicht besonders gut mit uns. Und du, wandte er sich an mich, vergiß es einfach. Was geschehen ist, ist geschehen. Wenn du dich verkriechst, wie du das ja gewöhnlich tust, wirst du nur krank. Was ich damit sagen will: Uns ist es egal, ob du hier herumsitzt oder nicht.

Das waren Vaters Worte, dann ging er und braute uns allen einen Kaffee. Komischerweise zeigte er diesmal überhaupt keine Angst. Mir dagegen saß sie in den Knochen. Ich schäme mich nicht, es zuzugeben. Das Verschwinden meiner Freunde und Xhohus finstere Andeutungen hatten mich in Panik versetzt. Wenn ich Grauauge in die Hände fiel, wer weiß, was dann aus mir wurde. So trieb mich vermutlich eher die Angst als Vaters guter Ratschlag dazu, mir eine Arbeit in der Zementfabrik zu besorgen. In der Schredderanlage. Grauauge schien mich vergessen zu haben. Als ich dann meine Arbeit antrat, merkte ich bald, worauf seine Vergeßlichkeit zurückzuführen war. Diese Fabrik war die Hölle auf Erden. Ich war in der Unterwelt gelandet, und zwar ganz ohne Grauauges Hilfestellung. Der Verwaltungsapparat benötigte keine extra Anweisungen. Die in meiner Person vorliegenden Umstände genügten. Onkel hatte sich davongemacht, und überdies war ich auch noch mit dem Sohn eines gewissen Jemand befreundet. Das war mehr als ausreichend, um allen, die mit mir zusammensein mußten, den Angstschweiß auf die Stirn zu treiben. Und was mein Studium anging, so hatte ein gehörnter Teufel wie ich auf der Universität nichts zu suchen. Ein gehörnter Teufel wie ich gehörte in die Hölle, und sei es auf Erden, das heißt, in die Zementfabrik des Städtchens. Die mehr Staub als Zement produzierte.

Ein Teufel tut dem andern nicht weh. Die fünf Teufel von der Schredderanlage, mit mir zusammen also sechs, empfingen mich mit offenen Armen. Es waren drei Zigeuner und zwei Gadschos. Meine Ankunft stellte endlich das Gleichgewicht der Kräfte her. Mit mir zusammen traf ein Skoda mit

Anhänger ein, beide voll beladen mit Kalksteinbrocken, und das Abladen und Zerkleinern der Steine diente als Akkreditierungsakt. Danach war ich fix und fertig. Die anderen verkrochen sich, jeder für sich, in ihren Ecken und begannen schweigend zu essen, während mich die Befürchtung quälte, daß ich die erste Woche an diesem Arbeitsplatz nicht überleben würde. Ich starb aber nicht. Nicht in der ersten Woche, nicht nach einem Monat, und auch nach vier Monaten war ich noch am Leben. Hätte ich noch ein klein bißchen länger als vier Monate dort gearbeitet, wäre ich wahrscheinlich gestorben. Allerdings beteuerten mir meine Kollegen, die steinebrechenden Teufel, in der Geschichte der Schredderanlage wie überhaupt der ganzen staubproduzierenden Fabrik sei noch kein Todesfall zu registrieren gewesen. Fast hätte ich ihnen gesagt, dies sei kein Wunder. Die Fabrik war die Hölle, und in der Hölle landen Sterbliche zur Verbüßung ihrer Sünden bis in alle Ewigkeit, wenn sie bereits tot sind, und wir waren solche Sünder, also bereits tot. Ich sagte nichts. Weniger, weil ich befürchtet hätte, diese einfachen Menschen würden mich nicht verstehen. Aber sie waren Sünder und als solche tot. Daran wollte ich sie nicht erinnern. Sie meinten nämlich, sie seien eben erst zu neuem Leben erwacht, nachdem sie gestorben waren und die Hölle einmal durchlaufen hatten. Drei von ihnen, zwei Zigeuner und ein Gadscho, hatten wegen Diebstahls unterschiedlich lange im Gefängnis gesessen, als ordinäre Sträflinge, wie man solche Inhaftierten nannte. Keiner von ihnen rechnete damit, lange am Schredder zu bleiben. Sie glaubten, nach überstandener Hölle in einer Art Fegefeuer angekommen zu sein, wo sie wieder auf das Paradies hoffen durften. Wie sie sich das

Paradies vorstellten, davon wurde nicht gesprochen. Sie bildeten die Clique der glücklichen Schredderteufel, der optimistischen Teufel mit ständig steigender Moral. Ich sage
Clique. In diesem Haufen armer Schlucker, fünf an der
Zahl und mit mir sechs, gab es drei Cliquen. Die erste setzte
sich aus den optimistischen Ordinären zusammen. Die
zweite bestand aus einer einzigen Person, einem etwa drei-
ßigjährigen Zigeuner, ehemals Kondukteur bei den städtischen Verkehrsbetrieben, der wegen einer Schlägerei zu einem Jahr mit Bewährung verurteilt worden war. Die dritte
Clique bestand ebenfalls nur aus einem einzigen Mann. Er
war um die fünfzig und arbeitete seit zwei Jahren hier, seit
seiner Entlassung aus dem Gefängnis, wo er eine zehnjährige
Haftstrafe wegen staatsfeindlicher Agitation und Propa-
ganda verbüßt hatte. Eines war mir gleich zu Anfang aufgefallen. Jedesmal, wenn eine Lieferung Steine abgeladen und
zerkleinert war, verzogen sich die Optimisten in den einen
und der Exkondukteur in einen anderen Winkel, während
sich der Politische wiederum in einer anderen Ecke einen
Platz suchte. Dies stellte mich vor ein Problem: welcher Clique sollte ich mich anschließen? Die Lösung war nicht
schwierig: ich hielt mich von allen fern. Wahrscheinlich hätten mich die Optimisten so freundlich aufgenommen, wie es
ihr Lächeln verhieß. Doch leider steckten sie ihre Nase überall hinein, und das gefiel mir nicht besonders, weshalb ich es
dabei bewenden ließ, ihr Lächeln mit einem Lächeln mei-
nerseits zu beantworten. Der Exkondukteur war sich ohnehin zu fein für den Umgang mit den anderen, er sah sich auf
einer höheren Stufe stehen. Die Optimisten kamen für ihn
auf gar keinen Fall in Frage, sie waren für ihn Wanzen. Und

mit dem Politischen wollte er auch nichts zu schaffen haben. Ihm reichte das Jahr auf Bewährung, eine durchaus akzeptable Strafe für eine so männliche Tat. Das Dumme war, daß ich ihn nicht leiden konnte. Er aß eine Menge, und das mehrmals am Tag, wahrscheinlich um uns anderen den Wohlstand eines ehemaligen Busschaffners vorzuführen. Blieb noch der Politische. In den vier Monaten unserer gemeinsamen Arbeit habe ich nur wenig von ihm erfahren. Er war ein schweigsamer, mürrischer Mensch, Kettenraucher. Ich schaffte es nicht, mit ihm ins Gespräch zu kommen. Jedesmal fertigte er mich kurz ab, und seine müden Gesten gaben mir zu verstehen, daß er in Ruhe gelassen werden wollte. So gründete ich schließlich meine eigene Clique, mit mir selbst. Wir waren also sechs Personen in vier Cliquen. Cliquen von Sündern. Toten Sündern.

Den Arbeitstag begannen wir damit, daß wir uns in der Baracke der Schredderanlage versammelten. Die ersten Lastwagen kamen gewöhnlich nicht vor acht, so daß wir noch etwas Zeit hatten, uns an einem mit Spänen befeuerten Kanonenofen aufzuwärmen. Die Optimisten nervten einen mit ihren lautstark vorgetragenen erotischen Abenteuern, aber man konnte nichts dagegen unternehmen, denn sie waren zu dritt, außerdem jung und stark, und keiner wollte sich mit ihnen anlegen. Der Exkondukteur reagierte seinen Frust dadurch ab, daß er über seinen Brotbeutel herfiel und sich den Bauch vollschlug. Je mehr Witze die Optimisten sich brüllend erzählten, desto gieriger schlang er das Essen in sich hinein. Der Politische, der nicht nur Kettenraucher, sondern auch extrem kälteempfindlich war, rückte so dicht an den Ofen heran, daß er fast daran klebte. Ständig machte er ein

Gesicht wie sieben Tage Regenwetter. Wenn die Optimisten herumschrien, zog er Grimassen, knirschte mit den Zähnen und machte überhaupt den Eindruck, als wolle er den Krachmachern gleich an die Kehle springen. Aber es kam nicht dazu. Der arme Mann seufzte nur und betrachtete durch die stets offenstehende Tür die Rauchschwaden, die aus dem Schornstein der Zementfabrik zum Himmel stiegen. Wenn es windstill war, sah der Rauch aus wie eine schwarze Fontäne. Die Rauchsäule stieg senkrecht empor und weitete sich erst hoch oben zu einer schlierigen Wolke, die dann langsam und stetig herabsank und sich über das Tal legte wie ein Trauerschleier. Die Optimisten gaben sich weiter ihren erotischen Schnurren hin, der Exkondukteur mampfte, der Politische saß in seinen Schmerz versunken da. Ich beobachtete sie aus meinem Barackenwinkel und mußte an Sonja denken. Ich stellte sie mir mit einem Schleier über dem Haar vor. Einem Trauerschleier. Einem Schleier aus Rauch und Staub. Dem Rauch und Staub der Hölle. Wo sie wohl sein mochten, sie und Ladi? Irgendwo verschollen, hoffnungslos, für immer. Endlos weit weg von mir in meiner Baracke mit sechs Personen und vier Cliquen. Ja, wo hatte es sie hinverschlagen?

Dann war drüben auf der Straße der Skoda zu hören, und der Türrahmen füllte sich mit unserem Zeus, dem Herrn über sechs Personen und vier Cliquen, dem Brigadeleiter Y. Z., der lauter zu schimpfen und zu donnern wußte als selbst der olympische Herrscher. Doch was auf dem Berg der Götter vor sich ging, war uns ohnehin egal. Wir hatten ja unseren Minizeus, der uns beaufsichtigte, kontrollierte, der zweimal im Monat auf der Lohnliste neben unserem Namen

eine eher symbolische Geldsumme eintrug, die wir mit unseren ebenfalls symbolischen Unterschriften quittierten. Das
Aufklingen des Lastwagengeräuschs und das Erscheinen
des Minizeus im Barackeneingang erfolgten stets zeitgleich,
und zwar mit der Präzision eines Uhrwerks. Ich fühlte mich
dadurch an Pawlows Experiment mit dem Hund erinnert,
das wir in der Schule durchgenommen hatten. *Thema:* Be-
dingte und unbedingte Reflexe. *Verlauf:* Während der Fütte-
rung des Hundes erklingt ein Klingelzeichen. Beim Anblick des Futters sondern die Drüsen im Maul des Hundes
Speichel ab. Nach einiger Zeit reicht das Klingelzeichen
aus, um die Speichelproduktion im Hundemaul in Gang zu
setzen. Bei uns genügte das Lastwagengeräusch, um uns auf-
springen zu lassen. Das Geräusch bedeutete, daß Minizeus
in der Tür erschien und wir uns an die Zerkleinerung von
ein paar Tonnen Kalkstein machen mußten. Das Auftauchen des Minizeus bewirkte eine Auflösung der Cliquen,
sechs Teufel verwandelten sich in die gut funktionierenden
Gliedmaßen eines einzigen Tieres. Mit wohlsynchronisier-
ten Bewegungen erklomm dieses steinezertrümmernde Tier
Anhänger und Ladefläche des Skoda und schleuderte die
Felsbrocken auf die Erde. Dann machte es sich über die
Steinberge her, schweigend, keuchend, schnaufend, sechsfach schwitzend, Schweiß in sechs verschiedenen Geruchs-
varianten aussondernd, die zu einem einzigen Schweißge-
stank verschmolzen, und der Schweiß mischte sich mit dem
Staub der Steine, des Zements, der Kohle und setzte sich in
sämtlichen Poren des Sechsgliedlers fest. War das Zertrüm-
mern abgeschlossen, verschwand der Minizeus, der Sechs-
gliedler zerfiel, und die Cliquen formierten sich neu. Jede

Clique bezog ihre eigene Ecke, um Atem zu schöpfen, um sich den Schweiß abzuwischen, um wieder trocken zu werden, um stets in der freien Natur und niemals auf der Latrine physiologischen Notwendigkeiten nachzukommen, denn der Gestank dort war tödlich, selbst wenn man nur den Kopf hineinsteckte. Die Optimisten gaben sich wieder ihren ohrenbetäubenden erotischen Abenteuern hin, der Exkondukteur machte sich gierig über das mitgebrachte Essen her, der Politische kapselte sich in seiner Trübsal ein, und ich schaute dem schwarzen Rauch nach und dachte an meine Freunde. Dann plötzlich ließ sich ein Lastwagengeräusch vernehmen, im gleichen Moment tauchte der Minizeus in der Tür auf, und ... so ging es jeden Tag weiter, mit der Regelmäßigkeit eines Uhrwerks, in einer geradezu grauenvoll zehrenden Monotonie.

Damals kam ich darauf, daß der Mensch trotz alledem immer wieder auf eine Lösung hofft. Dies ist dann der Fall, wenn man vom menschlichen in den Zustand eines Tieres übergegangen ist. Wenn man erst im Stadium des Tieres angelangt ist, erscheint einem das Stadium des Nichts wünschenswerter. Lieber gar nichts sein als ein Tier. Ich war zum Tier geworden. Körperliche Erschöpfung begünstigt die Empfindung, daß man dabei ist, sich in ein Nichts zu verwandeln. Einst hatte Sherifs Vater die Straßenköter mit einem Brocken Leber in ein Nichts verwandelt. Ich hatte Maks Hammelleber verabreicht. Die Idee, mich durch ein Stück Leber hinwegzuverwandeln, trieb mich um. Ich hatte mich selbst davon überzeugen können, daß es schnell und ohne großes Leiden vor sich ging. Ein Zittern, ein paar Spasmen, ein bißchen Schaum vor dem Maul, ein Verdrehen der

Augen. Dann nichts mehr, bis in alle Ewigkeit. Oder viel‚
leicht die Wiedergeburt zu einem neuen Leben. Ladi war
mir einmal eine ganze Nacht lang mit den Theorien eines ja‚
panischen Philosophen auf die Nerven gegangen, dessen
Name mir nicht mehr einfällt. Wenn man ihm glaubt, wie‚
derholt sich nach dem Tod das Leben in neuer Form, die
Seele erwacht zu neuem Leben, in einem anderen Lebewe‚
sen oder zum Beispiel auch in einem Baum. Möglicherweise
auch in einem Hund. In diesem Fall würde ich mich be‚
stimmt in einem Straßenköter erneuern, und wieder wäre es
die Leber von Sherifs Vater, durch die es mit mir zu Ende ge‚
hen würde. Ich versuchte nicht, die Theorie dieses japani‚
schen Philosophen in der Praxis zu erproben. Das lag nicht
so sehr an meiner Angst, in einem Straßenköter wiederzuer‚
wachen. Ich versuchte es nicht, weil ich unter dem Strich
einfach unfähig dazu war. Es fehlte mir der Mut. In gewisser
Weise mußte man dazu schon ein bißchen Japaner sein. De‚
nen machte es nichts aus, sich beim Harakiri die Därme aus
dem Bauch zu schneiden. Ich hatte nichts Japanisches an
mir. Und ich glaubte nicht an diese Theorie. Ganz allgemein
glaubte ich nicht an Theorien. Und wenn man an nichts
glaubt, hat man Angst, tausendfache Angst, man kann keine
Tat vollbringen, das Unbekannte erschreckt einen. Viel‚
leicht war es aber auch nur der Zufall, der mich daran hin‚
derte, die Theorie des japanischen Philosophen in die Tat
umzusetzen.

Es war ein klarer Apriltag. Die Nacht zuvor hatte ich kein
Auge zugetan. Nicht einmal am frühen Morgen hatte ich
einschlafen können, wie es mir sonst manchmal vergönnt
war. Gleichgültig zog ich mich an und ging aus dem Haus.

Mir war weder kalt noch warm. Entweder reagierte mein Körper nicht, oder er war nicht in der Lage, durch Analyse der äußeren Reize zu bestimmen, ob mir warm war oder kalt. Ich wußte, es war Sonntag und ein klarer Apriltag. Die einzige Frage, die mich beschäftigte, während ich zum Flußufer ging, war, ob die Fische im Wasser froren oder nicht. Wenn sie froren, was taten sie dann im Winter? Sie können ja schwimmen, überlegte ich, und beim Schwimmen wird ihnen bestimmt warm. Ich kann aber nicht schwimmen. Wenn ich ins Wasser falle, bin ich gleich starr vor Kälte, weil ich nicht schwimmen kann und mir deshalb nicht warm wird wie den Fischen. Dann mußte ich an Sonja denken. Sie kann bestimmt schwimmen, dachte ich. Ganz bestimmt. Nehmen wir zum Beispiel einmal an, sie steht am Flußufer, und ihr Söhnchen fällt ins Wasser. Wie könnte sie es retten, wenn sie nicht schwimmen kann? Sie kann sicher schwimmen, ich aber nicht. Das ist der Grund dafür, daß wir nie Fluß- oder Meeresgespräche geführt haben.

Der Fluß zog lautlos dahin. Das Wasser war klar. Ohne die Schuhe auszuziehen, ging ich durch die Furt ans andere Ufer. Ein Teil des Flusses lag im Nebel. Auch ein Teil des Hügels. Ich nahm den Pfad auf der nebligen Seite des Hügels. Deshalb ist der Himmel klar, dachte ich, der Nebel ist herabgesunken. Unten, am Fuße des Hügels, weitete sich der Fluß zu einer Schleife und bildete einen Teich. Es gab viele Teiche am Fluß, sie bildeten sich und verschwanden wieder. Dieser hier war anders, er war immer da. Er war eingeklemmt zwischen dem Hügel und einer Sandbank, die nur bei Hochwasser überspült wurde. Der Teich war tief, die Fische, große und kleine, liebten ihn. Auch die Fischer liebten ihn. Von überall kamen die Fischer hierher. Die Jungen aus dem Städtchen, die keine Geduld hatten, kürzten das Verfahren ab, indem sie mit Lokum fischten. Man erzählt sich immer noch die Geschichte eines naiven Buben, der vom Lokumfischen gehört und deshalb Lokum anstatt des Köders am Haken befestigt hatte. Man hatte ihm gesagt, der Fisch schnappe nach dem Lokum. Seit einiger Zeit zeigten sich keine Fischer mehr am Teich. Durch den übermäßigen Gebrauch von Lokum waren die Fische an Diabetes erkrankt. Das Wasser war zu süß geworden, tat ihnen nicht gut, und deshalb waren sie verschwunden. Soll noch einer sagen, sie hätten keinen Verstand, dachte ich. Die Menschen tun ihnen Unrecht, wenn sie sich gegenseitig als »Fischkopf« beschimpfen. Könnten die Fische sprechen, sie würden einander »Menschenkopf« schimpfen. Für sie konnte es kein niederträchtigeres Gehirn geben als das menschliche. Ein Gehirn, dessen wahrer Irrwitz weit außerhalb des Vorstellungsvermögens eines würdigen Fischgehirns lag.

Ich war aus dem Nebelband hervorgetreten. Der Fuß des Hügels wurde sichtbar. Zwischen dem Fuß des Hügels und der Sandbank der Teich. Still, verschlafen. Ich wandte mich in die andere Richtung. Mein Ziel war der höchste Punkt des Hügels, von wo aus er schroff zum Teich hinunter abfiel. Von hier aus sprangen die tollkühnsten Jungen hinab. Natürlich nur im Sommer, wenn die Sandbank bevölkert war. Nun war keine Menschenseele zu entdecken. Nur ich marschierte mit nassen Schuhen auf den beherrschenden Punkt zu, ohne überhaupt richtig zu wissen, was ich an diesem weder kalten noch warmen Aprilsonntag mit seinem klaren Himmel dort oben überhaupt wollte. Die Beine trugen mich von ganz alleine hinauf. Diese Aufstiegsbewegung würde ihr Finale, um in der Sprache der Sportberichte zu sprechen, in einer Flugbewegung haben. Da ich kein Vöglein war und keine zwei Flügel hatt', mußte man sich diese Bewegung als freien Fall, als freien Flug vorstellen. Das Wasser des Teiches würde aufspritzen, die Fischlein erschrecken. Wenn es überhaupt noch welche gab. Und ich konnte nicht schwimmen. Aber die Beine trugen mich von ganz alleine hinauf. Bis ich an der Stelle ankam, zu der ich aufgebrochen war.

Zuerst sah ich auf die Wasserfläche hinunter. Mir wurde schwindelig. Hätte ich mich nicht zurückzuckend auf den Hosenboden gesetzt, ich wäre abgestürzt. Ich mußte lachen. Keine Frage, ich litt an Höhenangst. Große Höhen verursachten mir Schwindel, mein Organismus vermochte sich nicht auf sie einzustellen. Es war wirklich nichts Japanisches an mir. Doch meine Beine ließen nicht locker. Ich war schon wieder auf den Füßen und tat die Schritte, die mich an den Rand des Abgrunds brachten. Sofort wurde mir wieder schwindelig. Unten begann die ruhige Fläche des Teichs zu schwanken, und ich mit ihr. Mir war, als würde ich beim nächsten Schritt wie ein Vogel in der Luft schweben, und da ich nun fliegen konnte, konnte mein freier Fall nicht anders enden als in einer sanften Landung, wie auf einem dicken Wattepolster. Da stand ich nun und schwankte, was das Fliegen anging, zwischen Lust und Widerwillen, als ich auf einmal drüben am Saum des Kieselstreifens menschliche Gestalten entdeckte. Die Einsicht in den Schrecken des Sturzes traf mich wie ein Schlag. Ich rührte mich nicht. Hätte ich mich gerührt, ich wäre vom Abgrund aufgesogen worden. Die Menschen drüben sahen zu mir herüber. Ich sah zu den

Menschen hinüber. Später erzählte mir Vilma, sie habe vor Entsetzen aufgeschrien, so deutlich sei mir mein Wunsch zu fliegen anzusehen gewesen. Erst als du dich am Rand des Abgrunds hingesetzt hast, war ich beruhigt. Vater nannte mich eine dumme Person, weil ich so schrie. Aber das war, weil ich dich erkannte. Weil ich fürchtete, du würdest gleich abstürzen. Vater hat nur gewitzelt. Er meinte, dein Gehirn könne die frische Luft dort oben gut gebrauchen.

Auch ich erkannte die beiden. Daß wir uns dort begegneten, war ein Akt der Vorsehung. Ein letztlich fataler Akt der Vorsehung, obwohl ich an diesem Tag nicht flog. Ich ließ mich am Rand des Abgrunds nieder, verbarg das Gesicht in den Händen und schluchzte. Warum, das wußte ich nicht. Die Folgen dieser Begegnung waren für mich nicht absehbar. Wäre ich mit hellseherischen Fähigkeiten begabt gewesen, ich hätte beim Anblick der beiden am Saum des Kieselstreifens meinen Flug angetreten. In die Ewigkeit. Ins Nichts. Aber ich war kein Hellseher. Mir ging jede Fähigkeit ab, die Zukunft vorauszusagen. Wahrscheinlich schluchzte ich beim Anblick der beiden nur, weil die Idee des Fliegens in ihrer Gegenwart allen Glanz verlor. Sie waren zum Angeln gekommen, Vilma mit den himmelblauen Augen und Xhoda der Irre, der zu jener Zeit allerdings noch nicht verrückt war. Mein Schluchzen war sinnlos. Ich wußte nicht, was uns bevorstand. Ich war ja kein Hellseher.

12

Der Mensch gewöhnt sich auch an den tierischen Zustand, und zwar leicht. Es heißt nicht ohne Grund, der Mensch sei das anpassungsfähigste Lebewesen. Nachdem an jenem klaren Apriltag mein Aufbruch zum freien Flug mißlungen war, vereinfachte sich alles auf geradezu magische Weise. Es ging nur noch um die bloße Existenz, in jeder Form, um jeden Preis. Es ging darum, zu existieren, um das Sonnenlicht zu spüren, die Luft zu atmen, Nahrung aufzunehmen, die physiologischen Bedürfnisse zu befriedigen. Um die eigene Minderwertigkeit zu erfahren. Um die Verachtung der Privilegierten zu erleben, die zu ihrem Glück weder mit einem geflüchteten Onkel geschlagen noch mit dem Sohn eines gewissen Jemand befreundet waren. Eine Existenz um der Existenz willen. In diesem Zustand ist der Mensch bereit, dem Herrn für jede Kante Brot siebenmal am Tag zu danken. Ich unterließ das Danken, denn ich glaubte nicht an Gott. Mein Dank galt mehr und mehr unserem Minizeus, dem Brigadeleiter der Schredderanlage, der über sechs Teufel in vier Cliquen herrschte. Wo es Teufel und Cliquen gibt, lebt es sich nicht leicht, auch wenn die Teufel noch so friedlich, die Cliquen noch so großherzig sind. Kleinigkeiten, die geradezu universelles Ausmaß annahmen, führten jeden Tag zu irgendwelchen Szenen. Es dauerte nicht lange, und die Optimisten hatten mich im Visier. Es machte ihnen viel Freude, mich im Visier zu haben. Vielleicht, weil ich ein Exstudent war. Vielleicht, weil sich meine vermeintlichen Taten herumgesprochen hatten. Vielleicht, weil sie mit dem solchen Leuten eigenen Instinkt witterten, daß ich ein leichteres Opfer war als der ehemalige Kondukteur oder der Politische. Auf jeden Fall konzentrierten sie ihren unerklärlichen Haß auf mich. Als Hauptstadtbengel hielten sie sich natürlich für die Größten, aber ihr Fehler war, daß sie einen Kleinstadtlümmel wie mich nicht richtig einschätzen konnten. Ein Kleinstadtlümmel mag alle möglichen Defizite haben, mit Fäusten und Messern jedenfalls kennt er sich aus, selbst wenn es sich bei ihm um einen ehemaligen Studenten handelt. Mein Stolz ließ nicht zu, daß ich mir bei Kameraden aus Kindertagen Unterstützung holte. Die meisten von ihnen hingen arbeitslos herum, trugen Messer und Schlagringe und wären als hartgesottene Kerle absolut in der Lage gewesen, diese Rotzbengel aus der Stadt zu jagen. Ich bat sie nicht um Hilfe. Ich wollte es nicht, und zwar aus einem ganz bestimmten Grund, der vielleicht lächerlich klingt: ihr Anführer war immer noch Fagu. Der Fagu meiner Kindheit. Eine Menge Wasser war inzwischen den Fluß hinabgeflossen. Einmal waren wir uns zufällig im Städtchen begegnet. Wir hatten uns nur kurz in die Augen schauen müssen, um zu wissen, daß alles war wie früher. Nichts an unserem Verhältnis hatte sich geändert. Wofür ich mich nicht an die Kameraden von früher wenden wollte, dafür spannte ich in gewisser Weise unseren Minizeus ein, den Brigadeleiter Y. Z. Er war in der Lage, die Eiferer auch ohne Fäuste zur Räson zu bringen. Ein Wort von ihm genügte, und die Zeit dieser Kerle am Schredder verlängerte sich um sechs Monate. Der Minizeus stammte aus dem Städtchen, und er beherrschte sein Handwerk. Er half mir. Und ich dankte ihm dafür.

Unvorhersehbare Umstände führten schließlich zur Konfrontation mit den Optimisten. Es zu verhindern, stand weder in Minizeus' noch in meiner Hand. Plötzlich betrat Linda die Szene. Die Zigeunerin Ermelinda, meine Entjungfererin. Linda arbeitete keine fünfzig Meter von uns entfernt, und zwar in der Gipsmühle, also am selben Platz wie schon zwei Jahre zuvor. Gleich an meinem ersten Arbeitstag am Schredder lief sie mir über den Weg. Sie lächelte, sie zwinkerte mir zu, mehr war nicht. Mir war ziemlich egal, daß sie mich nicht beachtete, ich hatte genügend andere Sorgen. Wie ich später erfuhr, war sie während dieser Zeit mit dem Schichtleiter liiert gewesen. Dieser Mensch verfolgte mit einer wahnsinnigen Eifersucht nicht seine Frau, sondern Linda. Der Idiot verprügelte sie beim kleinsten Anlaß, deshalb bemühte sie sich, keinen Verdacht aufkommen zu lassen. Was ich bei unseren Schäferstündchen noch nicht gewußt hatte, obwohl es allseits bekannt und akzeptiert war: Zigeunerin war sie nur von ihrer Mutter her, der Vater war weiß. Es war der Direktor der Betonfabrik, Kranführer zu der Zeit, als er Lindas Mutter geschwängert hatte. Daraus erklärte sich ihre milchschokoladenfarbene Haut. Dieses Faktum wurde mir von den Optimisten vermittelt, unserem Informationszentrum. In ihren schmutzigen Gesprächen fiel Lindas Name häufig, obwohl sie sich nicht an sie herantrauten. Der Schichtleiter hätte sie ohne Mühe fertigmachen können. Leute ihres Schlages haben ein feines Gespür für die Gefahr, und sie wissen genau, wann man buckeln und wann man die Zähne zeigen muß. Ab und zu ließen sie eine Bemerkung fallen, wenn Linda vorbeikam. Diese würdigte sie keines Blickes, geschweige denn eines Wortes.

Als Linda dann bei mir erschien, war ich völlig perplex. Es war zwar erst Mitte Mai, aber schon so heiß, daß in Durrës, wie man sich erzählte, die Strände überfüllt waren. Wir hatten eben mehrere Tonnen Gestein zerkleinert, das sechsgliedrige Wesen hatte sich aufgelöst, jeder saß in seinem Winkel und wartete auf die Lastwagen. Linda erschien an der Barackentür und streckte den Kopf herein, als sei es das Selbstverständlichste auf der Welt. Der Exkondukteur erstarrte mit dem Brotbeutel in der Hand, der Politische mit der Zigarette zwischen den Fingern, und am verblüfftesten waren die Optimisten. Linda sagte wörtlich: »Bitte, Sari, komm doch kurz mal raus.« Kein Mensch hier nannte mich Sari. Man rief mich gewöhnlich bei meinem vollen Namen. Die Optimisten benutzten die Kurzform »Thesi«, wenn sie mich ärgern wollten. Nur zwei Menschen hatten mich je Sari genannt, nämlich Sonja und Ladi. Ehe die Anwesenden Gelegenheit hatten, sich wieder zu sammeln, war Linda schon wieder verschwunden. Sie wartete draußen auf mich, etwa dreißig Schritte von der Baracke entfernt, in der Sonne, von Kopf bis Fuß mit Zementstaub überpudert. Unter der Haube war nur ein Teil ihres Gesichts zu erkennen, und der Drillichanzug verbarg ihre Formen. So telegrafisch kurz, wie sie mich zu sich zitiert hatte, teilte sie mir mit: »Heute abend um acht an der alten Stelle«, und verschwand. Ich erstarrte im hellen Sonnenschein zu Eis. Mit wiegenden Hüften ging sie davon. In Haube und Drillichzeug hätte sie bei jemand, der sie nicht kannte, für eine staubige Vogelscheuche durchgehen können. Mir hatte die Vogelscheuche eben feurige Blicke zugeworfen, und ich wußte auch sonst gut genug, was sich unter der vogelscheuchenartigen Aufmachung verbarg. Ihre Einladung war so selbstverständlich gekommen, als hätten wir erst gestern unser letztes Schäferstündchen gehabt. Ich ärgerte mich. Offensichtlich stand für sie außer Frage, daß ich brav antanzen würde. Als ich in die Baracke zurückkam, schossen die Optimisten ein paar Pfeile ab, die ich ignorierte, schon deshalb, weil ich die Spitzen gar nicht verstand. Glücklicherweise nahte ein Lastwagen, und Minizeus tauchte in der Tür auf. Wir sprangen auf und verwandelten uns in das sechsgliedrige Wesen, das gehorsam Steine zertrümmerte, ohne daß Minizeus die Peitsche einsetzen mußte. Lindas durchaus nicht doppelsinnig gemeintes »Sari« klang mir noch in den Ohren. Ich dagegen, der zum Bestandteil eines sechsgliedrigen Wesens Gewordene, suchte nach einem anderen Sinn. Dem Sinn meiner Existenz.

Ich habe dich »Sari« genannt, damit es vertraut klingt, ich wollte ja nicht, daß die anderen einen falschen Eindruck bekommen, erklärte Linda, als ich sie fragte, woher sie diese Kurzform meines Namens hatte. Ich gab nicht nach. Warum gerade »Sari« und nicht anders? Sie lachte. Die andere Möglichkeit wäre »Thesi«, meinte sie. Wie soll es zärtlich klingen, wenn man jemand Thesi nennt? Das Argument war schlagend. Wären die Optimisten in der Nähe gewesen, sie hätten Linda die Höchstpunktzahl gegeben. Wir waren eng aneinandergeschmiegt, hauptsächlich, weil die Nacht kühl und Linda dünn angezogen war. Sie litt gewiß mehr unter der Kälte als ich, deshalb schmiegte sie sich fest an mich. Um sich zu wärmen. Vielleicht auch, um mich zu wärmen. Sie glühte, ich war eiskalt. Linda interpretierte meine Kälte auf ihre Art. Ich gebe ihm den Laufpaß, flüsterte sie und preßte sich an meine Brust. Ich habe ihn nie geliebt, der einzige, den ich je geliebt habe, bist du. Ich bin mit ihm nur gegangen, weil ich mich vor der Nachtschicht retten wollte. Du weißt ja gar nicht, was Nachtschicht bedeutet. Seit einem Jahr mache ich keine Nachtschicht mehr. Aber das ist vorbei, jetzt, wo du da bist, was kümmert mich da die Nachtschicht?

Linda knöpfte mir das Hemd auf. In ihrer geradezu kindlichen Naivität befürchtete sie, ich würde ihr den Idioten von Schichtleiter übelnehmen. Dabei war ich nur zu der Verabredung erschienen, weil wir bis dahin keine Gelegenheit gehabt hatten, miteinander zu reden. Lindas Beteuerungen waren überflüssig, ihre Liebschaft mit dem Techniker war mir absolut gleichgültig. Aber sie insistierte weiter, so aufgewühlt, ja schmerzerfüllt, daß sie mir leid tat. Ich nahm ihr Gesicht in die Hände, ich streichelte sie, ich zog sie fest an mich. Sie war wie rasend. Ein schwerer Parfümgeruch ging von ihr aus, und während Linda sich in meinen Armen wand, mußte ich an Sonja denken. Linda wand sich, wo Sonja wogte. Linda keuchte, wo Sonja sich bog. Ich riß ihr verzweifelt die Bluse herunter. Ihre heißen Brüste preßten sich an meine eiskalte Brust. Ihre heißen Lippen preßten sich auf meine eiskalten Lippen. Ich war wie Eis, wie Eis ... Grauen befiel mich. Und Scham. Und Mitleid. Ich konnte sie nicht lieben. Obwohl ich es wollte. Meine Kälte hatte einen Namen. Kannte Linda den Begriff? Sie tat alles, um mich heiß zu machen, bis ihre Hand dann an meinen Eisblock griff. Sie zuckte zurück, als habe sie nicht Eis berührt, sondern glühendes Eisen. In der Dunkelheit starrte sie mich an, mit Augen, die glühten wie die einer Katze. Dann füllten sie sich mit Tränen, wie ich im Mondlicht sah, und das Leuchten erlosch. Linda begriff gar nichts. Linda weinte, weil sie den Grund meiner Kälte nicht verstand. Weil sie meinte, ich wollte nicht. Sie wußte ja nicht, daß ich wollte, aber nicht konnte. Schließlich faßte sie sich wieder, ihr Atem ging ruhiger. Es war die kühle Luft, die sie zu sich brachte. Sie zog ihre Bluse an. Beim Zuknöpfen besann sie sich ihrer Vorzüge. Sie ging nicht sofort. Und sprach es auch nicht gleich aus. Impotent, sagte sie plötzlich zornig. Und ging. Ich blieb im Finstern zurück. Linda kannte den Begriff.

Den folgenden Morgen befanden sich die Optimisten bei aggressivem Humor. Hätten sie gewußt, was sich tatsächlich zwischen Linda und mir abgespielt hatte, ihre Scherze wären in eine andere Richtung gegangen. Allerdings hatten sie keinen Grund zu der Annahme, daß es zu einem Treffen zwischen mir und Linda gekommen war. Sie waren bloß ordinäre Schmutzfinken, die mir heimzahlen wollten, daß sie am Vortag, als Linda mich besucht hatte, in ihrem Stolz verletzt worden waren. Auch ich war nicht gerade in friedlicher Laune. Ihr geradezu zwanghaftes Bedürfnis, mich zu hänseln, ging mir inzwischen wirklich auf die Nerven. Wie es aussah, war der Tag der Abrechnung gekommen. In einer Reißverschlußtasche am Hosenbein trug ich schon seit längerem ein Messer. Ich hatte es einem Zigeuner abgekauft, als mir die Sticheleien der Optimisten zu weit zu gehen begonnen hatten. Es war ein schönes Messer, zurechtgeschliffen aus dem Stahl eines Bajonetts. Daß ich es in diesem Augenblick nicht einsetzte, lag nicht daran, daß ich irgendwelche Hemmungen gehabt hätte. Ich kam einfach nicht mehr dazu. Alles geschah in Blitzesschnelle. Ihr Anführer, ein Bursche von etwa fünfundzwanzig Jahren, etwas kleiner als ich, rümpfte, als wir auf die Lastwagen warteten, plötzlich die Nase, schnupperte und sagte dann feixend zu seinen Kumpanen: Es stinkt hier wie ein Sack voll Scheiße. Wie haltet ihr ihn bloß aus, diesen Sack voll Scheiße? Ich sprang auf und versetzte ihm einen wuchtigen Faustschlag, der ihn, weil er nicht darauf vorbereitet war, tatsächlich zu Boden warf wie einen Sack. Die beiden anderen, ein Weißer und ein Zigeuner, beide in meinem Alter, stürzten sich auf mich. Ich weiß noch, wie wir, uns prügelnd, zur Tür hinausflogen. Ich erinnere mich außerdem daran, daß der Zigeuner mit blutender Nase auf dem Boden lag, daß ich einen Schlag auf den Kopf bekam und die Steinhaufen sich um mich drehten, und dann an gar nichts mehr. Später erfuhr ich noch, daß alle, die zusammengelaufen waren, gesehen hatten, wie der Zigeuner ein Messer zog. Ebenfalls erfuhr ich, daß mich ein Schlag mit einem Eisenrohr zu Boden gestreckt hatte. Zum Glück entdeckte niemand das Messer, das in der Tasche an meinem Hosenbein verborgen war. Auch die Krankenschwester nicht, die mich versorgte. Der Exkondukteur und der Politische sagten zu meinen Gunsten aus. Auch ihnen hingen die Optimisten zum Hals heraus. Eine Gerichtsverhandlung fand erst gar nicht statt. Als ich nach dem Krankenstand wieder zur Arbeit kam, gab es keine Optimisten mehr am Schredder. Minizeus hatte sie in die Ziegelei versetzt, womit sie sehr zufrieden sein konnten. Unterm Strich waren sie gut weggekommen, denn sie hätten sich leicht auch ein paar Monate Gefängnis einfangen können, obwohl der Anführer der Optimisten geltend gemacht hatte, daß der erste Faustschlag von mir gekommen sei. Wie dem auch sei, als ich nach zwei Wochen wieder zur Arbeit erschien, erkundigte sich Minizeus, ob ich noch Kopfweh hätte, was ich verneinte. Er beugte sich vor und fuhr mit der Hand an meinem Hosenbein entlang. Zu was brauchst du das? Diese Ganoven wußten ganz genau, daß du ein Messer hattest. Ich wußte, daß sie die Wahrheit sagten, als sie behaupteten, du hättest ein Messer bei dir gehabt und als erster zugeschlagen. Diese Ganoven konnten mir sogar sagen, wo das Messer versteckt war. Du weißt, wer ein Messer trägt, der bekommt schnell das Messer zu spüren.

Trotzdem legte ich, solange ich im Reich des Minizeus war, das Messer nicht ab. Ich verschob es nur in das andere Hosenbein. Dann sah es so aus, als reiche mir das Glück noch einmal die Hand. Und ich schlug ein. Ich war noch nicht soweit, daß ich erkannte, welch gemeiner Betrüger mein Schicksal war. Wenn es mir gnädig die Hand zu reichen schien, bezog ich in Wirklichkeit gleich darauf einen vernichtenden Schlag. Wenn es dem Menschen dreckig geht, ist er gerne bereit, an Wunder zu glauben. Als das Glück mir die Hand hinstreckte, legte ich das Messer beseite. Hätte ich geahnt, was mir bevorstand, ich hätte diese Hand verstümmelt, zu einer blutigen Masse zerfetzt ...

13

Nicht Doris Hand. Ich möchte gar nicht daran denken, daß das Schicksal mir noch einmal die Hand reichte, und zwar in Form von Doris Hand. Er war damals bereits Chefingenieur der Fabrik, und weil er nach allgemeiner Meinung ein glänzender Ingenieur war, bedeutete es für ihn keineswegs ein Glück, daß man ihn dazu vergattert hatte, ein prähistorisches Monstrum wie die Zementfabrik in Gang zu halten. Dori war vielleicht vier, höchstens fünf Jahre älter als ich. Mir war er noch aus der Schulzeit in Erinnerung. Den Jüngeren bleiben gewöhnlich die Schüler aus den höheren Klassen im Gedächtnis, umgekehrt ist dies selten der Fall. Dori allerdings kannte mich noch. Er kam von sich aus auf mich zu, im Klub. Ich war gerade dabei, hinten in der Ecke des langen, schmalen Raumes mit dem Trinken zu beginnen, an dem etwas abseits stehenden, hochbeinigen Tisch, der mit der Zeit mein Stammplatz werden sollte. Am gegenüberliegenden Ende pflegte sich Fagus Clique zu versammeln. Die meisten der Burschen waren arbeitslos. Ihren gelegentlichen Einladungen kam ich nicht nach. Fagu warf ab und zu einen Blick herüber. Er hatte eine Arbeit in der mechanischen Abteilung der Fabrik. Wann er arbeitete, war mir allerdings schleierhaft. Einen Teil seiner Zeit verbrachte er im Klub, sonst saß er mit seinen Trinkkumpanen im Schatten der Pinien neben dem Gebäude, von wo aus sie die Passanten beobachteten, ihren Schabernack mit den Schwachsinnigen trieben und den Mädchen nachpfiffen. Allerdings nicht allen, sondern nur denen, die eines Beschützers, das heißt eines messertragenden Bruders oder Cousins entbehrten.

Ich war bei einem Kognak, als Dori, ebenfalls mit einem Glas Kognak in der Hand, zu mir kam. Er war klein und stämmig, mit bereits ein wenig gelichteten Haaren, und außerdem frisch verlobt. Manchmal sah ich ihn mit seiner Verlobten den Bus nach Tirana besteigen. Wenn einer aus Fagus Clique sich zu mir an den Tisch gewagt hätte, wäre ich nicht besonders erstaunt gewesen, obwohl auch die meisten dieser Burschen sich wahrscheinlich nur ungern mit mir sehen lassen wollten. Aber Dori war immerhin Chefingenieur, ein Kader, und für einen Kader mußte meine Gesellschaft als reichlich unhygienisch gelten. Deshalb war ich ziemlich verwundert, als er mit dem Kognakglas in der Hand zu mir kam, und auch verlegen, weil ich an den Zwischenfall mit den Optimisten dachte. Tatsächlich erwähnte er gleich zu Beginn des Gesprächs einen Vorfall, der allerdings zum Glück nichts mit mir zu tun hatte. Der Fabrik war eine ihrer Laborantinnen abhanden gekommen, ganz offensichtlich durch Einwirkung des gütigen Geschicks, das die junge Frau mit einem Kraftfahrer nach Fieri oder Vlora hatte entschwinden lassen, um einen Platz für mich frei zu machen. Langes Überlegen war überflüssig. Ich richtete meinen Dank nicht an das gütige Geschick, sondern an Dori, der mir diesen Arbeitsplatz anbot, mich regelrecht bat, ihn anzunehmen. Mein körperlicher Niedergang war so weit fortgeschritten, daß mir das Labor geradezu als Paradies erscheinen mußte. Dori bestellte mich für den folgenden Tag in das Direktionsbüro, wo – mit seiner Hilfe – mein Wechsel ins Paradies besiegelt werden sollte. Das Donnern des Minizeus würde mir nicht mehr in den Ohren klingen, und auch nicht das Stöhnen des Schredders, wenn er sich wie ein monströses Tier über die Steinbrocken hermachte. Meinen Knochen wurde Ruhe gegönnt. An all dies mußte ich denken. Auch an den unglücklichen Politischen, der Steine brechen würde, bis er selbst gebrochen war. Und den Exkondukteur. Nur eines kam mir in diesem Augenblick nicht in den Sinn: daß ich im Labor Vilma begegnen würde.

Natürlich wußte ich, daß Vilma im Labor arbeitete. Ich hatte sie in weißen Leinenhosen und im weißen Arbeitsmantel hinten aus der Fabrik kommen sehen, auf dem Kopf die unvermeidliche und gleichfalls weiße Haube. Allerdings immer nur von weitem. In der Hölle, in der ich mich bewegte, bewies mir ihre Erscheinung, daß es irgendwo noch ein anderes Leben gab als das, das mir alltäglich in Gestalt sündiger Teufel entgegentrat. Jemand, der von solch unglückseligen Bevölkerern der Hölle umgeben war, konnte nicht anders, als ein paradiesisches Wesen in ihr zu sehen. Darauf war es wahrscheinlich auch zurückzuführen, daß ich meinte, das Reich der Schatten in Richtung Garten Eden zu verlassen, als Dori einen ehemaligen Studenten der industriellen Chemie im dritten Semester für geeignet hielt, den Platz der jählings entführten Laborantin zu besetzen. In Wahrheit handelte es sich dabei um einen absolut gewöhnlichen Raum mit absolut gewöhnlichen Geräten, in dem Tag und Nacht ein ohrenbetäubender Lärm herrschte. Von ei-

nem Paradies war wirklich nichts zu spüren. Die einzige
Veränderung in meinem Leben war die, daß ich auf meinem
Weg ins Labor keine in Zeitungspapier eingewickelte Pau-
senzehrung bei mir führte. Und daß ich nicht mehr mit Teu-
feln zu tun hatte, sondern den Tag in Gesellschaft zweier von
Kopf bis Fuß in Weiß gehüllter Wesen verbrachte. Eines davon war Vilma.

Das gütige Geschick führte mich in Vilmas Labor auf
dem Umweg über ein Büro, in dem es weder Staub noch
Lärm gab. Es war darin weder besonders hell noch besonders dunkel, und das einzige Fenster war vergittert. Wollte
man hineingelangen, mußte man erst an einer mit emaillier-
tem Blech beschlagenen Tür anklopfen. Wenn man sie dann
öffnete, stand man verdutzt vor einem Käfig: von einer Wand
zur anderen erstreckte sich ein deckenhohes Eisengitter. Es
war, als würde man eine Gefängniszelle betreten. Doch es
handelte sich um kein Verlies, sondern um das Kaderbüro.
In dem eisernen Käfig saß zwischen Regalen und Tresoren
ein Mensch. Schon als ich ein paar Monate zuvor meine Arbeit am Schredder angetreten hatte, war ich in diesem Büro
gewesen. Nun traf ich auf die gleiche Person, zu deren Füßen
ein ausgeschalteter Heizstrahler stand. Das ist der Gefangene
dieses Büros, dachte ich beim Wiedersehen. Hätte der Mann
am Tisch meine Gedanken lesen können, er hätte zu grinsen
angefangen, dann hämisch gekichert und schließlich brüllend gelacht, um dann mit der Faust gegen einen der Tresore
zu schlagen und mich anzuherrschen: »Ihr seid doch die Ge-
fangenen. Schau nur, da habe ich euch alle, eingesperrt in
meinen Panzerschränken.« Doch egal, ob er nun Gedanken
lesen konnte oder nicht, der Mann unterließ es tunlichst, ge-

gen einen Stahlschrank zu schlagen, denn dabei hätte er sich nur die Hand verletzt. Nein, so verrückt sah er wirklich nicht aus. Er schaute von seinen Akten auf, um mir mitzuteilen, daß ich mich auf Wunsch der Direktion von morgen an zur Arbeit im Labor einzufinden hätte. Das »auf Wunsch der Direktion« wiederholte er mehrmals. Ich hatte zehn Bewerber für diesen Arbeitsplatz, fügte er hinzu und musterte mich dabei von Kopf bis Fuß, als wolle er herausfinden, was an mir so besonders wäre. Da, nimm, sagte er und streckte mir das Blatt Papier mit der Entscheidung der Direktion der Zementfabrik hin, mich als Laborant anzustellen. Als ich danach griff, zog er es plötzlich wieder weg. Denke daran, sagte er, es hat sich für dich überhaupt nichts geändert. Er spuckte die Worte aus wie Rotz. Der Schredder ist noch immer dort, wo er immer war, fuhr er im gleichen Ton fort. Und ich glaube auch nicht, daß er sich bewegen wird. Damit übergab er mir das Blatt Papier, und ich stand an der eisernen Barrikade mit dem peinlichen Gefühl, ein Stück Rotz in der Hand zu halten. Der andere hatte mit bereits wieder den Rücken zugewandt. Ich wollte das Gefühl des Ekels nicht länger ertragen und ging.

Sicher, dachte ich, geändert hat sich für mich nichts, und es wird sich auch nichts ändern. Trotzdem nahm mich das gütige Geschick bei der Hand und führte mich ins Labor. Dort war Vilma. Sie saß haubenlos auf einem Stuhl. Ich stellte mir ernstlich die Frage, ob dieses Geschöpf wirklich Xhodas Tochter war. Dann überlief mich ein kalter Schauer. In ihrem Gesicht waren Ladis Augen. Vilma lächelte mich an, und in meinem Hals bildete sich ein Kloß. Fast hätte ich geweint. Ladis Augen, in Vilmas Gesicht! Aber Ladi war nicht hier, sondern Vilma. Das bedeutete nicht, daß er nicht existiert hätte. Irgendwo gab es ihn. Aber wo? Und wie? Lächle nicht, wollte ich zu Vilma sagen. Ich bin, der ich immer war, und ich werde es bleiben. Ich habe mich nicht verändert, ich verändere mich nicht, und ich werde mich auch nie verändern. Ich grinste. Vilma nahm es als Liebenswürdigkeit, im Austausch mit der ihren. Hätte sie aufmerksam hingeschaut und in meinen Augen zu lesen gewußt, es wäre ihr nicht entgangen, daß das, was sich auf meinem Gesicht abspielte, nichts mit dem zu tun hatte, das in ihrem Lächeln mitschwang. Vilma konnte nicht wissen, daß mein vorlautes Gehirn in diesem Moment einen Poeten zitierte, der in jenen Tagen zur Strecke gebracht worden war. Seine Blasphemie lag darin, daß er in etwa geschrieben hatte: »Ich bin, der ich nicht war, ich werde sein, der ich nicht bin.« Dafür hatten sie den armen Sünder zugrunde gerichtet. Mir machten sie für das Gegenteil das Leben zur Hölle. Anders konnten die Worte des Mannes in seinem Käfigzimmer nicht gemeint gewesen sein. Was willst du bloß, Tiger, dachte ich. Als in meinem Schädel die Frage »Was willst du, Tiger« auftauchte, mußte ich lachen. Vilma forderte mich zum Sitzen auf, und ich setzte mich auf den Stuhl. Mir war, als lauerte draußen vor der Tür ein Tiger. Und während ich in das tiefe Blau ihrer Augen eintauchte, entschied ich mich, ihr so fern wie möglich zu bleiben. Ein Tiger war mir auf den Fersen. Ein Tiger, der auch Vilma zu verschlingen drohte. So, wie er bereits Ladi gefressen hatte. Und Sonja. Ich wollte nicht, daß ihm auch noch Vilma zum Opfer fiel.

So fern ich mich auch von Vilma zu halten versuchte, wir atmeten zusammen die Luft eines Raumes, in dem der Abstand zwischen uns nie größer als sechs Meter werden konnte. Ich sage, nie größer, denn bei der Arbeit waren wir gewöhnlich kaum einen Meter auseinander, und ich spürte sogar ihren Atem. Wären die Gipsmühlen einmal stehengeblieben, ich hätte sogar ihren Herzschlag hören können. Allerdings drehten sich die Gipsmühlen pausenlos, Tag und Nacht. So konnte ich nicht ihr Herz schlagen hören, jedoch hörte ich sie endlos über alle möglichen Themen reden, wie sie ihr gerade in den Kopf kamen. Sie wollte den Tiger einfach nicht wahrnehmen. Sie wußte womöglich gar nicht, daß es einen Tiger gab. Ich hätte ihr am liebsten befohlen zu schweigen. Der Tiger war da und horchte. Er lauerte unter dem Fenster mit der zerbrochenen Scheibe, durch die der Staub hereinwehte, vor den dunkel gähnenden Löchern in den Ecken, an den Rissen in den Wänden. Ich wußte, daß es ihn gab, ich spürte seine Nähe, mit den Nüstern eines Jagdhunds roch ich den Atem des Todes, der von ihm ausging. Mein Rücken war eiskalt. Meine Beine starr wie Holz. Und mein Mund versiegelt. Denn Vilma war ein Kind geblieben. Kinder wollen, daß alle Wünsche, die ihnen einfallen, sogleich erfüllt werden. Ihr fiel ein, mich zu drängen, daß ich sie zum Mittagessen in die Kantine begleitete. Neunundneunzigmal drückte ich mich davor. Beim hundertsten Mal gelang es mir nicht mehr. Niemand kann einem Kind auf Dauer einen Wunsch abschlagen.

In Wahrheit gingen nicht nur wir beide zusammen. Wir waren zu dritt. Vilma wurde auf Schritt und Tritt von Lulu begleitet. Lulu, unsere zweite Laborantin, war ein Greisenmädchen. Ein Mädchen wahrscheinlich unter dem Aspekt der Jungfräulichkeit, wenn auch nach den Jahren durchaus noch nicht eine Greisin. Sie war gerade einmal fünfundzwanzig, aber mit ihrer schmächtigen, ein wenig gebeugten Gestalt und dem fahlen, welken Gesicht, aus dem ein Paar übermäßig ernster Augen schauten, wirkte sie wie eine alte Frau. Sie war im Waisenhaus aufgewachsen. Schon in den ersten Tagen begriff ich, daß Lulu, die keinen anderen Menschen hatte, Vilma als ihr ein und alles anbetete bis zur Selbstaufgabe. Sie liebte Vilma wie ein kleiner Hund sein Frauchen. Ebenso begriff ich, daß sie, wie jeder treue Hund, Vilma mit wilder Eifersucht vor jedem Wesen zu beschützen trachtete, von dem Gefahr zu drohen schien. Lulus anfängliche Feindseligkeit mir gegenüber bewies, daß sie mich zur Kategorie der gefährlichen Wesen zählte. Mit der Zeit wurde sie umgänglicher, ihr bis dahin finsterer Blick wurde neutral, und eines Tages war dann sogar Freundlichkeit darin zu erkennen. Vilma mochte versuchen, ihren Gemütszustand zu verbergen, es war umsonst. Nicht nur ihr kindliches Verhalten war aufschlußreich. Die ärgsten Verräter von Vilmas Gedanken waren Lulus Augen. In ihrem Spiegel sah ich, was in Vilma vorging. Und ich spürte eine Verwirrung, eine tiefe Angst, die ich gut genug kannte. Als Lulus Gesicht plötzlich milde zu leuchten begann, mußte ich an Maks denken. Und unter dem Eindruck von Maks' Todeskampf brachte ich keine Ausrede mehr zustande, mit der ich Vilmas hundertste Einladung zum gemeinsamen Mittagessen in der Kantine hätte abschlagen können. Obwohl draußen auf der Straße der Tiger herumschlich. Obwohl der Tiger in der Kantine wartete. Überall lauerte der Tiger. Aber wir hatten ja Lulu.

Beim dritten oder vierten gemeinsamen Mittagessen tauch‐
te auf einmal Fagu in der Kantine auf. Ich war ziemlich
unbeeindruckt, bis ich die erschreckten Gesichter meiner
Begleiterinnen bemerkte. Wir saßen etwa in der Mitte des
Saales. Fagu kam mit finsterer Miene hereingeschlendert, die
Hände tief in den Taschen vergraben. Im Vorübergehen fegte
er mit dem Ellbogen absichtlich einen gläsernen Wasserkrug
von der Tischkante, der mit lautem Knall auf dem Boden
zerschellte. Natürlich erreichte er die Aufmerksamkeit, die er
wollte. In der Kantine wurde es still, sämtliche Augen rich‐
teten sich auf die Stelle, an der das Geräusch entstanden war.
Gleichsam den ganzen Saal herausfordernd, stolzierte Fagu
weiter und nahm ein paar Meter von uns entfernt an einem
leeren Tisch Platz. Entweder ist ihm eine Laus über die
Leber gelaufen, dachte ich, oder er hat sich gestern einen
Cowboyfilm angeschaut. Ich trank meinen Rest Wein aus,
und als ich das Glas wieder auf den Tisch stellte, bemerkte
ich, daß Vilma leichenblaß geworden war. Lulu sah mich
aus erschreckten Augen an. O Gott, dachte ich, das darf
doch nicht wahr sein! Ich bezwang meine Nervosität, hob
den Kopf und starrte Fagu geradewegs in die Augen. Er
wich meinem Blick nicht aus, sondern starrte zurück. Das
Augenduell dauerte nicht lange. Einer aus seiner Clique
kam mit einer Weinflasche an, so daß die Entscheidung dar‐
über, wer von uns beiden zuerst den Blick senkte, offenblieb.
Aber das war mir in diesem Augenblick auch egal. Die bei‐
den fingen zu trinken an, unter großer Lärmentwicklung,
um Aufmerksamkeit zu erregen. Ich wandte mich wieder
meinem Essen zu. Vilma und Lulu taten es mir nach.
Schweigend saßen sie über ihren Tellern. Fagu war also ent‐

schlossen, mit dem Partnerspielchen aus unserer Kindheit weiterzumachen. Ein Tropfen kalten Schweißes bildete sich an meiner Schläfe und rann nach unten. Zum Glück waren meine Begleiterinnen ganz auf ihre Mahlzeit konzentriert, und die beiden am anderen Tisch waren zu weit weg, um einen Schweißtropfen zu erkennen, wenn sie denn überhaupt herübergeschaut haben. Du kannst dir deine Drohgebärden sparen, dachte ich, während ich aus den Augenwinkeln Fagu beobachtete. Glaube bloß nicht, daß ich Angst vor dir habe, fuhr ich zu räsonieren fort, wobei ich mich des Gefühls nicht erwehren konnte, daß er meine Gedanken las. Du gehörst zu einer noch räudigeren Kategorie von Bastard als ich, auch ohne geflüchteten Onkel. Ich habe so viel durchgemacht, daß es sich dein primitiver Verstand gar nicht vorstellen kann, du Strolch. Und deine Kinderspielchen beeindrucken mich immer noch nicht, sowenig wie damals. Aber du solltest wenigstens genug Verstand haben, um endlich zu begreifen, daß du Vilma, dieses Geschöpf aus Samt und Seide, erst bekommst, wenn du dir dein ungewaschenes Ohrläppchen auch ohne Spiegel anschauen kannst. Spare dir deine dummen Gedanken, ich bin kein Nebenbuhler für dich. Nicht, daß ich Angst vor dir hätte, du Spitzbube. Mir ist nur die Liebe abhanden gekommen, mein Herz ist aus Eis. Aber das begreifst du sowieso nicht, du Taugenichts.

Am nächsten Tag erschien Vilma nicht zur Arbeit. Am übernächsten Tag überreichte mir Lulu einen Briefumschlag. Meine Antwort wollte sie mündlich haben. Dann tauchte sie in ihrem Winkel des Labors unter, ein Ding unter Dingen. Als ich, den Umschlag in der Hand, Lulus zerbrechliche Gestalt in der Ecke verschwinden sah, witterte ich Gefahr. In unserem Städtchen begannen alle Romanzen mit einem zugesteckten Brief. Ich wußte um ein paar Dutzend solcher Geschichten. Unser staubiges Städtchen bekam gar nicht genug davon. Sie begannen mit einem Briefchen, und niemand konnte vorhersagen, wie sie ausgingen. Die Kleinstadtbengel eines Jahrhunderts banaler Romantik konnten sich nichts Wichtigeres und Aufregenderes vorstellen als diese Abenteuer. Wer zu den Glücklichen gehörte, die eines solchen Briefleins teilhaftig wurden, sorgte auf die naivste Art dafür, daß alle Welt davon erfuhr. Der Erhalt eines dieser Briefe besiegelte eine Verbindung, die von den anderen strikt zu respektieren war. Wurden die Regeln verletzt, kam das Messer ins Spiel. Als Lulu mir den Umschlag mit Vilmas Brief zusteckte, erschien vor meinem inneren Auge eine Messerklinge. Dazu kam der Brodem des todverheißenden Tigers. Mir blieb die Luft weg. Vilma war ganz und gar ein Kleinstadtmädchen geblieben. Sie lebte wie alle anderen im Jahrhundert banaler Romantik. Den Brief steckte ich in meine Tasche. Ich hatte nicht die geringste Lust auf ein Abenteuer. Ich blickte zu Lulu hinüber, die inmitten von Reagenzgläsern die Gleichgültigkeit eines Reagenzglases zur Schau trug. Ich hatte gute Lust, sie anzuschreien: Geh zu Vilma, du dürre Ziege, und sage ihr, daß sie sich wie ein Kind benimmt und daß ich nicht mehr die Kraft habe, mich mit Kindern abzugeben. In diesem Moment warf Lulu einen ängstlichen Blick herüber, und ich empfand Bedauern. Für sie. Und für Vilma. Vilma wollte mich in ein Spiel hineinziehen. Ich begriff, daß dieses Spiel nur teilweise mit der Wirklichkeit zu tun hatte. Es ging ihr wohl mehr darum, einen Traum zu erleben. Im Traum kann oder will ein Mensch nicht bewußt entscheiden, wo die Wirklichkeit endet und das Unwirkliche beginnt. Der Brief war in sauberer, hübscher, runder Handschrift abgefaßt: »Denkst du noch an Maks? Laß uns über Maks reden. Wenn du einverstanden bist, erfährst Du von L. alles weitere.« Das war der ganze Brief. Kein Initial, das auf den Absender hätte schließen lassen. Ich war verstimmt, ja zornig, und zwar ganz unnötig, denn auch ohne diesen neuerlichen Beweis glaubte ich zu wissen, daß Vilma ein wenig kindlich, naiv und provinziell war. Ich täuschte mich wie so oft, wie bei Sonja, wie überhaupt in der Beurteilung von Menschen.

Ich gab Lulu ein Zeichen mit der Hand, und sie kam auf mich zu wie ein ferngesteuerter Roboter. Angst in den Augen, versteht sich. Wie ein furchtsames Hündlein, das jeden Augenblick mit einem Fußtritt seines Herrchens rechnet. Als ich fragte, was zu tun sei, musterte sie mich abwägend. Ich möchte Vilma treffen, erklärte ich, was muß ich dazu tun? Lulu wurde lebendig. Wie sich ihre Miene aufhellen konnte, das ist mir bis heute als ein ungemein bewegendes Naturschauspiel in Erinnerung geblieben. Ein wahres Wunder. Sie nahm mir Brief und Umschlag aus der Hand und hielt sie über den Bunsenbrenner. Ich warte um fünf Uhr bei der Anlage auf dich, sagte sie, geh mir dann einfach nach … Keine Sorge, sagte sie, das ist meine Wohnung. Im ersten Stock. Vilma wartet dort auf uns. Kaum war sie fertig, tauchte Lulu wieder in ihrem Winkel unter, ein Ding unter Dingen. Es war Zeit, daß ich mich um die Schlammanalyse kümmerte. Ich war hin- und hergerissen zwischen Lachen und Weinen. Der prähistorische Fabrikbau stöhnte, bebte, in seinen Eingeweiden kollerte es wie in einem kranken Bauch. Als ich die Eisentreppe an einem der Silos erklomm, war mir, als bahne sich inmitten dieses erstickenden Gemisches von Rauch und Staub der Weltuntergang an. Das Gefühl war so drängend, daß ich fast aufgeschrien hätte. Kein Mensch hätte mich gehört. In den Eingeweiden der Fabrik kollerte es. Warum hatte ich mich nur auf Vilmas Spiel ein, gelassen?

Es war ein farbloser, schwüler Nachmittag. Der Himmel glich einer Wüste, und die Hitze, die er herabschickte, tränkte alles in Schweiß. Den Klub vermied ich, er war um diese Stunde vermutlich randvoll. Bis zum letzten Moment betete ich darum, am Rand des Parks keine Lulu vorzufin, den. Eine vergebliche Hoffnung. Sie war da, pünktlich wie immer, diskret, wachsam. Lulu, dachte ich, ich erwürge dich. Lulu hatte mich bereits erblickt und setzte sich in Be, wegung. Ich folgte ihr in gebührendem Abstand, mit dem schlappen Schritt eines Impotenten. Impotent fühlte ich mich in jeder Hinsicht. Eben das wollte ich Vilma mitteilen, und zwar sogleich, sobald ich Lulus Wohnung betreten hatte, in welche die Besitzerin kurz vor mir hineingeschlüpft war, die Türe hinter sich offen lassend. Im Zimmer gegen, über war Vilma, in ein langes Kleid gehüllt, das Haar ein goldener Wasserfall. Um Vilma herum fehlte etwas, und schließlich kam ich darauf, daß es Lulu war. Lulu, dachte ich, alte Kupplerin, läßt du deine Herrin immer allein, wenn ihr die Laune danach steht, ein Briefchen zu verschicken? Auf Vilmas Wangen lag eine feine Röte. Wir saßen einander gegenüber, zwischen uns der Tisch. Lulu fehlte. Daran lag es wohl, daß weder ich noch Vilma die richtigen Worte fan, den. Plötzlich war Lulu da, stellte zwei Tassen Kaffee und zwei Gläser mit Saft auf den Tisch, dann verschwand sie wieder, so schattengleich, wie sie auch aufgetaucht war. Vilma trank den Saft und begann an ihrem Kaffee zu nippen. Ich tat das gleiche, trank meinen Saft und begann am Kaffee zu nippen. Mein aufrichtiger Wille, Vilma meine Impotenz zu beichten, nahm die Züge einer Obsession an, als mich plötzlich die Erinnerung an Sonja überfiel. Sie trat heran und stellte sich neben Vilma, gleichsam als Beweis dafür, daß meine Anwesenheit in diesem Zimmer in Gesellschaft eines blonden, unschuldigen, einem Traum entsprungenen Geschöpfes nur eine Täuschung, eine Illusion, eine Chimäre sein konnte. Ich litt unter dem Wunsch zu erfahren, ob dieses Traumwesen bereits mit einem Mann geschlafen hatte. Einmal unterstellt, daß ja, wie erlebte sie dann den Höhepunkt? Sonja zum Beispiel schrie, in offenem Gelände wäre ihr Schrei noch in großer Entfernung zu hören gewesen. Linda stöhnte, als durchlitte sie die endgültige Agonie dieser Welt. Ich hob den Kopf und umfaßte Vilma mit einem Blick, der nur schamlos genannt werden konnte. Sie schien keineswegs verwirrt, allein die Tasse in ihrer Hand zitterte ein wenig. Damit man es nicht merke, stellte sie die Tasse auf den Tisch. Und lachte. Und errötete erneut. Ich konnte mir nicht vorstellen, daß sie schon mit einem Mann geschlafen hatte. Heute erschreckt mich, daß ich mich an unser Gespräch an diesem Tag überhaupt nicht erinnern kann. Es ist eher wie ein Fiebertraum. Wortfetzen fallen mir ein, der Name Maks taumelte in der Luft wie eine peinliche Flaumfeder, selten einmal erschien der kupplerische Engel Lulu, um dann wieder zu verschwinden gleich einem Schatten, und dann meine Schlappheit eines Impotenten: der Kopf leer, die Hände Blei, das Gehirn vertrocknet. Noch etwas ist mir in Erinnerung geblieben. Nachdem ich mich wie ein Dieb aus Lulus Wohnung geschlichen hatte, ging ich in den Klub. Dort traf ich auf Fagu und fünf oder sechs seiner Kumpane. Ich holte mir einen Kognak und verzog mich an meinen Tisch in der anderen Ecke. Ihre bohrenden Blicke waren auf mich gerichtet. Wo war der todesträchtige Tiger versteckt? Ich witterte ihn wie ein Hund. Als ich einen großen Schluck nahm, tat Fagu, wahrscheinlich zufällig, das gleiche. Ebenfalls durch das Spiel des Zufalls trafen sich unsere Blicke. Zum Tiger wirst du es nie bringen, du Strolch, dachte ich, aber du bist Vilmas ewiges Martyrium. Ich komme gerade von ihr. Dein Name wurde nicht erwähnt, aber die Angst vor dir schwebte im Raum. Sie hat noch nie mit jemand geschlafen. Schon gar nicht mit dir, und daran wird sich auch nichts ändern. Du wirst fragen, woher ich das weiß. Ganz einfach, Vilma hat es mir gesagt. Du Einfaltspinsel, was meinst du, kann ein Mädchen offen zugeben, wenn es mit jemand geschlafen hat? Glotz mich nicht aus deinen schwachsinnigen Augen an. Du hast Vilma in einen wahren Alptraum versetzt. Sie wagt es nicht, sich mit einem Jungen auch nur zu treffen, weil deine Helden ihn auf der Stelle lynchen würden. Du hast dich nicht die Spur geändert, du bist immer noch der gleiche bösartige, blutrünstige, heimtückische Mistkerl wie damals. Vilma hat mit mir über die Sache mit Maks gesprochen. Du weißt genau, daß ich ihn umgebracht habe. So wie damals Sherif, den kleinen Zigeuner, der sie gehänselt hatte, terrorisierst du immer noch jeden, der sich an sie heranwagt. Auch das hat sie mir erzählt.

Sie schämt sich, deinen Namen in den Mund zu nehmen. Du Schwein. Sie hat sich mit mir in Lulus Wohnung verabredet, weil sie Angst vor dir hat. Weißt du überhaupt, was es heißt, wenn sich ein Mädchen mit einem verabredet, und schon gar in einer Wohnung?

Plötzlich stand Fagu auf und kam mit dem Glas in der Hand auf mich zu. Seine Spießgesellen blieben, wo sie waren, und warteten teilnahmslos darauf zu erfahren, was sich ihr Chef nun wieder in den Kopf gesetzt hatte. Ich verlagerte mein Gewicht auf das andere Bein und nahm noch einen großen Schluck Kognak. Er baute sich vor mir auf, böse, das mürrische Gesicht vom Alkohol gerötet. Dann fing er an zu lachen. Oder, besser gesagt, er feixte. Rechts oben fehlte ihm ein Zahn, wie ich feststellen durfte. Feixend musterte er mich, als sei es das erste Mal, daß wir uns begegneten. Vielleicht steigst du einmal von deinem hohen Roß, sagte er dann, und gibst dich mit uns armen Würstchen ab. Sein Glas schwenkend, schwieg er einen Moment, dann fuhr er fort: Ich weiß schon, du bist an höhere Kreise gewöhnt, für dich sind wir doch bloß Wanzen. Wie sagt man so schön, das Maultier vergißt den Stall, in dem es auf die Welt kam. Du bist genauso. Wenn wir Wanzen sind, dann bist du ein Floh. Und jetzt sag mir, Student, was wohl besser ist, eine Wanze oder ein Floh? Wenn du mich fragst, dann ist beides die gleiche Scheiße. Deshalb schließ dich nicht aus, halte zu deiner Klasse. Und vor allem, mach die Augen auf, lauf nicht blind durch die Gegend. Wenn man blind durch die Gegend läuft, rutscht man leicht aus. Und wenn man ausrutscht, bricht man sich die Knochen, das ist bekannt.

Fagu kippte den Kognak hinunter. Tränen traten in seine

Augen, denn das Glas war noch voll gewesen. Seine Warnung war nicht mißzuverstehen. Vilma war tabu. Er ging zurück zu seinen Kumpanen, und ich blieb am Tisch stehen, die Ellbogen aufgestützt, vor mir das Glas. Glücklicherweise betrat in diesem Moment Dori den Club. Er blickte sich um, entdeckte mich und kam, nachdem er sich an der Theke einen Doppelten geholt hatte, zu mir. Wie Fagu leerte er das Glas in einem Zug, nur daß seine Augen nicht tränten. Ich hätte ihm gerne gesagt, daß er zu den wenigen gehörte, die sich nicht vor dem wachsamen Blick des todesträchtigen Tigers fürchteten, aber er hätte es sowieso nicht verstanden. Dori war bedrückt, das sah man ihm an. Er ging wieder zur Theke und kam mit zwei weiteren Doppelten zurück. Dann erzählte er mir den Grund: er hatte sich mit seiner Verlobten gestritten. Er kam von selbst darauf zu sprechen, wir standen uns noch nicht so nahe, daß ich mich von mir aus danach erkundigt hätte. Wir tranken noch ein Glas, und ich fand, daß es nicht unnormal sei, wenn ich ihn genauso über den Grund meiner schlechten Laune, also Fagus Drohung, informierte. Dori hielt es ebenfalls für angebracht, daß ich die Augen offenhielt. Natürlich wäre es nicht schlecht, fuhr er mit einem gallenbitteren Lächeln fort, wenn du bei Gelegenheit einmal deine Nase in die Unterwäsche dieser Kleinen stecken würdest, um ihn auf den Boden der Tatsachen zurückzuholen. Jetzt war ich es, der bitter lachte. Einerseits, weil mir Doris Vorschlag reichlich flach vorkam, andererseits, weil ich nun wirklich nicht neugierig auf die Unterwäsche dieser Kleinen, wie er Vilma nannte, war. Drüben in der anderen Ecke wurde es laut. Ein Glas zersplitterte. Alles sprach dafür, daß gleich die Fäuste fliegen würden. So war es aber nicht. Wie schon einige Tage zuvor in der Kantine, hatte Fagu das Glas nur hinuntergeworfen, um auf sich aufmerksam zu machen. Das konstatierte ich bei einem kurzen Blick hinüber. Du erbärmliche Kreatur, dachte ich, du könntest ein ganzes Glaslager zerschlagen, es würde dir auch nichts nützen. Ich empfand Bedauern für ihn, ehrliches Bedauern. Auf seine Weise litt auch er. Wie ich auf meine Weise. Wir alle litten, jeder auf seine Weise. Auch Dori, der sich an diesem Abend aus irgendwelchen Gründen mit seiner Verlobten gestritten hatte und mich nun, nach dem vierten oder fünften Glas, zu sich nach Hause einlud.

14

Vilma konnte meine kühle Zurückhaltung nicht entgehen, und sie verfügte über genug Würde, ihr Verhalten entsprechend zu korrigieren. Das geschah bereits am Tag nach dem Treffen bei Lulu. Sie unterließ weitere Aufforderungen, gemeinsam zum Mittagessen zu gehen. Lulu überbrachte mir keine Zettel mehr. Ihre Blicke, soweit sie mich überhaupt noch solcher würdigte, waren verächtlich, wenn nicht feindselig. Damals beschäftigte mich noch einmal der Gedanke an Selbstmord, Tage und Nächte brachte ich in tödlicher Monotonie dahin. Ich hatte nicht das Format für einen solchen Akt. Ich war zu gewöhnlich dafür. Selbst wenn man meinen Vater erschossen und mich an einem gottverlassenen Ort interniert hätte, ich wäre nicht imstande gewesen, mich umzubringen. Anders als Ladi. Ladi brachte sich um. Damals nahm Ladi sich das Leben. Zuerst jedoch erfuhr das Städtchen eine andere Neuigkeit: Man hatte seinen Vater erschossen.

Um der Wahrheit die Ehre zu geben, die Nachricht, daß man dem Exgenossen Sowieso am Rande einer Grube das Gehirn aus dem Schädel gepustet hatte, wurde vom Städtchen eher im sportlichen Sinne aufgenommen. Nur ohne die entsprechenden Kommentare. Den meisten war sie absolut gleichgültig. Der ewige Staub und die graue, nicht selten auch schwarze Chronik hatten meinen Mitbürgern zu einer realistischen Sicht der Dinge verholfen. Der todesträchtige Tiger belauerte alle. Es war eine Zeit, in der sich niemand sicher fühlen konnte. Die Folterknechte sowenig wie die Gefolterten. Die Klugen sowenig wie die Beschränkten. Die Gerechten sowenig wie die Schurken. Alle fürchteten sich vor dem Tiger, alle fürchteten sich voreinander. So konnte man die Nachricht von der Erschießung des Exgenossen Sowieso gar nicht anders als im sportlichen Sinne sehen. Nur eben ohne Kommentare. Mein allzeit besonnener Vater empfahl mir, für eine Weile den allgemeinen Verkehr zu meiden, mich auf den Weg zur Arbeit und zurück zu beschränken, ohne irgendwo Zwischenstation zu machen. Ein weiser Ratschlag, den ich brav befolgte. Bis ich dann von der anderen Neuigkeit erfuhr, Ladis Selbstmord.

Widersinnig, wie es in meinem Leben nun einmal zuging, gab Ladis Selbstmord Anlaß, meine Beziehung zu Vilma zu erneuern. Wenn man denn einräumen möchte, daß zwischen uns eine Beziehung bestand. Es war Mitte Oktober, ein paar strahlende Tage machten es einem schwer, an Unheil zu glauben, obwohl Unheil in der Luft lag. Über Ladis trauriges Ende informierte mich mein Vater auf die denkbar widerlichste Art. Eben von der Arbeit zurückgekommen, lag ich in der Küche auf dem Sofa und hörte gezwungenermaßen Radio. Ich sage gezwungenermaßen, weil meine Mutter, eine leidenschaftliche Freundin des Theaters, das Radio eingeschaltet hatte, um sich ein Hörspiel anzuhören. Es war, soweit ich es mitbekam, ein episch-lyrisches Liebesdrama. Mein Vater, in dessen Gesicht sich bereits die ersten Spuren des Alters zeigten, betrat die Küche, ließ sich neben mir auf einem Stuhl nieder und bemerkte beiläufig, dieser eine Freund da habe sich aufgehängt. Genau das waren seine Worte: »Dieser eine Freund da hat sich aufgehängt.« Widerlich. Meine vom Gang des episch-lyrischen Liebesdramas gefesselte Mutter ließ sich nicht vom Zuhören ablenken. Auch ich hörte weiter zu, denn ich hatte schlicht und einfach nicht begriffen, wen er mit »diesem einen Freund da« meinte. Meine Apathie ermunterte meinen Vater, in die Einzelheiten zu gehen. Ich erfuhr, daß jemand in einem Zimmer sich erhängt und fünf Tage am Strick gebaumelt hatte, bis dann endlich jemand sein Fehlen bemerkt und Alarm geschlagen hatte. Er war wohl schon ganz verwest, seufzte mein Vater und setzte hinzu: Der arme Junge! Was hatte er auch schon noch von seinem Leben, schaltete sich Mutter ein, der Vater unter der Erde, keiner weiß, wo die Mutter steckt, und er selber so zart, mit diesem Gesicht, o Gott, entschuldige, wenn ich es sage, wie ein Toter ... Ich fuhr hoch, Mutters Worte hatten mich aufgeschreckt. Es gelang ihr mühelos, zwei parallelen Sendungen zu lauschen, gleichermaßen neugierig auf beide Dramen, das episch-lyrisch-amouröse im Staatsradio und das makabre im Rundfunk meines Vaters. Ich war drauf und dran, mich bei ihr zu erkundigen, welches sie mehr ergötzte, das staatliche oder das väterliche. Die beiden schauten mich an. Vater war ganz blaß geworden. Mutter, der eine Träne über die Wange lief, schaltete endlich das staatliche Radio ab. Ich ging in mein Zimmer und schloß mich ein. Ladis ewig traurige Augen schauten mich an. Ich versuchte mir vorzustellen, wie er, einen Strick um den Hals, an der Decke oder am Fensterriegel baumelte wie ein übergroßes Pendel, die Zunge aus dem Mund gequollen und mit hervorgetretenen Augäpfeln. Mir wurde schlecht. Ein fauliger Gestank breitete sich im Zimmer aus, und ich fürchtete zu ersticken, wenn ich blieb. Die Wände, der Fußboden, der Schreibtisch, das Bett, auf das ich mich bäuchlings geworfen hatte, alles stank nach Verwesung. Ich ging hinaus. Der gleiche Geruch des Todes. Alles war gestorben, verfaulte.

Ich kann nicht genau sagen, was mich dazu trieb, den Weg zu Lulu einzuschlagen. Unter den gegebenen Umständen gab es eine ganze Reihe von Gefahren. Es war ein warmer Nachmittag, viele Menschen bevölkerten die Straßen, und es schien ziemlich wahrscheinlich, daß mich jemand beim Betreten von Lulus Wohnung beobachtete. Es konnte passieren, daß Lulu mir einfach die Tür vor der Nase zuschlug, mich davonjagte, sei es, weil mein Auftauchen sie erschreckte, sei es, weil sie nicht den geringsten Grund hatte, mich anständig zu behandeln: seit dem ersten Treffen waren unsere Beziehungen auf dem Nullpunkt. Außerdem, warum sollte Vilma sich auf ein Treffen mit mir bei Lulu einlassen? Schließlich hatte ich sie durch meine abweisende Haltung schwer gekränkt. Nichts davon kümmerte mich in diesem Moment. Mir war, als steckte ich in einem Sumpf, der mich immer tiefer in sich hineinsaugte, und ich brauchte etwas, an dem ich mich festhalten konnte, einen Ast, einen Strohhalm. Vilmas Augen schauten mich an. Wenn ich an diesem Nachmittag Vilma nicht sah, wurde ich wahrscheinlich verrückt. Lulu hat mich wohl wirklich für verrückt gehalten. Kaum hatte sie mir die Tür aufgemacht, stieß sie einen Schrei aus. Erschrocken schaute ich mich um, über die linke Schulter, über die rechte Schulter. Glücklicherweise war niemand im Treppenhaus. Lulu reagierte entsprechend.

Mit finsterer, zorniger Miene streckte sie die Hand nach mir aus. Erst dachte ich, sie wolle mich wegstoßen, um die Tür zuschlagen zu können. Doch statt dessen zerrte sie mich herein, und zwar so heftig, daß ich nur staunen konnte, woher das zerbrechliche Geschöpf diese Kraft nahm. Auf jeden Fall war ich erst einmal drinnen. Hinter mir fiel die Tür ins Schloß. Und vor mir stand eine Lulu, die mich anstarrte und offenbar finster entschlossen war, mich keinen Schritt weitergehen zu lassen, ehe ich mich nicht zum Grund meines Besuchs erklärt hatte. Ich schwieg, wußte im Moment auch gar nicht, was ich hätte sagen sollen. Meine Miene, meine Augen, mein ganzer Zustand schienen jedoch genug zu sprechen. Lulu führte mich in die Küche. Immer noch wortlos, setzte ich mich auf das Sofa, während sie zum Kännchen griff, um mir einen Kaffee zu brauen. Als ich ihn dann trank, sprudelte es aus mir heraus: Ich sei wegen Vilma gekommen, ich müsse unbedingt Vilma sehen, ich wäre ihr schrecklich dankbar, wenn sie gehen und Vilma Bescheid sagen würde. Lulu runzelte die Stirn. Du verlangst ja reichlich viel von mir, sprach Lulus Stirn. Doch sie ging. Nach einem ganzen Jahrhundert kam sie zurück. Ich wachte vom Geräusch des Schlüssels in der Wohnungstür auf. Die Küche, in der ich wartete, betrat nur Vilma. Mit dem Wasserfall goldener Haare. Mit himmelblauen Augen in einem sanften Gesicht. Den Augen, die mich an Ladis Augen erinnerten.

Vilma setzte sich neben mich auf das Sofa, und ich spürte ein Würgen im Hals. Ladi hat sich erhängt, sagte ich mit einer Beiläufigkeit, die mich erzittern ließ. Wußte Vilma überhaupt, von wem ich sprach? Sie hörte schwei‑

gend zu, dann nickte sie. Ich weiß, sagte sie, ich habe davon gehört, alle wissen es. Dein Freund hat sich erhängt. Das tut mir so leid. Ich habe euch einmal auf dem Boulevard zusammen gesehen. Ich glaube, er war ein netter Junge, und es tut mir wirklich sehr, sehr leid. Ich wollte ihr sagen, daß ihre Augen die Farbe von Ladis Augen hatten, daß ich deshalb … also, wenn ich nicht hergekommen wäre, um dich zu sehen, ich hätte nicht gewußt, wie ich den Schmerz ertragen soll. Ich sagte es nicht. Ich hätte das Beben in meiner Stimme, vielleicht sogar ein Schluchzen nicht unterdrücken können.

Wieder brachte uns Lulu Saft. Und wieder ließ sie uns allein. Und wieder erinnere ich mich nicht, über was wir bis zum Abend, als ich mich dann verstohlen davonschlich, gesprochen haben. Mein Gehirn funktionierte nicht, mein Gehirn kommunizierte nicht. Auch mit Vilma nicht. Auch unsere Begegnung am folgenden Tag ist aus meinem Gedächtnis verschwunden. Wie von einem defekten Tonband. Ich erinnere mich nur, daß Vilma etwas vor mir zurückhielt, daß sie zögerte, mir etwas zu sagen. Der Eindruck war so stark, daß ich sie am dritten Tag fragte: Was verheimlichst du vor mir? Sie saß mir am Tisch gegenüber, auf der Fensterseite, aber nicht aus Vorsicht. Vilma hatte keinerlei Grund, sich vor dem Alleinsein mit mir zu fürchten, mit oder ohne Abstand zwischen uns. Nicht die Breite des Tisches trennte uns. Der Abgrund, über den ich nicht hinwegkam, nicht einmal hinwegzukommen trachtete, war in mir. Vilma saß in einem gewissen Abstand von mir auf der anderen Seite des Tisches, beim Fenster, weil sie mit sich rang, ob sie mir etwas sagen sollte, was meinen Eindruck noch drängender machte. Als ich sie geradewegs darauf ansprach, wandte sie mir den Rücken zu. Von meinem Sofa aus starrte ich betreten auf den Wasserfall goldener Haare. Ein goldener, unendlich tiefer Niagara, in dem man versinken konnte, ohne je den Grund zu erreichen. Ich bin aus dem Dorf K., sagte Vilma, immer noch mit dem Gesicht zum Fenster. Das heißt, ich bin hier in der Stadt geboren, aber mein Vater stammt aus dem Dorf K. Er geht inzwischen nur noch selten hin, obwohl wir Verwandte dort haben, und das Dorf, wie er sagt, wirklich hübsch ist. Ich wollte immer, daß Vater mich einmal nach K. mitnimmt, damit ich die Verwandten dort kennenlerne. Er hat jedesmal eine Ausrede erfunden, bis ich schließlich merkte, daß er mir sein Heimatdorf einfach nicht zeigen wollte. Auf den Grund bin ich erst viel später gekommen. Vor ein paar Jahren hat mir eine Cousine erzählt, daß es im Dorf Internierte gibt. Das Heimatdorf meines Vaters ist ein Internierungslager. Vater wußte, warum er mich nicht dort haben wollte …

Vilma schwieg. Sie wandte mir immer noch den Rücken zu und schaute zum Fenster hinaus. Kann es denn sein, fragte ich mich, daß dieses engelhafte Wesen mit den goldenen Niagarafällen, aus denen man, einmal hineingestürzt, nie mehr herausfindet, wirklich Xhodas Tochter ist? Damals war er noch nicht Xhoda der Irre. Er war damals noch Xhoda der Schreckliche, Aufseher über die Kindheit von Generationen nichtsnutziger Kleinstadtrangen. Wenn wir uns ab und zu auf der Straße begegneten, tat Xhoda, als sähe er mich gar nicht, und seine Miene wurde finster. Seine Verachtung für mich war pathologisch, seit man mich von der Universität geworfen hatte und meine biographische

Zeitbombe öffentlich bekannt geworden war. Der schreckliche Xhoda konnte mir das jahrelange notorische Verschwei-
gen eines Faktums, das ihm zu offenbaren meine Pflicht gewesen wäre, wollte ich nicht schwere Schuld auf mich
laden, keinesfalls verzeihen, mir nicht und auch meinem
Vater nicht. Er grüßte uns nicht mehr, vermied es sogar, uns
anzuschauen, als könne man sich durch Blickkontakte bei
jemand anstecken. Als werde ihn, wenn er uns grüßte, ein
tollwütiger Hund beißen. Oder wir waren überhaupt toll-
wütige Hunde für ihn, denen man besser aus dem Weg ging.
Vilma stand immer noch schweigend da, mit dem Gesicht
zum Fenster, und ich dachte, immerhin versucht der Aufseher über meine Kindheit auch seine Tochter zu beschützen.
Der Aufseher Xhoda kannte sich mit Internierungslagern
aus. Ein Internierungslager mit internierten Missetätern war
ungesund für ein Geschöpf wie Vilma. Vilma war zu zart-
besaitet, um in einem Internierungslager in die Gesichter
von Internierten schauen zu können. So, wie Xhoda seine
Tochter anbetete, war ihm jede Wahnsinnstat zuzutrauen,
zum Beispiel, daß er mit einer Maschinenpistole die Hälfte
aller Halbstarken im Städtchen niedermähte. Daher war es
nicht weiter verwunderlich, wenn der Aufseher Xhoda
seine Tochter gegenüber allem abschirmte, das ihrer Ge-
sundheit abträglich sein konnte. Ein Blick in ein Internier-
tengesicht war fraglos geeignet, Vilma krank zu machen.

Diese Cousine ist etwa so alt wie ich, sprach Vilma plötzlich weiter. Sie heißt Tanci. Hast du schon einmal gehört,
daß ein Mädchen Tanci heißt? Abrupt wandte sie sich zu
mir um. Die Flut ihrer Haare änderte ihre Richtung, die goldenen Niagarafälle ergossen sich nun nach hinten. Vilma

berührte mit den Händen ihre Schläfen, dann fuhr sie sich mit den Fingerspitzen über das Gesicht. Wenn Vater von Tanci erzählte, sagte sie, dachte ich an ein lebhaftes Mädchen, einen richtigen Wildfang. Für mich tanzte sie mit den wilden Ziegen in den Felsen über dem Dorf meines Vaters herum. Wenn man nach den Schilderungen meines Vaters ging, war das Dorf K. ein touristisches Wunder. Aber dann war Tanci ganz anders, als ich sie mir vorgestellt hatte. Und das Dorf K. auch. Überhaupt hätte ich Tanci wahrscheinlich nie kennengelernt, wenn sie nicht von sich aus nach Tirana gekommen wäre, um mich kennenzulernen. Das heißt, sie kam natürlich nicht extra wegen mir. Sie wollte einfach einmal Tirana sehen, und als es dann soweit war, meinte sie, das Schicksal habe es nun doch noch gut gemeint mit ihr. Sie ist ein wirklich nettes Mädchen. Sie hatte ganz rauhe Hände, rauher als bei den Arbeitern am Schredder, du kennst das ja genau. Ihr Körper war kräftig und gelenkig, aber irgendwie mißförmig, ich kann das gar nicht richtig beschreiben. Und gescheit war sie auch. Die drei Tage, die ich mit ihr zusammen verbrachte, haben mir gezeigt, wie unerfahren ich bin. Oder verwöhnt, um es einmal deutlich zu sagen.

Vilma wandte sich vom Fenster ab und setzte sich wieder an den Tisch. Der Abstand zwischen uns verkleinerte sich, nur der Tisch trennte uns noch. Ich saß immer noch auf dem Sofa, im Rücken das Polster, den Blick gesenkt. Ich spürte Vilmas Blick und schaute auf. Nun hielt sie die Augen gesenkt, und ob sie meinen Blick spürte, weiß ich nicht. Ich suchte Ladis Augen in ihrem Gesicht. Meine Frage stand im Raum: Was sie vor mir verberge, und warum sie ausgerechnet heute auf ihre Cousine mit dem komischen Namen Tanci gekommen sei? Wenn ich an sie denke, fuhr Vilma stur fort, könnte ich weinen. Wahrscheinlich hätte ich sie gar nicht erwähnt, wenn ich ihr nicht vor ein paar Tagen in Tirana begegnet wäre. Tanci heiratet nächste Woche, und sie kam nach Tirana, um ein paar Dinge einzukaufen. Sie hat mich zu ihrer Hochzeit eingeladen. Aber ich gehe nicht hin, Vater erlaubt es sowieso nicht. Aber das ist eine andere Geschichte. Vielleicht interessiert dich, was Tanci mir erzählt hat? Es geht um eine Frau ...

Es war der dritte Nachmittag, den ich gemeinsam mit Vilma verbrachte, und als sie von dieser Frau anfing, wurde mir heiß und kalt. Nein, ich wollte absolut nichts von einer Frau hören, egal, von welcher. Daß es nicht um Brigitte Bardot ging, konnte ich mir denken ... Von Brigitte Bardot hatte Tanci bestimmt nichts erzählt, denn Brigitte Bardot hatte ihren Fuß noch nie in Tancis Dorf gesetzt. Und selbst wenn, was interessierte mich Brigitte Bardot?

Vilma aber war schon interessiert. Vilma hatte von Tanci etwas erfahren. Tanci hatte von einer ungewöhnlich schönen Frau gesprochen, auch wenn sie nicht Brigitte Bardot hieß. Als sie auf einem Lastwagen in K. eingetroffen war, hatten sich die ersten Schaulustigen staunend die Augen gerieben. Sie ist jetzt in K., sagte Vilma. Sie wohnt in einem Haus, in dem internierte Familien untergebracht sind. Weiter erfuhr ich, daß alle Tancis Brigitte Bardot aus dem Weg gingen. Tanci wußte auch zu berichten, daß vor dem Haus am Fuß des Berges, in dem die Internierten untergebracht waren, jede Woche ein bestimmtes Fahrzeug vorfuhr. Zunächst hatte niemand gewußt, was dieses Fahrzeug anlieferte, mitnahm und dann wieder brachte. Es handelte sich um einen alten »Gaz« sowjetischer Bauart, doch in bestem Zustand, dunkelgrün und mit verhängten Fenstern. Er traf regelmäßig jeden Dienstag um zehn Uhr vormittags ein, stand nur wenige Minuten vor dem Haus, ehe er sich wieder auf den Weg nach dorthin machte, wo er hergekommen war, eine lange Staubwolke hinter sich herziehend. Am nämlichen Tag gegen Abend, häufiger jedoch in der Nacht, wenn das Dorf zu Füßen des Berges zerstreut vor sich hindöste, kam er wieder angefahren, das Motorengeräusch wurde immer lauter, und die Leute wußten, daß der »Gaz« nun auf das Gebäude mit den Internierten zukeuchte. Schließlich erfuhr man, wen er holte beziehungsweise brachte: es war die schöne Frau. Zuerst dachte man sich im Dorf nicht viel dabei. Darüber, daß geländetaugliche Fahrzeuge vom Typ »Gaz« ankamen, um Internierte vom Dorf in die Stadt zu befördern und umgekehrt, wunderten sich die Leute schon lange nicht mehr. Man wußte ja, was man in der Stadt mit ihnen anstellte. Allerdings entstand bald der Verdacht, daß die schöne Frau nicht allein aus ermittlungsbedingten Gründen abgeholt wurde. Wer es wagte, zuerst seine Nase in diese Geschichte zu stecken, war unbekannt. Auch ließ sich nicht mehr sagen, wie man schließlich hinter den wirklichen Zweck der »Gaz«-Fahrten gekommen war. Vermutlich war es nicht einem einzelnen Menschen allein zu verdanken. Die beliebteste Variante ging davon aus, daß die Geheimnisse der schönen Frau und ihrer Fahrten von Schürzenjägern aufgedeckt wurden, die scharf auf sie waren. Die sture Wißbegier der Vernarrten machte alle sorgfältig ausgedachten Vorsichtsmaßnahmen zur Makulatur. Man wußte nun: Mit dem Eintreffen in der Stadt hatte die schöne Frau ihr Ziel noch nicht erreicht. Die schöne Frau durchquerte die Stadt und fuhr dann in ein Waldstück hinein, an das ein Reservat angrenzte, und in dem Reservat befand sich eine Jagdhütte. In der Jagdhütte wartete ein Mensch auf die schöne Frau. Dieser Mensch war grauäugig. Das hieß also: Die schöne Frau zog sich mit dem grauäugigen Menschen in die Jagdhütte zurück, ja, es hieß im Dorf sogar, sie gebe sich dem grauäugigen Menschen hin. Allerdings gab es auch welche, die darauf beharrten, dies alles habe mit Spionage zu tun ...

Wie von der Feder geschnellt, fuhr ich vom Sofa hoch. Ich ergriff Vilmas Schultern, ich drückte sie. Sie wurde blaß, Entsetzen trübte ihre himmelblauen Augen. Mir dröhnten noch die Ohren von Vilmas beziehungsweise Tancis Bericht. Vom Lärm des alten »Gaz« sowjetischer Bauart, der in eine Staubwolke gehüllt durch die Dorfstraßen kurvte. Er beförderte nicht Brigitte Bardot, das stand fest. Aber vielleicht stieß ja auch Brigitte Bardot beim Orgasmus stöhnende Schreie aus. Ein solcher Schrei gellte mir in den Ohren, als Vilma von den Waldpartien der schönen Frau erzählte, und ich sah Sonja in der Umarmung des Grauäugigen deutlich vor mir. Sonja bringt es so wenig wie ich fertig, sich umzubringen, dachte ich. Und, daß Sonja den Tod bei lebendigem Leib erlitt, Grauauges Atem auf ihrer Haut. Ich habe gemeint, das würde dich interessieren, sagte Vilma in diesem Augenblick, die himmelblauen Augen immer noch trüb von Entsetzen. Ich hielt sie noch immer an den Schultern gepackt und war mir nicht schlüssig, ob ich sie lieber aus dem Fenster werfen oder mich im Blau ihrer Augen ertränken wollte. Ich ließ sie los und sank auf das Sofa. Vilma war völlig verstört. Sie stand da wie jemand, der eben durch eine glückliche Schicksalsfügung dem Tod durch Erwürgen entronnen ist. Ich verließ Lulus Wohnung. Draußen wurde es Nacht.

15

Am folgenden Morgen begann ich den Arbeitstag im Klub. Ich war vom Fluch verfolgt.

Der Klub war leer. Ich erinnere mich, daß ein etwa zwölf-oder dreizehnjähriger Junge auf mich zukam, mich grüßte, aus seiner hinteren Hosentasche einen Umschlag zog, den er mir reichte und den ich, ohne mich nach seinem Auftrag-geber zu erkundigen, entgegennahm und in meiner hinteren Hosentasche verstaute. Fast hätte ich zu ihm gesagt, er sei so schön wie Hermes der Götterbote, von dem ich einmal ein Bild gesehen hatte, das ihn als jungen Mann mit geflügelten Füßen zeigte. Ich unterließ die Erwähnung des Hermes aus Angst, der Junge würde mich für verrückt erklären. Es schien mir allerdings angebracht, ihm für seine Mühen ein Stück Zuckerkuchen anzubieten. Der Junge ging nicht dar-auf ein, womöglich mochte er keinen Zuckerkuchen, oder es war schlicht unter seiner Würde, sich von mir mit Nasch-werk verwöhnen zu lassen. Mit einem nicht übermäßig lie-benswürdigen Blick in meine Richtung machte sich der Her-mes vom Flußufer davon. Ich war versucht, den Umschlag hervorzuholen und hineinzuschauen. Statt dessen begab ich mich zur Theke, wo ich einen weiteren Kognak verlangte. Ich konnte mir nämlich schon vorstellen, von wem der Um-schlag kam, was sich darin befand und wie die Botschaft lau-tete. Die Serviererin, eine Schulfreundin aus meinen Kindertagen, machte sich die Tatsache, daß der Klub noch nicht gefüllt war, zum Vorteil und flehte mich mit bebender Stimme an, vom Trinken abzulassen. Ich dankte ihr. Sie wußte nicht, daß ich vom Fluch verfolgt war, sonst hätte sie sich diesen überflüssigen, wenn auch gutgemeinten Rat erspart. Außerdem, was sprach dagegen, daß ich trank? Es war mir egal, ob ich durch meinen Alkoholkonsum die Fundamente der gesellschaftlichen Moral geringfügig ankratzte. Außerdem, wer konnte schon sagen, wie viele Zentimeter über dem Knie die Beeinträchtigungsgrenze der gesunden Moral eines Mädchens lag und bei wie vielen Zentilitern Alkohol sich die Erschütterungsgrenze der Fundamente der gesellschaftlichen Moral befand. Mir verbot man das Saufen, den Mädchen den Minirock. Der Staat verkaufte Getränke, Miniröcke verkaufte er nicht. Also war an meinem Saufen der Staat schuld, nicht ich. Daran, daß die Mädchen keine Miniröcke trugen, war ebenfalls der Staat schuld. In groben Zügen waren dies die Argumente, die ich meiner Freundin aus Kindertagen vortrug. Sie verging fast vor Vergnügen, was sich dergestalt auswirkte, daß sie mir einen doppelten Kognak gratis servierte. Glaube bloß nicht, daß du mit deinen Geistesblitzen Eindruck bei mir schinden kannst, sagte sie, als ich mich zurück in meine Ecke aufmachte. Den Kognak habe ich dir nur gegeben, weil du ein braver Junge sein und wie ein liebes kleines Lämmchen nach Hause gehen wirst, sobald du ausgetrunken hast.

Ich winkte ihr zu. Und trank einen Schluck Kognak. Einen kleinen. Von meiner Freundin aus Kindertagen würde ich keinen Tropfen mehr bekommen, das war so sicher wie das Amen in der Kirche. Ich jedoch mußte nachdenken, zur

Ruhe und mit der Welt wieder in Einklang kommen, gerade weil ich vom Fluch verfolgt war. Wollte ich diesen Einklang herstellen, mußte ich mit philosophischer Nüchternheit urteilen, und um diese philosophische Nüchternheit herzustellen, mußte ich unbedingt weitertrinken, langsam, bis der Füllstand des Glases sich mit dem Ziel im Einklang befand. Also, so argumentierte ich bei sparsamen Schlucken, alles kommt daher, daß ich so wenig wie Sonja der Typ bin, der ohne Zaudern in den Tod geht, wenn es ihm eigentlich geboten scheint. Sonja und ich gehören zu der Kategorie von Menschen, die immer einen Ausweg finden. Das hat sich gewiß auch Sonja gesagt, argumentierte ich weiter. Der Rest ist bedeutungslos, absolut bedeutungslos. Grauauge hatte mehrfach den älteren, allerdings gut erhaltenen »Gaz« sowjetischer Bauart zu entsenden, ehe bei Sonja am Ende die Logik obsiegte. Gewiß war für Grauauge der Handel mit Sonja nicht ganz unproblematisch, so wie auch für Sonja der Handel mit Grauauge bestimmt nicht unproblematisch war. Zu einer Einigung zwischen den beiden dürfte es erst nach einem gewissen Schachern gekommen sein. Sonja hat ihre Ware offeriert. Doch welchen Preis hat Grauauge zu entrichten gehabt? Das war nun allerdings wieder ohne jede Bedeutung. Letzten Endes beugte sich Sonja der Logik, schacherte, und der ältere, allerdings gut erhaltene »Gaz« sowjetischer Bauart holte Sonja ab, um sie in die Stadt zu bringen. So dachten wenigstens die Naiven. In Wirklichkeit fuhr der »Gaz« durch die Stadt hindurch und in den Wald, den großen Kiefernwald mit dem Reservat, und in dem Reservat zu einer Jagdhütte, über die Grauauge nach Belieben verfügen konnte. Was dann kam, war wiederum ohne Be-

deutung, Hauptsache, der Handel stand. Sonja war es unbe-
nommen, sich auf jeden Schacher einzulassen.

Der letzte Tropfen Kognak war weg. Ich fühlte mich aus-
gedörrt wie ein Fisch auf dem Trockenen, ich hatte brennenden Durst. Aus den Augenwinkeln warf ich einen verzwei-
felten Blick zu meiner Freundin aus Kindertagen hinüber.
Von ihr bekam ich keinen Tropfen mehr, das wußte ich. Sie
war ein wirklich gutmütiges Pummelchen, aber selbst wenn
ich mich auf den Kopf stellte, von ihr bekam ich nichts mehr.
Außerdem, in ihren Ohren ging es ruhig zu, die meinen
dröhnten. Ihre Ohren hörten nicht den älteren »Gaz« sowjetischer Bauart durch den Wald rumpeln. Sie hörten nicht
Sonjas Schritte auf dem Dielenboden der Jagdhütte. Mir dagegen klangen von alledem die Ohren, und meinen Augen
entging nichts. Mein liebes Pummelchen, bitte, gib mir zu
trinken, wollte ich schreien. Sonjas Stöhnen machte mich
verrückt. Grauauges Schnaufen machte mich verrückt. Das
Knarren des hölzernen Betts im Rhythmus ihrer nackten
Leiber machte mich verrückt. Ich hätte Pummelchen in
Stücke gerissen, wäre nicht genau in diesem Moment der
zweite Gast eingetreten. Es war kein Götterbote. Es war mein
Schutzengel Dori.

Dori fand, mein Humor sei an diesem Tag reichlich aggressiv. Ich wollte partout nicht einsehen, warum er meinte,
mir den gleichen guten Rat geben zu müssen wie das Pummelchen hinter der Theke, meine Freundin aus Kindertagen.
Daß ich mit Saufen aufhören solle. Alle verlangten an diesem Tag von mir, daß ich mit dem Saufen aufhöre. Es war
zum Haareausraufen. Als ich von Dori wissen wollte, ob er
vielleicht auch noch ein Brieflein für mich habe, packte er

mich am Ärmel und zerrte mich hinaus. Wahrscheinlich hielt er es für einen dummen Witz oder meinte, ich sei schon so betrunken, daß ich wirres Zeug redete. Ich informierte ihn darüber, daß seine Methode, mich aus dem Klub zu entfernen, nach meinem Urteil nur gewaltsam genannt werden konnte. Ich protestiere, sprach ich, gegen die Gewalt. Der Gebrauch von Gewalt, fuhr ich fort, steht nur Grauauge und den Organen der Diktatur des Proletariats zu. Die Diktatur des Proletariats ist die Durchsetzung der Wahrheit mit Gewalt. Durchgesetzt wird diese Gewalt auch in einem Bett aus Eichenholz in einer Jagdhütte aus Kiefernholz, allerdings, das ist der kleine Unterschied, müßte hier wohl eher von Vergewaltigung als von Gewalt gesprochen werden ...

Ein Faustschlag brachte mich zum Schweigen. Wir standen am Rand der Grünanlage in der Innenstadt. Der Liguster drehte sich kurz um mich. Ich maß Dori mit einem vorwurfsvollen Blick. Er grinste böse. Wenn du in einer Zelle landen willst, sagte er, dann brülle nur weiter so herum. Ich jedenfalls habe keine Lust, dich dorthin zu begleiten. Wenn du noch ein Wort sagst, schlage ich dir die Nase platt. Nun war es an mir zu feixen. Du bist ein dreckiger Feigling, gab ich, wenn auch etwas leiser, zurück, eine Molluske. Das solltest du wenigstens zugeben. Ich für meinen Teil, ich gebe zu, ich bin eine Molluske. Ich setzte zu einigen philosophischen Ergänzungen zu den Mollusken, dem Staat der Mollusken, der Diktatur der Mollusken an, brachte sie aber nicht mehr heraus. Ein wildes Würgen befiel mich, und ich kotzte auf die zementstaubbeladene Ligusterhecke am Rande der Grünanlage. Dann brachte mich Dori nach Hause. Dort hielt ich ihm einen Vortrag über den universellen Charakter des Molluskenstaates. Dori hörte zu, während er den Kaffee trank, den Mutter ihm gekocht hatte. Als er mit dem Kaffee fertig war, ging er. Ich schlief. Ich schlief, und alles, an das ich mich noch erinnern konnte, war Doris Aufforderung, mich am nächsten Tag auf jeden Fall bei ihm zu melden. Das sagte er noch, als er schon die Treppe hinunterging. Komm unbedingt zu mir. Ich grinste, ohne nachzudenken, was seine Aufforderung zu bedeuten hatte, und rief, winkend über das Treppengeländer gelehnt, hinter ihm her: »Auf Wieder‚ sehen, Molluske!«

Auf Wiedersehen, Molluske! Auf Wiedersehen! Aber wo? Und warum? Diese Frage war gegenwärtig, kaum daß ich die Augen aufschlug, als hätte mich die ganze Nacht nichts anderes beschäftigt als das Problem, weshalb Dori mit mir reden wollte. Der Tag kam mir so leer vor wie die Schale ei‚ ner Molluske. Ein miserabler Tag, versehen mit allen bösen Anzeichen einer Katastrophe. Ich sage dies nicht, weil mir auf der Treppe eine schwarze Katze über den Weg lief. Ich bin mir nämlich, was die Farbe der Katze anbelangt, nicht völlig sicher, sie könnte auch grau gewesen sein. Immerhin, es war eine Katze, ob grau oder schwarz, kein Tiger. Also ein einfaches Mitglied der fleischfressenden Familie der Feliden und deren harmloseste Vertreterin, was aber gerade der Grund dafür sein mag, daß man sie mit Unglück in Zusam‚ menhang bringt. Auf dem Gehweg der Straße, die zum Ein‚ gang des Klubs führt, am ligustergesäumten Rand der Grünanlage, stand ein großer, finster dreinblickender Mann mit vor der Brust gekreuzten Armen. Seine Augen versprüh‚ ten Zornesblitze, so daß ich, sobald ich ihn erblickte, begriff, daß ich auf den Quell des Unheils für diesen Tag gestoßen war. Es war Xhoda. Ich konnte mich des Eindrucks nicht erwehren, daß er eigens wegen mir sein Haus verlassen und hier Position bezogen hatte. Erst wollte ich die Richtung wechseln, so wie man es tut, wenn man einer schwarzen Katze aus dem Weg gehen möchte. Da mich aber Katzen, ob schwarz oder grau, gemeinhin nicht scherten, marschierte ich doch geradewegs weiter. Ich ging direkt vor seiner Nase vorbei, ohne ihm meine Huld zu erweisen. Ich war bestrebt, so rasch wie möglich in den Klub zu gelangen, ein großes Glas Kognak, ja eine ganze Flasche auf einen Zug hinunterzustürzen, nur um nicht schreien, nicht die schlimmsten Flüche, die das Universum kannte, hinausbrüllen zu müssen. Doch offenbar verfolgte Xhoda seine eigenen Ziele, schließlich war er nicht jemand, der hinausging und sich wie ein Zaunpfahl am Straßenrand aufpflanzte, nur um die Passanten zu beobachten. Als ich vor seiner Nase vorbeiging, schnaubte er. Es dauerte ein wenig, bis ich begriff, daß er mir etwas mitzuteilen hatte. Der Aufseher über meine Kindheit ließ mir tatsächlich die Ehre angedeihen, an der Straße vor der Klubtür leibhaftig auf mich zu lauern, was allerdings auch der sicherste Ort für einen Hinterhalt war. In den Hinterhalt legt man sich gewöhnlich, um Salven aus Maschinengewehren abzufeuern oder Bomben zum Platzen zu bringen. Xhodas Bombe bestand aus den Worten »Du wirst dir noch einmal dein Ohrläppchen ohne Spiegel anschauen können«, die er wie Schleim zwischen den Zähnen hervorquetschte. Ich tat ihm kund, daß ich keinen gesteigerten Wert darauf lege, meine Ohrläppchen zu betrachten, weder mit noch ohne Spiegel. Diese Replik war völlig überflüssig, aber ich wollte Xhoda nichts schuldig bleiben. Wie hätte ich auch ihre verheerende Wirkung vorausschauen können. Xhoda wurde puterrot, durch seinen klapprigen Riesenleib, er war einen guten Kopf größer als ich, lief ein Beben. Du Spitzbube, schnaubte er, ich sorge dafür, daß du das Maul voll Dreck bekommst. Diesen Spruch wiederholte er einige Male, mehr für sich selbst. Ich hatte ihm den Rücken zugekehrt und ihn einfach auf dem Gehsteig vor der ligustergesäumten Grünanlage stehenlassen. Du wirst das Maul voll Dreck bekommen ... Dreck wirst du fressen ... Endlich kam ich auf den Grund von Xhodas Zorn. Drei Tage habe ich mit Vilma bei Lulu gehockt. Drei Tage hintereinander. Vilma war Xhodas Tochter. Und Xhoda liebte seine Tochter abgöttisch. Man hat uns gesehen, dachte ich, irgend jemand hat herausgefunden, daß wir in Lulus Wohnung waren, und es Xhoda gesteckt. Mir lief es eiskalt den Rücken hinunter. Nicht aus Angst. Ich konnte nicht wissen, was Xhoda für alle die bereithielt, die seiner Tochter an die Röcke gingen, aber zu denen gehörte ich mit Sicherheit nicht. Trotzdem war meine Replik völlig fehl am Platz gewesen. Ich konnte dem Drang nicht widerstehen und schaute mich um: Xhoda stand noch auf dem gleichen Fleck an der Gehsteigkante, und seine Augen sandten zornige Blitze hinter mir her. Es gab keinen Zweifel: Man hatte uns gesehen.

Ich ging nicht in den Klub, denn ich wäre bestimmt wieder dort hängengeblieben. Ich ging in die Fabrik. An diesem Tag stieg der Rauch kerzengerade zum Himmel auf, eine schwarze Fontäne. Das beliebte Sprichwort »Die Hunde bellen, der Rauch steigt gerade auf« kam mir in den Sinn.

Dann fiel mir ein, daß es ja eigentlich »Die Hunde bellen, die Karawane zieht weiter« heißen mußte. Fang nicht an zu spinnen, sagte ich mir, wo sind die Hunde, und wer soll die Karawane sein? Eine Weile lang stand ich verstört vor der Fabrik und beobachtete den Rauch, der pfeilgerade und ganz unbehelligt emporstieg, in völliger Balance mit dem Himmel. Der kleinste Windstoß, also ein kurzes Bellen des Himmels genügte, und der Rauch zerstreute, verknäuelte sich, das heißt, die Karawane geriet durcheinander. Das Gleichgewicht der Welt geriet durcheinander. Und ich fraß Dreck. Xhoda würde dafür sorgen, daß ich Dreck fraß. Wie schon Ladi Dreck gefressen hatte. Sonja hingegen hatte keine Lust, Dreck zu fressen, sie schacherte lieber. Aber wie und mit wem sollte ich denn schachern? Mir fiel ein, daß ich unbedingt zu Dori mußte. Er hatte mich zu sich bestellt, unbedingt.

Ich fand ihn nicht in der Fabrik. Weit und breit war kein Mensch zu sehen. Alles war an diesem Tag wie ausgestorben. Auch das Labor war leer. Vilma war nicht da, Lulu genausowenig. Die Leere machte mir angst. Meine Ohren dröhnten vom Lärm der Mühlen, einem Grollen in den Eingeweiden der Welt. Ist jemand da, brüllte ich schließlich aus vollem Hals. Keiner antwortete. Nur die Mühlen drehten sich weiter. Ist denn niemand da, schrie ich noch einmal voller Verzweiflung. Da entdeckte ich in einem Winkel des Labors einen behaubten Kopf. Er gehörte zu einer der Laborantinnen der Gegenschicht, einer Frau um die fünfzig mit einem aufgedunsenen, ewig schläfrigen Gesicht. Sei es wegen des Lärms, sei es wegen der Haube oder auch nur infolge der Verfettung ihrer Gehörgänge hatte sie mich nicht wahrgenommen. Als sie schließlich herüberschaute und mich mitten im Labor stehen sah, schrie sie auf. Ich bin keineswegs der Leibhaftige, du einfältige Gans, schalt ich sie, im vollen Bewußtsein, daß sie nichts verstand. Sie klärte mich schließlich darüber auf, daß Dori in einer Versammlung war, während Vilma und Lulu sich nicht bei der Arbeit hatten blicken lassen. Ferner erfuhr ich von ihr, daß man sie zusammen mit einer anderen Laborantin, die jetzt bei den Silos war, herbeizitiert hatte, weil keiner von der ersten Schicht erschienen war. Vilma aus unbekannten Gründen. Lulu, weil sie im Krankenhaus lag. Warum liegt Lulu im Krankenhaus? wollte ich wissen. Sie schaute mich ängstlich an. Man hat sie verprügelt, erklärte sie, man hat sie fast zum Krüppel geschlagen. Gestern abend, als sie nach Hause kam, hat ihr jemand im Dunkeln aufgelauert. Man zog ihr etwas über den Kopf, und dann …

Das aufgedunsene Gesicht der Laborantin war ganz blaß. Ich ging, ich hatte genug erfahren. Ein böser Verdacht stieg in mir auf, alles hatte seinen Zusammenhang: Doris Wunsch, mich zu sprechen, Xhodas Hinterhalt, Vilmas Fehlen und der Überfall auf Lulu. Ich ging schnurstracks zum Krankenhaus.

Lulu lag mit vier frischoperierten Frauen auf einem Zimmer. Glücklicherweise kannte ich den Stationsarzt, er wohnte im gleichen Wohnblock wie ich, nur ein Treppenhaus weiter. Er besorgte mir einen weißen Mantel, brachte mich bis zur Tür des Zimmers, in dem Lulu lag, und befahl mir, nicht zu lange zu bleiben. Drinnen war es ziemlich ekelig. Zwei Mädchen saßen an einem Bett ganz hinten im Zimmer, in dem eine Frau stöhnte und jammerte und nach

Wasser verlangte, das man ihr nicht gab. Als ich hereinkam, drehten sich die Mädchen um und schauten mich an.
Dann wanderten ihre Blicke zu einem Bett rechts von mir,
in dem vermutlich Lulu lag. Ich erstarrte. Die Beflissenheit
des Stationsarztes, seine Hilfsbereitschaft waren weit über
bloß nachbarschaftliches Entgegenkommen hinausgegangen. Und jetzt wiesen mich diese Mädchen mit eindeutigen
Blicken zum richtigen Bett. Es war sonnenklar: Von meinen
Besuchen bei Lulu wußte inzwischen die ganze Stadt. Ich
kehrte den Mädchen den Rücken zu. Stechender Arzneige-
ruch mischte sich mit weiblichen Ausdünstungen, so daß
sich mir fast der Magen umdrehte. Ich berührte mit den Fingerspitzen Lulus Kopf. Sie erkannte mich und, o Gott, sie
lächelte. Man hatte sie furchtbar zugerichtet, und trotzdem
brachte es die arme Lulu noch fertig, mir aufmunternd zu-
zulächeln. Ihr Gesicht war grün und blau, ein Auge zuge-
schwollen. Ich nahm ihre Hand, die über den Bettrand
hing, und hielt sie zwischen meinen Händen, dann beugte
ich mich hinunter, drückte meine Lippen auf die welke
Haut ihres Handrückens und küßte sie. Schließlich murmelte ich mit erstickter Stimme: Lulu, wer hat dir das ange-
tan, sag!

Lulu unternahm erneut den gequälten Versuch eines Lächelns. Sie lachte so selten. Aber wenn sie lachte, spielte sich
auf ihrem Gesicht ein Naturwunder ab. An diesem Tag war
nichts zu sehen als geschwollenes Fleisch und das Glitzern
des einen geöffneten Auges. Es war so dunkel, brachte sie
mühsam heraus, und sie haben mir einen Sack über den
Kopf gezogen. Sie haben mich geschlagen, aber aus lauter
Trotz habe ich keinen Laut von mir gegeben. Je schlimmer

sie mich geprügelt haben, desto fester habe ich die Zähne zusammengebissen. Als sie genug hatten, ließen sie mich neben der Treppe vor dem Haus liegen, immer noch mit dem Sack über dem Kopf. Kann sein, daß sie glaubten, sie hätten ihre Arbeit getan, aber vielleicht hatten sie auch bloß Angst, daß man sie entdeckt. Zwei Nachbarn haben mich dann gefunden. Ich lag da wie ein weggeworfener Sack, und die Schufte waren verschwunden. Ich habe zuerst gar nicht begriffen, was los ist, was sie von mir wollten, ich dachte, das sind ganz ordinäre Halunken, die mich ausrauben wollen. Das waren sie aber nicht, zumindest keine Diebe. Ordinär schon, ganz bestimmt, solche Schmarotzer aus dem Klub. Inzwischen weiß ich genau, warum sie das mit mir gemacht haben. Und du weißt es auch, glaube ich. Paß also auf dich auf.

Ich hielt weiter ihre Hand zwischen meinen Händen. Du hast ganz recht, flüsterte ich, das sind räudige Köter. Nicht einmal über ein Mädchen getraut sich einer allein herzufallen. Mutig sind sie bloß zu mehreren, im Rudel, wie die Wölfe. – Lulu bemühte sich, meine Hand zu drücken, damit ich nicht zu laut wurde. – Lulu, sagte ich zu ihr, das ist dir alles wegen mir passiert. Ab jetzt bekommt es jeder, der es wagt, dich anzurühren, mit mir zu tun. Hörst du? Jeder, der dir auch nur ein Haar krümmt, kriegt es mit mir zu tun. Wieder spürte ich den Druck ihrer Hand. Ich stammelte allen möglichen Unsinn. Jedenfalls war ich bereit, für meine Rache jede Dummheit zu begehen.

Gegen Mittag verließ ich das Krankenhaus. Ich vermied die Straße, die am Klub vorbeiführte, indem ich einen langen Umweg machte, der mich bis an die Rückseite meines

Wohnblocks brachte, und schlich ins Haus. Möglich, daß dieses sinnlose Verhalten ein Versuch war, mich selber in dem Entschluß zu bestärken, den ich während des Gesprächs mit Lulu getroffen hatte. Ich mußte ständig an ihr blauverschwollenes Gesicht denken, aus dem mich das eine geöffnete Auge anschaute, und ihr angestrengter Versuch eines Lächelns tat mir weh. Arme Lulu, murmelte ich vor mich hin, was wollten sie ausgerechnet von dir? Ich drehte den Schlüssel im Schloß um und trat ein. Die Wohnung war leer, Vater und Mutter waren beide bei der Arbeit. Die Stille beruhigte meine Nerven, mein Kopf wurde klarer, und ich fühlte mich in der Lage, einigermaßen vernünftig zu urteilen. Doch erst kochte ich mir einen Kaffee. Eigentlich, überlegte ich mir dabei, müßten zu dieser Stunde alle beim Trinken im Klub sein. Aber alle brauchte ich gar nicht, ich brauchte nur einen, Fagu. Mit den anderen konnte ich nichts anfangen.

Der Kaffee kochte über und ergoß sich auf die Kochplatte. Das Zimmer füllte sich mit dem Geruch von verbranntem Kaffee. Während ich die Flüssigkeit aus dem Töpfchen in die Tasse goß, überlegte ich mir, was zu tun sei. Hast du wirklich geglaubt, ich schlucke, was du da angerichtet hast? Bestimmt hast du es gemeint, da bin ich sicher. Das ist ein Feigling, wirst du gesagt haben, dieser Studentenarsch, der riskiert doch wegen einer Lulu nichts. Wir erledigen damit alles in einem Aufwasch: Zuhälter-Lulu verpasse ich eine Abreibung, die sie ihr Lebtag nicht vergißt. Außerdem erregt die Sache im Städtchen bestimmt Aufsehen. Die Leute erfahren, wieso wir Lulu den Sack über den Kopf gezogen haben, auch Xhoda, und der wird ihnen dann auf der Stelle den Kopf zurechtsetzen. Bravo, bis dahin ist deine Rechnung aufgegangen. Xhoda ist erkennbar in Rage und hat Vilma ordentlich zusammengestaucht, sie darf nicht mehr aus dem Haus. Wie ich von Lulu erfahren habe, konnte sie noch nicht einmal ihre Freundin im Krankenhaus besuchen. Bis dahin läuft also offensichtlich alles nach Plan. Wenn das überhaupt dein Plan war. Du hattest viele Möglichkeiten, Lulu einzuschüchtern, du hattest viele Möglichkeiten, Xhoda die Sache mit seiner Tochter zu stecken. Warum bist du also so vorgegangen, warum hast du zwei deiner Spitzbuben dazu aufgehetzt, daß sie im Finstern ein hilfloses Geschöpf verprügelten, ein armes Würstchen, das weiß Gott in seinem ganzen Leben nie jemand etwas zuleide getan hat? Und zwar so verprügelt, Fagu, daß es selbst dir beim Anblick des armen Mädchens nicht wohl in deiner Haut wäre. Du hast den Instinkt eines Straßenköters, Fagu, aber darüber kommst du auch nicht hinaus. Du tust mir wirklich aufrichtig leid, mitsamt deinen Kumpanen. Es tut mir für uns alle leid. Und ich frage dich: Wieso ist das aus uns geworden? Hast du darauf eine Antwort? Du lachst, du feixt, du hältst mich für einen Idioten. Diese Frage erreicht dein dumpfes Hirn überhaupt nicht. Aber mich quält sie, ich erschrecke zu Tode, wenn ich daran denke, wie tief wir gesunken sind. Mit Schrecken denke ich daran, daß diese Frage dir höchstens auf die Nerven gehen und dich dazu veranlassen würde, mir die Nase plattzuschlagen. Reg dich ruhig auf, Fagu. Soweit ich mich erinnere, war dein Vater in unserer Kinderzeit Offizier. Ich weiß nicht, ob er noch bei der Armee ist oder schon in Pension. Dein Vater war mit Xhoda befreundet, und trotzdem hat dich Xhoda nicht weniger verprügelt als mich. Mein Vater ließ zu, daß Xhoda mich schlug. War dein Vater auch einverstanden? Schau an, jetzt regst du dich schon wieder auf, du nimmst meine Frage persönlich. Dabei will ich dich genauso wenig beleidigen wie deinen Vater. Unsere ganze Kindheit über waren wir unter der Knute, und wir sind es immer noch. Das ist das Schlimme, Fagu. Die Knute hinterläßt Spuren, die selbst das Grab nicht zum Verschwinden bringt. Deshalb ist Gewalt gegen Schwächere für dich und deine Spießgesellen ganz normal und selbstverständlich. Eine üble Sache, Fagu, das solltest du schon zugeben. Jemand wie Lulu zu schlagen, die völlig wehrlos ist und nichts Böses getan hat, das ist einfach schuftig, und du hast überhaupt keinen Grund, dich auf den Schlips getreten zu fühlen. Wer Grund hat, sich aufzuregen, das bin ich. Aber ich bemühe mich, wie du siehst, vernünftig mit dir zu reden. Ich weiß nicht, ob das noch geht, wenn ich dir erst gegenüberstehe, und dazu wird es kommen, keine Frage. Um es einmal auf den Punkt zu bringen, Fagu, du hast mit Lulu den Sack geschlagen und den Esel gemeint. Der Esel bin ich, die Botschaft habe ich sehr wohl verstanden. Nur ist dir ein klitzekleiner Fehler unterlaufen. Du hast vergessen, daß ich genauso wie du in diesem Nest aufgewachsen bin, daß auch ich mit jedem Bissen Brot Zementstaub gefressen habe. Wir haben beide Zementstaub gefressen, Fagu, und beide haben wir gelernt, die Dinge auf unsere Art auszutragen. Du irrst dich, wenn du glaubst, du könntest mich einschüchtern, indem du Lulu verprügeln läßt. Du könntest mich zwingen, meine Finger von Vilma zu lassen. Ich weiß, du magst Vilma. Es wird einem heiß und kalt, wenn man sich vorstellt, daß du offensichtlich immer noch an dieses Kinderspielchen glaubst. Du tust mir bloß leid. Wenn du mir offen ins Gesicht sagen würdest, was dich stört, wie es sich unter Männern gehört, dann könnten wir uns die ganzen Possen sparen, und zwar aus dem ganz einfachen Grund, daß ich überhaupt nichts mit Vilma habe. Siehst du, das ist fast schon tragikomisch!

Ich stellte die Tasse auf den Tisch. Der Kaffee hatte mich beruhigt und meinen Kopf aufgeräumt. Aber in meiner Brust kratzte etwas. Es war, als sei im Käfig meiner Rippen ein Riesenkrebs eingesperrt, der mit der kleinsten Bewegung meinen Brustkasten zum Bersten bringen konnte. Der Krebs war mein Zorn. Er saß noch da, ohne zuzuschnappen. Er saß da und lauerte, was ich tun würde. Ich stand auf und ging zum Schrank mit meinen Sachen. Was ich suchte, lag in einer kleinen Kiste ganz hinten, unter einem Haufen alter Kleider: das Messer. Am Schredder hätte ich es beinahe gegen die Optimisten eingesetzt. Es war ein schönes, aus Bajonettstahl gearbeitetes Messer. Es befand sich in einem Plastikbeutel, eingewickelt in einen ölgetränkten Lappen, und der Plastikbeutel lag in einer Holzkiste. Ich wischte es langsam und gründlich ab, bis die Klinge glänzte. Mit dem Messer in der Hand setzte ich mich auf das Bett. Ich atmete gleichmäßig, mein Herzschlag ging normal. Eine innere Stimme flüsterte mir zu, ich solle das Messer doch besser wieder in den Lappen, den Lappen in die Plastiktüte, die Plastiktüte in die Holzkiste und die Holzkiste unter den Haufen alter Kleider tun und mich schlafen legen. Ich konnte nicht genau sagen, war es die Stimme meines Gewissens, die zu mir sprach, oder Vilmas Stimme. Vielleicht war es mein Gewissen, das mit Vilmas Stimme sprach. Auf jeden Fall hörte ich, während ich dasaß und die Messerklinge betrachtete, Vilmas leise, kummervolle Stimme. Unglücklicherweise spürte ich keine Müdigkeit. Eigentlich spürte ich gar nichts. Vilmas Stimme drang von sehr weit zu mir, womöglich von einem anderen Planeten, obwohl Vilma mir, räumlich gesehen, ziemlich nahe war, eingesperrt in ein Haus ein paar hundert Meter weiter, auf der anderen Straßenseite. Ich habe mit dir doch gar nichts zu schaffen, murmelte ich vor mich hin, sowenig wie du mit mir. Du bist viel zu arglos für diese Welt.

Ich machte mich auf den Weg, begleitet von Vilmas Flüstern. Ich war mir über mein Gefühl für Vilma nicht im klaren, wußte nicht, welchen Namen ich ihm geben sollte. Es war Mittag und so schwül, daß man kaum atmen konnte. Ein schmutziger Himmel hing über der Stadt, und zum ersten Mal fragte ich mich, ob der Himmel wirklich schmutzig war oder ob es mir nur so erschien. Sah auch Vilma einen schmutzigen Himmel, wenn sie aus dem Fenster des Zimmers schaute, in dem sie gefangengehalten wurde? Du hast nun wirklich keinen Grund zu glauben, daß Vilma die Welt genauso sieht wie du, sagte ich mir. Man muß nicht unbedingt davon ausgehen, daß jeder Mensch die Welt gleich sieht, daß für alle rot rot und schwarz schwarz ist. Schließe einfach die Augen, und die Welt ist verschwunden. So ist es im Schlaf, und der Schlaf ist Tod. Einmal in vierundzwanzig Stunden trainiert der Mensch für den Tod, dachte ich. Meine Hand wanderte automatisch dorthin, wo ich das Messer trug, an mein rechtes Hosenbein.

Wie üblich um diese Zeit hielt Fagus Clique, von meiner

Ecke aus gesehen, die Tische auf der anderen Seite des Saales besetzt. Mein Eintreten wurde mit völliger Gleichgültigkeit quittiert, niemand würdigte mich eines Blickes. Also
hatte man schon auf mich gewartet. Ich sah kurz hinüber
und versuchte herauszufinden, wer die Kerle waren, die
Lulu gelyncht hatten. Doch dafür kam letztlich jeder von
ihnen in Frage. Ich ging zur Theke. Das Verhalten meiner
pummeligen Freundin aus Kindertagen bestärkte mich
noch in dem Eindruck, den ich beim Betreten des Lokals
gehabt hatte. Auch ihr schwante, was die Clique anging, an
diesem Tag Böses. Sieh dich vor, sagte sie, als sie den doppelten Kognak vor mich hinstellte, ich glaube, es geht ihnen
heute nicht besonders gut. Mir auch nicht, gab ich zurück,
ich könnte buchstäblich aus der Haut fahren. Die Ecke
schaute aus den Augenwinkeln herüber. Die Worte »ich
könnte buchstäblich aus der Haut fahren« hatte ich extra
laut ausgesprochen. Die Serviererin erschrak. Sie verschwand irgendwo im Hintergrund, während ich mit dem
Glas in der Hand gemächlich zu meinem Tisch in der anderen Ecke ging. Mit beiden Ellbogen auf der Platte bezog
ich am Tisch Position. Mir war, als wüßten sie meine Ho-
senwahl richtig zu beurteilen. Die Hose war aus grauem Se-
geltuch, mit einem senkrecht verlaufenden Reißverschluß in
Wadenhöhe am rechten Hosenbein. Der Reißverschluß verschloß eine Innentasche. Die Mode, reißverschlußbewehrte
Hosen zu tragen, hatte im Städtchen viele Anhänger. Was es
damit auf sich hatte, war weithin bekannt, zumindest aber
wußten die in der gegenüberliegenden Ecke, daß die Tasche
an meinem Hosenbein weder eine Attrappe noch leer war.
Gleich nach meiner Rückkehr aus dem Krankenhaus hatte

ich mich umgezogen, im sicheren Bewußtsein, daß ich die ganze Clique wie immer auf einem Haufen vorfinden würde. Keiner von ihnen rührte sich. Auch stellte ich fest, daß niemand Hosen mit einem vertikalen Reißverschluß in Wadenhöhe anhatte. Das mußte allerdings nicht heißen, daß ihre Taschen leer waren.

Ein paar Minuten verstrichen ereignislos, und ich fing schon an zu glauben, daß an diesem Tag nichts mehr passieren würde. Nicht nur, weil keiner von ihnen reißverschlußbewehrte Hosen trug. Sie waren an diesem Tag einfach ungewöhnlich brav, so brav, daß man fast meinen konnte, sie bemühten sich öffentlich um einen Preis in Wohlverhalten. Fagu hob den Kopf und warf einen verstohlenen Blick zu mir herüber. Ein unbestimmter Ausdruck lag in seinen Augen, den ich nicht deuten konnte. Was ist denn heute mit dir los, Bürschchen, dachte ich, du bist mir viel zu brav. Auf der anderen Straßenseite, bei der ligustergesäumten Grünanlage, entdeckte ich jemand. Es war ein kleingewachsener Mann schwer definierbaren Alters namens Llambro, der allgemein für einen Spitzel gehalten wurde. Daß Llambro dort stand, war nicht weiter verwunderlich, das kam häufig vor. Daß sich bald darauf ein Polizist zu Llambro gesellte, konnte ebenfalls nicht erstaunen. Was mich aber aufmerksam werden ließ, war die Tatsache, daß Fagu ständig zu den beiden hinüberschaute. Im allgemeinen waren die Burschen aus dem Städtchen, mit oder ohne Reißverschluß an der Hose, so allergisch gegen Spitzel wie gegen Polizisten. Also wirklich, was war heute mit Fagu los? Ich nahm einen Schluck. Drüben schwieg weiter die Clique. Fagus Kumpane tranken, er selbst nicht. Fagu hatte ein leeres Glas vor sich stehen. Er trank nicht, sondern tauschte Blicke mit Llambro. Was hatte er bloß vor, der Mistkerl? Ich stellte mein Glas ab. Endlich war mir klar, was Fagu im Schilde führte. Gemächlich, um keinen Verdacht zu erwecken, schlenderte ich zur rechten Seite der Theke, wo sich das WC befand. Ich ging jedoch nicht hinein, sondern schlüpfte hinter die Theke und pfiff leise. Pummelchen hörte es und schaute verwundert herüber. Den Zeigefinger vor den Lippen, winkte ich sie heran. Zog den Reißverschluß herunter, nahm das Messer aus der Innentasche und übergab es ihr, immer noch den Finger vor dem Mund. Versteck das bitte, sagte ich leise zu ihr. Du kannst es mir dann irgendwann zurückgeben. Wenn ich es nicht abholen komme, laß es verschwinden, wirf es weg, mach, was du willst, nur gib es keinem anderen.

Die Serviererin tat, was ich von ihr verlangte. Ich kehrte an meinen Tisch zurück. Die Jungs tranken immer noch, Fagu warf Blicke nach draußen. Ich hatte genug Zeit, meinen Kognak auszutrinken und mir einen neuen zu holen. Trink nicht soviel, flüsterte mir meine Freundin aus Kindertagen besorgt zu. Ich will ihn ja gar nicht trinken, beruhigte ich sie, aber ich brauche eine Zuckerstange, bitte. Pummelchen schaute mich wieder verwundert an. Sie wickelte eine Zuckerstange in ein Stück Papier und legte sie vor mir auf die Theke. Auf dem Weg zurück in meine Ecke stellte ich fest, daß inzwischen zwei Polizisten bei Llambro standen. Dann ging alles ganz schnell. Fagu verließ seine Kumpane und kam zu mir herüber. Eine Hand hielt er hinter dem Rücken. Du Lump, dachte ich. Noch bevor er mir seinen Kognak ins Gesicht schütten konnte, hatte ich ihm meinen

in seine Visage gegossen. Das Glas, das er hinter dem Rük-
ken verborgen gehalten hatte, zerschellte auf dem Boden. Er
packte den Tisch und ging auf mich los, um mich damit gegen die Wand zu drücken. Weil ich auswich, wäre er mit
dem Tisch fast in die Glasfront des Klubs geknallt. Die Serviererin schrie auf. Ein paar Gäste stoben erschreckt zur
Seite. In grimmigem Schweigen schlugen wir aufeinander
los. Keiner aus seiner Clique griff ein. Wie vorauszusehen,
waren auf einmal die Polizisten da und trennten uns. Eine
Person in Zivil war bei ihnen, ein bekanntes Gesicht in der
Stadt. Llambro hingegen war verschwunden. Wir beide,
Fagu und ich, ergaben uns anstandslos. Unter den Blicken
der Gaffer, die sogleich zusammenliefen, wurden wir von
den Polizisten getrennt zum Revier eskortiert.

Das Polizeirevier war ein zweistöckiges Gebäudes am
Rande der Innenstadt. Kaum waren wir über die Schwelle,
unterzog man mich einer peinlichen Leibesvisitation. Gehorsam leerte ich alle meine Taschen aus, bis auf die Reißverschlußtasche am rechten Hosenbein. Schließlich wollte
ich dem mit der Inventarisierung meiner Habseligkeiten be-
faßten Beamten nicht die Entdeckerfreude verderben. Es
war ein rotgesichtiger Polizeigefreiter mit dickem Schädel
und Pranken, die einem Angst einjagen konnten. Und diese
Sauerei da? sagte er voller Vorfreude. Es war offensichtlich,
daß er meinte, mich schon im Sack zu haben. Glaubst du,
wir kennen deine Rowdytricks nicht? Bis zu diesem Zeitpunkt hatte man sein Verhalten als geradezu vorbildlich bezeichnen können. Bewundernswert geduldig ertrug er, wie
ich träge meine Taschen leerte. Mit entspanntem, geradezu
unbekümmertem Lächeln beobachtete er, wie ich gleichgül-

tig ein paar belanglose Dinge auf den Tisch warf, Busfahr-
scheine, Münzgeld, einen Schnürsenkel, den ich wer weiß
wie lange schon in der Tasche trug. Mach nur weiter so, du
Strolch, schien er sagen zu wollen, das dicke Ende kommt
nach. Ich habe viel Geduld! Die dicken Backen glänzten,
und seine Augen funkelten wie bei einer Katze, die mit einer
Maus spielt. Ha, ha, trumpfte er schließlich auf und langte
mit seiner Pratze nach dem Reißverschluß an meinem rechten Hosenbein. Warum wirst du denn so blaß? Mit einem
Ruck zog er den Reißverschluß herunter, griff hinein … und
zog die in Papier gewickelte Zuckerstange hervor. Fassungs-
los drehte er sie zwischen seinen dicken Fingern. Er nahm sie
von einer Hand in die andere, wickelte sie aus dem Papier,
aber es half alles nichts, es blieb eine Zuckerstange. Und das
hier? murmelte er erbleichend und schaute den Polizisten an,
der neben mir stand. Was soll das hier sein? Als ich ihm aus-
einandersetzte, daß der Gegenstand, den er in seiner Hand
hielt, als Zuckerstange zu identifizieren sei, und ihm anbot,
sie als Geschenk für seine Tochter mit nach Hause zu nehmen, schoß er wütend von seinem Stuhl hoch. (Erst später
erfuhr ich, daß er wirklich eine Tochter im Oberschulalter
hatte.) Dann spürte ich gleichzeitig zweierlei: einen Faustschlag in den Magen und einen Tritt gegen das Schienbein.
Mit einem Schmerzensschrei sank ich zu Boden. Dort fing
ich mir noch einen Tritt in die Rippen ein. Damit war die Inventarisierung meiner Besitztümer beendet. Kräftige Arme
hoben mich auf und schleppten mich weg, wir kamen durch
einen Flur, eine Tür ging auf, ich flog hinein, die Tür schlug
zu, und ich lag da, die Nase auf dem Fußboden.

Ich weiß nicht, wie lange ich mich nicht zu rühren

wagte. Mein ganzer Körper schmerzte. Dann erholte ich mich ein wenig und schaffte es sogar aufzustehen. Ich setzte mich auf eine Pritsche, die an der Wand befestigt war. Der Raum, in dem ich mich befand, war fensterlos, nur eine nackte Glühbirne an der Decke verbreitete ein trübes Licht. Ab und zu waren auf dem Flur Schritte zu hören. Ich dachte an das idiotische Gesicht des Polizeigefreiten, als er in der Tasche statt eines Messers eine Zuckerstange gefun-den hatte, und mußte lachen. Solange du deinen Humor noch nicht ganz verloren hast, sagte ich mir, ist alles in Ord-nung. Gleichsam zur Bestätigung näherten sich im Flur Schritte. Wahrscheinlich will man mich Fagu gegenüber-stellen, dachte ich. Fagu hatte ich seit dem Augenblick, als wir im Revier abgeliefert worden waren, nicht mehr zu Ge-sicht bekommen. Es war aber nicht Fagu. Die Tür ging quietschend auf, und zwei junge, baumlange, mir unbe-kannte Polizisten kamen herein. Auch später tauchten sie im Städtchen nie mehr auf. Einer blieb an der Tür stehen, die sie hinter sich geschlossen hatten, der andere kam zu mir. Ich saß auf meiner Bank, mein Gesicht brannte, ich hatte Durst und wollte um ein Glas Wasser bitten. Der Polizist, der zu mir gekommen war, musterte mich von Kopf bis Fuß. Wo hast du dein Messer versteckt? fragte er. Wo hast du es weggeworfen? Wir wissen genau, daß du ein Messer dabeihattest. Wenn wir nicht eingegriffen hätten, wäre ein Verbrechen geschehen. Rede, Schmutzfink, was hast du mit dem Messer gemacht? Die Antwort wartete er gar nicht erst ab. Ich bekam einen Hieb in den Magen und einen Fuß-tritt gegen das Schienbein. Offensichtlich Standardschläge. Auch der rotgesichtige Polizeigefreite hatte sie an mir ausprobiert. Die Wirkung war auch jetzt mehr oder weniger die gleiche: ich wäre mit einem Schmerzensschrei zu Boden gesunken, hätte mich der Polizist nicht auf der Bank festgehalten. Der Raum drehte sich um mich. Die Glühbirne über meinem Kopf verwandelte sich in einen Strauß bewegter Lichter. Sie beleuchteten ein Polizistengesicht ohne Torso, mit ein paar in die Stirn fallenden schwarzen Haarsträhnen. Als sich mein Blick wieder etwas klärte, entdeckte ich auch Pockennarben darin. Gleichzeitig nahm ich wahr, daß der andere Polizist sich von der Tür löste und herankam. Er schob den Pockennarbigen weg und baute sich vor mir auf. Schau einmal an, wandte er sich an seinen Kollegen, die ganze Zeit über habe ich mir den Kopf zermartert, wo mir diese Vogelscheuche schon einmal über den Weg gelaufen ist. Erst dachte ich, es ist der Taschendieb, den wir vor ein paar Tagen in der Buslinie zum Kombinat geschnappt haben. Er ist es nicht, aber er könnte es sein. Wie ein Gauner sieht er schon aus, aber eher noch wie ein Perverser. Ich hätte gesagt, er ist das Schwein, das vor ein paar Tagen dieses vierzehnjährige Mädchen vom Schlachthaus vergewaltigt hat, wenn ich den Kerl nicht erst heute morgen in seiner Zelle gesehen hätte. Endlich komme ich darauf: Dieser häßliche Gnom da gleicht einem, der vor ein paar Tagen noch angeberisch durch die Lokale von Tirana gezogen ist, als habe er unsere Hauptstadt persönlich befreit. Dieser räudige Köter hat für eine Weile vergessen gehabt, wer er ist und woher er kommt. Du hättest wissen müssen, du Stinktier, fauchte er und packte mich grob am Hemd, irgendwann trifft man sich immer wieder, du Stück Scheiße …

Ich war meines Wissens diesem Menschen niemals be

gegnet. Wieso haßte er mich so, ohne jeden Grund? Wenn ich schon sterben soll, dann ist das auch vollends egal, dachte ich und spuckte ihm ins Gesicht. Er wurde kreidebleich. Ich kann mich noch an zwei Faustschläge ins Gesicht und einen Tritt in den Bauch erinnern. Ich entsinne mich, daß ich mich – in einem Zustand zwischen Träumen und Wachen, um nicht zu sagen, zwischen Leben und Tod – selbst in der Taverne des »Dajti« sah. In meinen Ohren war die schläfrige Melodie eines Blues, da war gedämpftes Licht, der Duft von Sonjas Haaren, die sich in meinen Armen wiegte, während uns von drüben, von dem runden Tisch, graue Augen beobachteten. Neben Grauauge, länglich, das Gesicht eines Mongoloiden, die Wangenknochen vorspringend, die Mütze tief in die Stirn gezogen, als wolle er nicht erkannt werden. Aber ich erkannte ihn, ich erkannte ihn, es war der … dieser … Und ich kam zu mir.

Sie waren weg. Offenbar waren sie genau in dem Augenblick gegangen, in dem ich zu mir kam, denn mir war, als hätte ich noch Stimmen gehört, einen schmutzigen Fluch. Auf jeden Fall waren sie weg, und ich blickte wieder hinauf zu der blassen Lampe über mir. Mein Körper schmerzte, mein Gesicht brannte. Vermutlich war es verschwollen, vielleicht auch grün und blau. Gar nicht mehr mein eigenes Gesicht, sondern eine Maske, die man mir aufgedrückt, angenagelt hatte. Ich schaffte es, hochzukommen und mich auf die Pritsche zu setzen. Keine Frage, meine Lage war ernst. Daß man mir eine Falle gestellt hatte, war offensichtlich. Sie hatten versucht, mich im Besitz einer Stichwaffe zu ertappen und mir dafür ein paar Monate aufzubrummen, das war ebenfalls klar. Aber die Prügel, die sie mir verpaßt hatten, gehörten nicht zur üblichen Logik von Kleinstadtpolizisten. Die Leute, mit denen ich es zu tun gehabt hatte, waren keine Polizisten aus dem Städtchen. Wie kam es, daß sich nicht die örtliche Polizei, uniformiert oder in Zivil, mit mir befaßte, sondern ein paar Personen, die ich noch nie gesehen hatte? Ich sollte die Antwort schnell erfahren.

Erst erkannte ich ihn gar nicht. Vielleicht, weil wir uns längere Zeit nicht mehr begegnet waren und er sich in der Zwischenzeit verändert hatte. Vielleicht lag es aber auch nur daran, daß es mir schwerfiel, einen Zusammenhang zwischen meiner Lage und seiner Anwesenheit herzustellen. Oder ich erkannte ihn einfach nur deshalb nicht, weil ich so zerschlagen war und sein Gesicht im matten Schein der Lampe wie in einem Nebel wahrnahm. Durch den Nebel kam er auf mich zu. Ich saß auf der Pritsche, gegen die Wand gelehnt. Auch den Kopf hielt ich gegen die Wand gelehnt. Sein Gesicht löste sich aus dem Nebel, und ich erkannte ihn. Ich kann nicht sagen, daß ich besondere Empfindungen gehabt hätte, ich nahm einfach an, er sei wie seine Vorgänger gekommen, um mich als Boxsack zu verwenden. So sieht man sich also wieder, grinste er. Ich blieb ihm die Antwort schuldig, was hätte ich auch schon sagen sollen. Ich war ihm ausgeliefert, dem Ministersohn und Ermittler A.P., Grauauge. Dann besann ich mich eines Besseren, schließlich hatte ich noch eine Rechnung mit ihm offen. Den gleichen Spruch, sagte ich, habe ich eben von einem Mongoloiden mit Pferdegesicht gehört. Und provozierte ihn weiter: Erinnerst du dich noch an diesen Abend in der Taverne des »Dajti«, der Mongoloide saß auf dem Stuhl neben dir, nur daß er damals keine Uniform trug. Grauauge lachte wieder, oder besser, er feixte, verschränkte die Arme vor der Brust, musterte mich von Kopf bis Fuß wie vorher sein Kumpan und schüttelte dann den Kopf. Offensichtlich hat er es dir noch nicht genügend eingebleut, offensichtlich brauchst du noch etwas Unterricht. Aber deshalb bin ich nicht gekommen.

Er schwieg. Schien unschlüssig. Überlegte. Ich hatte Zeit, ihn mir anzuschauen, und einen Moment lang entsetzte mich die Vorstellung, wie diese dünnen Blutegellippen an Sonjas Lippen schnäbelten, an Sonjas Augen nippten, an Sonjas Brustwarzen saugten. Wußte er, daß die schlimmste Folter für mich der Anblick dieser Blutegel war? Ich hätte es lieber gehabt, daß er mit Faustschlägen und Fußtritten über mich hergefallen wäre und meinen Kopf gegen die Wand geschlagen hätte, wenn dadurch nur diese Blutegel aus meinem Blickfeld verschwunden wären. Du hast es ihnen ordentlich gezeigt, sagte er schließlich, und die Blutegel zitterten. Man legt es darauf an, jemand mit einem Messer zu erwischen, und steht mit einer Zuckerstange in der Hand da. So bekommt man niemand ins Gefängnis. Glückwunsch, du warst schon immer ein gerissener Hund. Nur, so sicher ist das gar nicht, daß du es ihnen gezeigt hast. Deswegen bin ich da. Es gibt hier in diesem Nest offensichtlich einen gewissen Xhoda, und der soll eine hübsche Tochter haben. Wie man so hört, macht er Kleinholz aus jedem, der das Mädchen zu belästigen wagt. Bei dir ist das ja anders, du belästigst keine Mädchen. Du verschlingst sie gleich mit Haut und Haaren. Nur, wer so etwas tut, der wird zwangsläufig selber aufgefressen. Du glaubst, du hättest es ihnen erst einmal ordentlich gezeigt, aber, ehrlich gesagt, deshalb bin ich nicht da. Höchstens, daß ich dir helfen kann. Eigentlich sind diese Animositäten zwischen uns doch völlig überflüssig. Ja, ich habe dich gehaßt, und du mich auch, das kannst du ruhig zugeben. Stellt sich die Frage: Weshalb? Die Antwort ist: Wegen nichts und wieder nichts. – Er kam näher und starrte mich mit seinen grauen Augen an. – Ja, das sage ich, völlig überflüssig. Diese Frau hat es doch gar nicht verdient. Ich glaubte, sie sei etwas Besonderes, aber jetzt, da ich sie ausprobiert habe, weiß ich, daß sie keinen roten Heller wert ist. Nicht bloß, daß sie aus dem Mund riecht. Du mußt schon einen starken Magen haben, daß du das so lange ausgehalten hast. Meine Neugier war schnell befriedigt, jetzt interessiert sie mich nicht mehr. Weißt du, mein lüsterner Freund, es ist so eine Sache mit der Neugier. Ich habe gehört, sie geht jetzt mit einem dieser Dorftrottel, einem Debilen, der die ganze Zeit sabbert. Ich sage dir, die Frau hat keine Klasse, sie ist bloß hysterisch ...

Draußen auf dem Flur waren Schritte zu hören. Sie näherten sich, dann wurde es still. Offensichtlich lauschte jemand an der Tür. Die Schritte entfernten sich wieder, und alles begann von vorne. Grauauge hatte sich nicht ohne Rückendeckung zu mir hereingewagt, draußen wartete jemand, der zur Not eingreifen konnte. Aber ich war viel zu erledigt, außerdem war mir meine Spucke für diesen Menschen zu schade. Er war eine wandelnde Eiterbeule, was hätte ihm da meine Spucke noch ausmachen können. Ich lachte. Erst leise, dann immer lauter. Die Tür ging auf, jemand streckte den Kopf herein, wurde aber mit einer Handbewegung wieder weggeschickt. Lach nicht wie ein Idiot, sagte er zu mir. Sein Ton wurde befehlend. Führ dich nicht auf wie im Kino. Ich bin hier, weil ich etwas ernsthaft mit dir besprechen möchte. Das könnte auch für dich nützlich sein ... Unter Umständen auch für jemand anderen ... Übrigens, die Sache mit dem Dorftrottel war nur ein Scherz ...

Die Blutegel zitterten. Dann streckten sie sich, kamen zur Ruhe, preßten sich aufeinander. Mir war, als hätten sich Tausende von gräßlich durstigen Blutegeln an meinem Körper festgesetzt, jeden Quadratzentimeter Haut erobert und saugten und saugten mein Blut in sich hinein. Damit du es nur weißt, fuhr Grauauge fort, es sieht nicht gut für dich aus. Du glaubst, du hättest ihnen eins ausgewischt mit deinem Messer. Ich bin ja ganz deiner Meinung, aber sie sehen das anders. Es gibt Leute, die sind bereit zu bezeugen, daß du das Messer noch in der Reißverschlußtasche hattest, als ihr aufeinander losgegangen seid. Sie haben es bei dir gesehen, sie haben es sogar mit den Händen gefühlt.

Noch begriff ich nicht, worauf er hinauswollte. Es war ein reiner Reflex der Selbstverteidigung, daß ich ihm widersprach: Ich hatte überhaupt kein Messer bei mir! Nun lachte er. Herzlich. Er ging sogar soweit, mir die Hand auf die Schulter zu legen. Ganz ehrlich, fuhr er fort, ich glaube dir, du bist schließlich kein Messerheld. Und es gefällt mir, daß du anfängst, dich zu verteidigen. In deiner Lage ist es wichtig, daß man darüber nachdenkt, wie man aus der Klemme wieder herauskommt. Also, denken wir einmal gemeinsam nach. Du gehst mit dem hübschesten Mädchen der Stadt. In so einem Fall reicht es nicht, wenn man die Gefahr sieht, man muß auch etwas dagegen unternehmen. Du hast ja schon Erfahrung, du weißt, was einem passieren kann, wenn man sich mit Klassefrauen einläßt. Die Leute zerreißen sich das Maul. Damit könnte man noch leben, aber, wie es so schön heißt, die Gefahr wächst galoppierend, und bei dir kommt sie gleich aus zwei Richtungen. Erstens ist da der Vater, und wie man hört, hat er etwas zu sagen in der Stadt. Zweitens ist da dieser Schmutzfink, mit dem du dich im Lokal geprügelt hast. Man hat mir erzählt, daß er manisch eifersüchtig ist, was dein Mädchen angeht. Dem Strolch entgeht nichts von dem, was sie tut, er könnte dir sogar sagen, wie oft sie am Tag aufs Klo geht. Und du bist leichtsinnig genug, mit ihr in der Wohnung einer Bekannten herumzuhocken, und das gleich ein paar Tage hintereinander. Das ist wirklich unverzeihlich. Hast du dir eigentlich schon einmal überlegt, daß dich womöglich jemand in eine Falle locken wollte? Du bist blind hineingetappt, man hat dich nämlich beobachtet. Der Schmierfink hat ausgesagt, daß du mit dem Messer auf ihn losgegangen seist. Da kannst du leugnen, solange du willst. Aber selbst wenn wir einmal annehmen wollen, daß dir von daher keine Gefahr droht, ist da immer noch der Vater des Mädchens. Dem gehst du nicht so leicht durch die Lappen. Er weiß Bescheid. Und er wird Himmel und Hölle in Bewegung setzen, damit er dich am Wickel bekommt. Den Einfluß dazu hat er.

Mir war schwindelig. Ich hatte jedes Zeitgefühl verloren. Unmöglich zu sagen, wie viele Stunden ich bereits hier drinnen saß, immer nur die blaß leuchtende Glühbirne vor den Augen. Mein Verstand war wie gelähmt. Sosehr ich mich auch abmühte, ich konnte keinen Zusammenhang zwischen Grauauges Anwesenheit und der Affäre hier erkennen. Wie hatte er doch gesagt: er wolle ernsthaft mit mir über etwas reden, das nützlich für mich sein könne. Und nicht nur für mich, sondern auch für jemand anderen. Und wen? O nein, mein Freund, dachte ich, während ich das kranke Glitzern seiner Augen beobachtete, du hast nicht den Weg hierher auf dich genommen, nur um mir zu erzählen, daß du etwas mit Sonja hattest. Und auch nicht, um sie in meinen Augen herabzusetzen. Du vergeudest deine Zeit nicht mit Kleinigkeiten. Der Grauäugige war gleicher Meinung. Lassen wir den Kleinkram, sagte er. Wolltest du eigentlich nicht einmal etwas von Sonja erfahren? Die Frage kam ganz plötzlich. Ich war zu schwach, um ihm die Nase einzuschlagen, ganz abgesehen davon, daß es sowieso sinnlos gewesen und nur wie ein Bumerang auf mich zurückgekommen wäre. Sie mistet die Kuhställe aus, eröffnete mir der Ermittler mit der Selbstgefälligkeit eines Menschen, der sich für unangreifbar hält. Offen gesagt, sie tat mir leid, als ich sie im Kuhstall sah. Es schlich wirklich ständig ein sabbernder Idiot um sie herum. Stell dir mal Sonja vor, wie sie in Gummistiefeln Kuhmist schaufelt, in Bauernkleidern, einen Wollschal um den Kopf, die Schippe in der Hand. Eigentlich habe ich da erst richtig begriffen, daß du der einzige Mensch bist, der Sonja eventuell retten könnte. Es war eiskalt, der Boden steinhart gefroren, und Sonja mit ihrem Debilen mitten im Mist. Wahrscheinlich lag es nur daran, daß in mir dieses ekelhafte Gefühl aufkam, das man gewöhnlich Erbarmen nennt. Ich hatte Mitleid mit ihr, ehrlich, richtig Mitleid, und ich gab Anweisung, daß man wenigstens dem Idioten Feuer unter den dreckigen Füßen machte. Das ist doch schon was. Jede Stunde, die sie in diesem gottverlassenen Nest herumhocken muß, kostet sie etwas, und irgendwann hat sie dann alles verloren. Da kam mir der Gedanke, daß es für Sonja vielleicht doch noch einen Ausweg gibt. Das war allerdings schon vor ein paar Monaten. Ich mußte an dich denken. Aber es war ja auch nur ein Einfall, nur ganz vage, und wahrscheinlich viel zu früh, um darüber zu diskutieren. Ich meine, wir beide. Ich war immer davon überzeugt, daß du Sonja helfen wirst, wenn du nur Gelegenheit dazu bekommst. Ich bin da, um dir diese Gelegenheit zu verschaffen, damit Sonja endlich von diesem gottverlassenen Ort wegkommt, der sie irgendwann zerstören wird.

Bei den letzten Worten bebte seine Stimme. Wer wollte daran zweifeln, daß der Grauäugige von ganzem Herzen litt? Ich meine, außer mir. Während ich seinen hüpfenden Adamsapfel betrachtete, mußte ich an mein Messer denken. Die Arbeit wäre schnell getan gewesen. Leider steckte es nicht in der Tasche an meinem rechten Hosenbein, sondern war bei meiner Freundin aus Kindertagen geblieben, der pummeligen Serviererin. Folglich blieb mir nichts anderes übrig, als auch diesen Schmutz noch hinunterzuschlucken, so wie alles, was er abgesondert hatte, seit er in mein Verlies gekommen war. Ich weiß nicht, wie er mein Schweigen auslegte. Wenn es stimmt, daß man auch durch Schweigen etwas sagen kann, dann müßte er begriffen haben, daß ich ihn in diesem Moment umbringen wollte. Und auch imstande gewesen wäre, ihn umzubringen, ihm das Messer an die Kehle zu setzen und ihn abzuschlachten wie einen Hammel. Aber entweder sagt Schweigen doch nichts aus, oder er verstand die Sprache meines Schweigens nicht. Oder er interpretierte sie nach Belieben. Sonjas Leben, sagte er, liegt in deiner Hand, und du wirst alles tun, um sie zu retten. Ich will die Antwort nicht sofort. Fürs erste werde ich denen hier befehlen, dich freizulassen. Du gehst nach Hause, badest, ißt etwas, schläfst dich aus, und wenn du dich etwas erholt hast, läßt du dir die Sache durch den Kopf gehen. Es geht um Sonjas Leben, und es liegt in deiner Hand. Du wirst daran denken, wenn du dich erholt hast. Dann werde ich dir einen Vorschlag machen, auf den ich ebenfalls nicht sofort eine Antwort erwarte. Ich möchte dich jetzt nur noch an etwas erinnern. Du bist ja nicht auf den Kopf gefallen und kapierst, in welcher Lage du steckst. Die alten Geschichten lassen wir auf sich beruhen. Du bist deshalb von der Universität geflogen, hast keinen Abschluß, läufst Gefahr, dich für den Rest deines Lebens in diesem Kaff vom Zementstaub auffressen zu lassen. Aber immerhin, du hattest bereits einmal Gelegenheit, in ein anderes Leben hineinzuriechen. Ist dir schon der Gedanke gekommen, daß alles wieder so sein könnte wie früher? Daß du vielleicht dein abgebrochenes Studium wieder aufnehmen kannst? Und vor allem, hast du dir schon einmal überlegt, ob es nicht mit Sonja einen neuen Anfang gibt? Gut, es mag dir durch den Kopf gegangen sein, aber du wirst nicht ernsthaft geglaubt haben, daß es möglich ist. Du dürftest dir gesagt haben, das sind sowieso nur Tagträume. Aber es gibt einen Weg, es zu realisieren. Deshalb bin ich gekommen. Die Voraussetzung ist nur, daß du Sonja helfen möchtest. Dazu mußt du aber erst einmal heraus aus diesem Elend, in dem die Menschen dahinvegetieren wie die Würmer. Du kommst heraus aus dem Staub, der Schichtarbeit, du bist diesen wahnsinnigen Xhoda und den Straßenlümmel los, dem du fast das Messer in den Leib gerannt hättest. Du wirst endlich frei sein …

Hör auf mich. Du gehörst nicht zu diesem Abschaum. Es wäre eine Schande, wenn Leute wie du hier verkommen müßten.

Mein Gesprächspartner war ganz hingerissen von der eigenen Honorigkeit. Das sah man an der Art, wie er sprach, wie er mich anschaute. Fast hätte ich ihm geglaubt. Aber leider hatte ich seinesgleichen inzwischen kennengelernt, und so blieben mir furchtbare Zweifel. Nicht, weil ich wegen Sonja eifersüchtig auf ihn war. Ich nahm ihm nicht ab, daß es ihm um Sonja ging. Mein Zwiespalt war deshalb so fürchterlich, weil ... mein Gott, was hätte ich mir mehr erträumen können? Sicher, alles würde sich realisieren lassen, wenn ich nur wollte, das spürte ich genau. Und ich hatte wahrhaftig keinen größeren Wunsch, als neu anzufangen, Sonja wiederzusehen, mit ihr zu schlafen, auf ewig an ihrem weichen Leib mich auszuruhen. Gab es einen wunderbareren Traum für einen in der Wüste Verirrten wie mich? Er, der andere, hielt mich fest in der Zange seiner bohrenden grauen Augen, und ich, den Schädel leer, war bereit, vor ihm auf die Knie zu fallen, ihn anzubetteln, mich von hier wegzuholen, mich zu Sonja zu bringen, egal, ob die ganze Welt danach auf dem Kopf stand. Ich fragte ihn, was er von mir wolle, aber meine Stimme zitterte, war mir fremd, war eine Stimme aus dem Totenreich, aus einem geöffneten Grab. Nichts, antwortete er. Und ich dachte: So also sieht er aus, der Teufel, der gekommen ist, um meine Seele zu holen. Nichts Besonderes, ergänzte er. Und beugte sich zu mir herunter. Eine ganz freundschaftliche Angelegenheit, nur zwischen dir und mir, ein paar entspannte Gespräche über das, was so läuft, nicht bei dir, bei ein paar

Leuten, die du so kennst oder vielleicht auch nicht. Wir könnten eine Gesellschaft gründen, einen Verein, nenne es, wie du willst, du, Sonja und ich. Nicht jetzt, nicht heute, kann sein morgen, wenn sie auf deinen Wunsch und meine Intervention hin von dort weg ist, heraus aus dem Kuh‚ mist, in dem sie zugrunde geht. Du wirst dich dann stark fühlen, als Mann und Liebhaber, du wirst erfahren, was die Starken ausrichten können, du wirst erkennen, daß nur die Schwachen, die Dummköpfe, die Gescheiterten da unten vor sich hin vegetieren, in diesem gestaltlosen, stinkenden Bodensatz, in dem alle menschlichen Werte auf Null her‚ abgekommen sind, wo man ein Nichts ist, getreten, belei‚ digt, erniedrigt, unterdrückt. Du hast Verstand genug, dies zu begreifen. Es wird gar nicht viel von dir verlangt, wie ich bereits sagte. Wir werden uns unter vier Augen freund‚ schaftlich unterhalten, im Park, im Café, bei einem Spa‚ ziergang, beim Essen. Egal, wo du willst, du kannst dir das Lokal aussuchen, den Ort. Wir reden einfach über das Le‚ ben, die Leute, die Studenten, was denken sie, was treiben sie so, wie verbringen sie ihre Zeit, über wen schimpfen sie, über wen ziehen sie her, was sagen sie, was machen sie heute, was haben sie morgen vor … Ich will jetzt noch keine Antwort. Ich werde draußen anordnen, daß sie dich laufenlassen. Geh nach Hause, ruh dich aus. Kein Wort über das, was wir gesprochen haben, zu niemand! – Seine Augen funkelten gemein. – Denk in Ruhe nach, und alles wird gut. Andernfalls …

Er beendete den Satz nicht. Ich erwarte dich übermor‚ gen im Café des Schriftstellerverbands, sagte er noch. Dort ist es ruhig, ein angenehmer Ort. Im großen Saal spiele ich nachmittags Schach. Dort wird auf Hygiene geachtet, man trifft Leute, wichtige Persönlichkeiten, Künstler. Und natürlich schöne Frauen. Also, dort erwarte ich dich, übermorgen, so gegen sechs Uhr abends. Wenn du nicht kommst, fasse ich das als Absage auf. Du hast deine Chance. Vergib sie nicht. Andernfalls ...

Als ich endlich mein gellendes »Nein!« bereit hatte, war er schon weg. Das Wort »andernfalls ...« schwebte noch in der Zelle, und der Aufschrei »Nein!« verließ nie meine Kehle. Er raste in mir wie ein eingesperrtes Tier, warf sich gegen die Gitter, wollte sie sprengen. Aber die Gitter hielten. Der Schrei blieb in mir stecken, erstickte, verstummte. Die Wände hörten nichts. Die Zelle hörte nichts. In der Zelle schwebte wie ein schwarzer Vogel das Wort »andernfalls ...«. Die Tür ging auf, jemand trat ein: Es war der rotgesichtige Gefreite mit den dicken Pranken. Er griff mit einer Pranke nach meinem Kinn, hob meinen Kopf. Das blasse Licht blendete mich. Sein Gebiß war ungewöhnlich weiß, regelmäßig und kräftig. Ich hatte noch nie so weiße, regelmäßige und starke Zähne gesehen. Dann nahm ich wahr, daß er einen Lappen in der Pranke hielt und meinen Kopf nur angehoben hatte, um mein Gesicht abwischen zu können. Es war auch kein Lappen, es war ein großer, mit Alkohol getränkter Wattebausch. Mein Gesicht brannte. Dann gab er mir einen Kamm und befahl mir, den Staub aus meinen Kleidern zu klopfen. Keiner hier hat dich angerührt, sagte er zum Abschluß. Du hast dir deine Schrammen und blauen Flecken bei einer Prügelei mit einem Herumtreiber geholt, den du nicht kennst und der danach abgehauen ist. Und jetzt hau ab. Und keinen Mucks mehr, denn wenn wir dich noch einmal in die Finger kriegen, kommst du nicht so glimpflich davon.

Er begleitete mich hinaus. Auf Wiedersehen, sagte er. Wahrscheinlich war es nur die Macht der Gewohnheit. Da sei der liebe Gott davor, dachte ich bei mir. Der Platz war verlassen. Das ganze Städtchen war verlassen. Nur in einer Ecke des Himmels hing eine gelbliche Sonne, halb verdeckt von einem dunklen Nebelschleier. Ihr Licht reichte, um mich zu blenden. Wie das blasse Licht in der Zelle.

Große Regentropfen zerplatzten auf dem Asphalt und ließen den Staub aufspritzen. Ich hob das Gesicht. Warum entlädst du dich nicht endlich, Schuft von Himmel, schalt ich ihn, scheust du dich, die Flüchtlinge zu benässen? Die sind inzwischen längst gelandet, du Himmel, so dreckig wie die Schlüpfer einer billigen Hure. Alle sind weg, nur ich bin noch da, um Arsen Mjaltis Hundefleischklopse zu fressen, um Arsen Mjaltis Raki zu saufen, in den er hineingepißt hat, um ihn stärker zu machen. Aber besser Arsen Mjaltis Pisse als dieses ganze Nitratzeug. Arsen Mjaltis Pisse schadet einem wenigstens nicht, während Nitrat einen in eine andere Welt befördert. Nicht die andere Welt, in der die Flüchtlinge inzwischen angekommen sind. Ich rede von der Welt des traumlosen Schlafes im Nichts. Ich möchte mich jetzt ebenfalls schlafen legen. Ich werde träumen. Oder etwa nicht?

Ich hangelte mich an den Grenzen der Trunkenheit entlang bis zum Eingang des Wohnblocks. Auf der Treppe setzte ich mich, denn hätte ich mich nicht gesetzt, wäre ich hingefallen. In der anderen Welt … In der anderen Welt … Ich will in die andere Welt, sagte ich zu Mutter, als sie von draußen hereinkam und mich unten auf der Treppe sitzend vorfand. Sie stieß Verwünschungen aus. Ich kann nicht sagen, wen sie verwünschte, mich, die andere Welt oder das finstere Treppenhaus, das meinen Aufstieg an ihrem Arm zu einer äußerst problematischen Angelegenheit werden ließ. Schließlich hatten wir es bis zur Wohnungstür geschafft. Sie öffnete sich. Vater erschien auf der Schwelle, und von nun an ging alles leichter. Vater stützte mich auf der einen, Mutter auf der anderen Seite, und so gelangten wir in die Küche, wo sie mich auf das Sofa packten. Ich war so betrunken, daß alles auf einer glatten, nur durch eine Bewegung von unten her leicht schwankenden Oberfläche schwamm, so daß einem schwindelig wurde bis zur dumpfen Betäubtheit. Gemeinsam mit mir auf meinem Sofaschiff schwankten auch Mutter und Vater auf ihren Stühlen am Tisch. Ich schwankte, und es schwankten ihre doppelten Gesichter, je zwei väterliche und zwei mütterliche. Vier deprimierte Gesichter, die bekümmert ihre enttäuschte Hoffnung betrachteten. Ich fühlte mich versucht, sie zu fragen, ob sie je Hoffnung in mich gesetzt hatten. Meine Eltern, meine armen Eltern waren gealtert. Selbst meinen betrunkenen Augen entging ihr Alter nicht. Ich erhob mich vom Sofaschiff, kreuzte zu ihnen hinüber und ging daran, alle vier kummervollen Gesichter gleichzeitig zu küssen, die zwei väterlichen und die beiden mütterlichen. Mir waren vier Lippenpaare, vier Augenpaare und, wie Buddha, vier Paar Arme zugewachsen. Ich bin Buddha, sprach ich zu Vaters Gesichtern und zu Mutters Gesichtern. Sie weinten still. Ich verstand nicht, warum sie weinten. Womöglich beweinten sie ihre enttäuschte Hoffnung. Vielleicht den Ertrag eines ganzen Lebens, den selbsternannten Buddha, der nun bei ihnen in der Wohnung herumhing, und alles nur wegen eines kleinen Unfalls: der Pisse von Doris Sohn. Sonst wäre

ich wahrscheinlich mit dem Haufen der anderen Flücht‑
linge in irgendeinem Flüchtlingslager gelandet. Buddha, der
Flüchtling.

Die Eltern führten mich in mein Zimmer, entkleideten
mich, brachten mich zu Bett und bedeckten mich mit der
Steppdecke. Ich tat einen traumlosen Schlaf, den Schlaf des
Todes. Dann tauchte Dori in meinem dröhnenden Schädel
auf. Wo mag Dori nun sein? überlegte ich, während ich den
blankpolierten Himmel draußen vor dem Fenster betrach‑
tete.

16

Ich hatte traumlos geschlafen, wie ein Toter, ich weiß nicht, wie viele Stunden. Vielleicht dreizehn, vielleicht vierzehn, vielleicht mehr, vielleicht weniger. Das war auch nicht wichtig. Ich wollte, daß die Zeit stehenblieb. Aber sie lief weiter. Die Zeit hatte unerbittlich weiter ihre Pflicht getan, ihrem ewigen Rhythmus folgend, ohne sich darum zu scheren, ob ich traumlos oder den Schlaf eines Toten schlief. Sie lief, sie war weitergelaufen, dreizehn, vierzehn Stunden lang, vielleicht mehr, vielleicht weniger, seit ich das Polizeirevier verlassen und mich um die Ecken gedrückt hatte, um nach Hause zu kommen, überflüssigerweise darauf bedacht, den Blicken zu entgehen, denn das Städtchen war verlassen. In betrat eine ebenso verlassene Wohnung, denn aus mir unbekannten Gründen waren meine Eltern abwesend, was ich als ungemein beruhigend empfand. Kein Zwang zu Erklärungen, keine Notwendigkeit, überhaupt zu reden. Die ganze Stille nur für mich, die ganze Leere nur für mich. Und vor allem mein kaltes, kahles Zimmer, nur für mich. Und für mein Bett. Und für einen alten Kleiderschrank. Aber dies waren stumme, häßliche, tote Dinge, und als ich mich unter dem schrecklichen Eindruck völliger Verlassenheit auszog, auf die Matratze legte und mit der Steppdecke zudeckte, traten sie meinem Wunsch nicht entgegen, daß zusammen mit mir in meinem traumlosen oder von Träumen überfluteten

Schlaf auch die Zeit zur Reglosigkeit erstarren möge. Die Zeit erstarrte nicht. Als ich wieder aufwachte, hatte sich der Himmel aufgehellt. Diese erste Wahrnehmung brachte mich darauf, daß die Welt immer noch die alte war. Die zweite Wahrnehmung: die brennenden Schmerzen in meinem Gesicht, an meiner Kehle, meinem Schienbein, meinen Rippen, meine ganze erbärmliche Verfassung. Der Spiegel lieferte mir ein aufrichtiges Bild von meinem verunstalteten Gesicht. Nichts verbarg er: weder die blau unterlaufene Schwellung auf der rechten Wange noch den Riß am linken Mundwinkel. Der Rest waren Kratzer und ein paar blaue Flecken, alles nicht so wichtig. Ebenso informierte mich der Spiegel darüber, daß meine Bartstoppeln weitergewachsen waren, aber als natürlicher Vorgang beeindruckte mich dies nicht allzusehr. Ein Bart wuchs auch nachts im Schlaf, im Zustand des vorläufigen Todes. Ein Bart wuchs weiter auch bei Toten. Dem Spiegel in seiner hartnäckigen Aufrichtigkeit ging es wahrscheinlich darum, mich daran zu erinnern, daß ich zu den Toten gehörte, ob nun vorläufig oder für immer. Ich duschte und begann mich dann vor dem Spiegel zu rasieren. Voller Angst. Die Zeit war nicht erstarrt, sie lief erbarmungslos weiter, ihrem ewigen Rhythmus folgend, ob mein Bart nun wuchs oder nicht. Und ich würde eine Antwort geben müssen. Grauauge wartete darauf.

Obgleich ich mich gründlich rasierte, obgleich ich mit allen mir zur Verfügung stehenden Mittel versuchte, die Spuren des Massakers aus meinem Gesicht zu tilgen, es wollte einfach nicht gelingen. Im Gegenteil, die Spuren kamen fast noch deutlicher zum Vorschein. Es waren auch nicht bloß Spuren. Es war ein Schlachtfeld. Schließlich entschloß ich mich zu gehen. Es war alles in allem kaum damit zu rechnen, daß ein gezeichnetes Gesicht größeres Erstaunen hervorrufen würde, selbst dann nicht, wenn es sich um das Gesicht eines Toten handelte. Daß dann aber bei denen, die in mein gezeichnetes Totengesicht schauten, jegliche Anzeichen von Verwunderung ausblieben, erklärte ich mir damit, daß sich mein Abenteuer mit der Polizei inzwischen vermutlich herumgesprochen hatte. Und wenn einer es schaffte, dort wieder herauszukommen, so wie ich, wofür ich mich glücklich schätzen durfte, dann war ein gezeichnetes Gesicht das Geringste, das einen bekümmern mußte, denn es gehörte einfach dazu. Im Klub stellte sich das tiefe Einvernehmen zwischen mir und meiner Freundin aus Kindertagen, dem Pummelchen hinter der Theke, sogleich wieder ein, ohne daß es irgendwelcher Worte bedurft hätte. Als sie mir das Kognakglas reichte, schaute sie mir kurz in die Augen. Mach dir keine Sorgen, sagte mir ihr Blick, das Ding ist an einem sicheren Ort. Behalte es, dachte ich, egal wo, ob an einem sicheren oder unsicheren Ort. Ich brauche das Messer nicht mehr. Das Ablaufdatum für seinen Gebrauch war gestern. Hätten sie mich nicht vorher geschnappt, hätte ich es Fagu in den Leib gerannt. Sie haben mich vorher geschnappt, deshalb ist Fagu davongekommen. Was soll ich noch mit dem Messer? Überhaupt, was ist das bloß für eine primitive, vulgäre Waffe. Man muß dem Gegner nur frontal gegenübertreten und es an der richtigen Stelle in ihn hineinstoßen, etwas versetzt zur Mitte des Brustkorbs, knapp unterhalb des Herzens, und die Sache ist erledigt. Allerdings ist die Sache auch nicht ganz ungefährlich. Denn man ist zwar bestrebt, dem Gegner das Messer an der genannten Stelle in den Brust-

korb zu rammen, doch kann keineswegs ausgeschlossen werden, daß es gerade andersherum kommt. Das heißt, daß man
sich das Messer des Gegners einfängt und sich daraufhin in
die andere Welt verabschiedet. Und selbst im besseren Fall,
das heißt, wenn man geschickt genug ist, seinen Gegner in
die andere Welt zu befördern, erwartet einen das Gefängnis,
die Kugel, der Strick, man ist also gründlich angeschmiert.
Nein, ich sage dir, das klassische Messer, das Messer, das man
versteckt bei sich trägt, ist nichts für mich, das liegt mir
nicht, es ist viel zu gefährlich, es hinterläßt Spuren, es kann
dich am Ende sogar den Kopf kosten …

Ich sprach mit mir selbst. Das entsetzte mich. Während
ich mit mir selbst sprach und dabei ab und zu einen Schluck
nahm, starrte mich Pummelchen unentwegt an. Sie nickte
sogar manchmal zustimmend, als sei sie in mich hineinge-
krochen und hörte von innen alles mit. Zum Beispiel, fuhr
ich in meiner Analyse fort, nehmen wir einmal an, du verfeindest dich mit mir, obwohl du dafür viel zu ängstlich bist.
Bloß eine Hypothese, wie es im Jargon der Mathematiklehrer
heißt. Gehen wir also von der Hypothese aus, du verfeindest
dich mit mir oder, umgekehrt, ich verfeinde mich mit dir. Es
lassen sich, um im Jargon der Mathematiker zu bleiben, infi-
nite Gründe für die Verfeindung zweier Menschen finden.
Als mißgünstiges Subjekt könnte ich mich zum Beispiel
darüber ärgern, daß bei dir alles bestens läuft, daß du einen
Mann hast, der dich respektiert, während ich, einmal ange-
nommen, ich wäre eine Frau, von meinem Mann Prügel be-
ziehe. Oder ich bin neidisch auf dich, weil du gut verdienst
und ich nicht, weil du hübsch bist und ich häßlich, weil du
kerngesund bist und ich rachitisch, weil dir die ganze Män-

nerwelt nachstellt, während mich keiner auch nur anschaut, ja, wenn ich mich an einen heranmache, dann nimmt er sogar die Beine in die Hand, als hätte ich die Krätze. Also, wir nehmen einfach an, wir verfeinden uns, und das geschieht gewöhnlich aus den banalsten Gründen. Gut, wenn du willst, es mag auch andere, bedeutendere Gründe geben, manche Leute leben ja dem Wahn ihrer Bedeutung. Weißt du denn, Pummelchen, daß ich dich umbringen könnte? Nicht mit dem Messer, ich bin ja nicht verrückt, ich will mich ja nicht selber mit umbringen. Es geht darum, daß man ungeschoren wieder aus der Sache herauskommt. Möglichst sogar mit einem Vorteil. Oder am besten rundum gut eingerichtet. Zufriedener, üppiger, glücklicher, männlicher.

Ich ging. Wäre ich noch länger den Blicken der Serviererin ausgesetzt gewesen, ich hätte laut geschrien. Weil ich gerührt hätte sein müssen, ohne Rührung empfinden zu können. Man hatte mir ein Messer angeboten. Nicht das klassische Messer, die vulgäre Waffe aus Metall, die in den Körper eindringt, Muskeln durchtrennt, Knochen bricht, den Brustkorb öffnet, das Herz durchbohrt, die Gedärme freilegt. Man hatte mir ein unsichtbares Messer angeboten, mit dem man sich eines Gegners entledigen konnte, ohne es ihm notwendigerweise in den Leib zu stoßen, Muskeln zu durchtrennen, Knochen zu brechen, den Brustkorb zu öffnen, das Herz zu durchbohren, die Gedärme freizulegen. Das Opfer würde zum Beispiel ganz friedlich im Bett liegen, mit der dazugehörigen Ehefrau, Verlobten, Geliebten den Moment himmlischen Schmerzes durchlebend, der seine Krönung in der Erschaffung neuen Lebens findet, während ich das Messer in ihn hineinstieße, tief, doch unfühlbar, und tags darauf träfe ich ihn im Klub, tränke einen, zwei, fünf Kognaks mit ihm und drückte ihm die Hand mit meiner mit seinem Blut besudelten Hand.

Ich ging. Ich fühlte mich benetzt mit einem Stoff, der den Tod in sich trug. Wie eine vergiftete Spinne. Wie eine Schlange, die sich unter einem Stein verkrochen hat. Und im gläsernen See meiner Augen schwamm Sonja mit dem Kopftuch einer Bäuerin, mit den Gummistiefeln eines Bergarbeiters, mitten im Kuhmist, verfolgt von einem sabbernden Kretin. Versunken im gläsernen See meiner Augen. Grauäugige Blutegel an ihren Brustwarzen. Und ich wäre lieber gestorben. Oder sollte ich das Messer doch annehmen?

Der Rauch verließ kerzengerade den Schornstein der Fabrik und stieg zum Himmel auf wie eine schwarze Fontäne. Ich konnte schreien, also die Rolle des bellenden Hundes übernehmen, er würde weiterhin gerade zum Himmel steigen. (Die Hunde bellen …) Aus dem Zigeunerviertel war tatsächlich Gebell zu hören, aber ich sah mich nicht nach einer Karawane um. Die Karawanen wußten wahrscheinlich gar nicht, daß es am Ufer des Flusses ein Zigeunerviertel gab, sie hielten ihre Richtung ein, der Teufel weiß, welche, und scherten sich nicht um das Bellen der Zigeunerhunde, sowenig wie sie sich um mich gekümmert hätten, wäre ich auf die Idee gekommen, es einem Hund gleichzutun und zu bellen. Auch das aufgedunsene, ständig schläfrige Gesicht unter der weißen Haube schenkte mir keine große Beachtung, als ich das Labor betrat und dort den Mut aufbrachte, mich schreiend zu erkundigen, ob denn jemand da sei. Immerhin vermochte ich in Erfahrung zu bringen, daß Dori sich erneut in

einer Versammlung befand und Lulu weiterhin im Krankenhaus, und daß sich Vilma immer noch nicht wieder zur
Arbeit eingefunden hatte, aus Gründen, die Schwammge-
sicht angeblich unbekannt waren. Verschlafene Dächsin,
dachte ich, du weißt ganz genau, warum Vilma fehlt. Un-
willkürlich hob ich die Hand und bedeckte den verunstalteten Teil meines Gesichts. Die Dächsin glotzte mich ent-
geistert an. Das hat nichts zu bedeuten, sagte ich, um ihre
Neugier zu befriedigen, ich war gestern abend zum Essen
eingeladen, und wie du siehst, hat man mir nur vom Besten
aufgetischt. Sie lachte. Das Lachen kam ganz unerwartet
und baute mich richtiggehend auf. Da haben sie dir aber
ordentlich was serviert, sagte sie sodann. Und fuhr fort:
Krepieren sollen sie. Sieh dich vor, Jungchen, und halte
deinen Verstand beisammen. Wenn du erst mal auf ihre Liste gerätst, dann siehst du ziemlich alt aus. Damit verschwand sie wieder in ihrem Winkel des Labors, und nur
noch ihre weiße, mit einem Gemisch aus allen möglichen
Stäuben bepuderte Haube blieb sichtbar. Danke, flüsterte
ich. Das galt mehr mir selbst, denn sie war viel zu weit weg,
als daß sie mich hätte hören können. Aber auch in der
Nähe hätte sie nichts gehört, denn ich redete flüsternd mit
mir selbst. Gleichsam, um mir Mut zuzusprechen. Dann
ging ich.

Als ich aus dem Labor kam, blieb ich eine Weile auf dem
Fabrikhof stehen und betrachtete die schwarze Rauchfon-
täne. Ich stand da, der Rauch schoß zum Himmel hinauf,
und in meinen Ohren gellte das Gebell einer ganzen Meute
hungriger, frierender, getretener, dem Tod durch einen Brok-
ken vergifteter Leber geweihter Straßenköter. Wann bin ich

wohl an der Reihe, dachte ich, wann bekomme ich mein Stück Leber? An den Augenblick, in dem diese Frage wie ein Stromschlag durch meinen Schädel fuhr, erinnere ich mich ganz genau. Alles, was danach kommt, ist verworren. Als sei mir in genau diesem Moment ein harter Gegenstand über den Kopf geschlagen worden, eine Brechstange oder eine Eisenkurbel zum Beispiel. Tatsächlich schlug mich kein Mensch, weder mit einer Brechstange noch mit einer Eisenkurbel, noch mit sonst einem vergleichbaren Gegenstand. Es geht also nicht um eine Form von Amnesie, der Begriff »Amnesie« wäre sowieso gänzlich fehl am Platz. Bis zu diesem Tag, also dem Tag, an dem ich mit verunstaltetem Gesicht aufwachte und in die Fabrik ging, um Dori aufzusuchen, hat das Magnetband meiner Erinnerung alle Ereignisse in ihrer Abfolge mehr oder weniger normal festgehalten. Danach ist das Band praktisch leer. Nicht, daß es seine Speicherfähigkeit eingebüßt hätte. Es ist leer, weil es nichts mehr aufzuzeichnen gab, wenn ich von einigen Geschehnissen absehe, mit denen dieser auf dem Magnetband meiner Erinnerung verzeichnete Lebensabschnitt zu Ende geht.

17

Auf dem Magnetband meiner Erinnerung geht das Ende in Geräuschen unter. Sie kommen zu mir als Gekreisch, als Hundegebell oder Schreie von Toten. Tag und Nacht gellen mir die Ohren, ein Fliegenschwarm surrt in meinem Schädel herum und möchte ihn zum Platzen bringen. Doch wie jeder menschliche Schädel ist auch der meine stabil, ein von der Natur zum Schutz und zur Erhaltung des höchstorganisierten Teils der Materie – des Gehirns – perfekt konstruiertes Gebilde. Und in irgendeinem der Räume des Gehirns ist das Magnetband meiner Erinnerung aufbewahrt. In diesem Raum hat sich der Schlamm von fünfzehn, sechzehn, siebzehn oder noch mehr Jahren abgelagert, ein dicker, zäher Schlamm, der Schlamm der animalischen Monotonie meines Lebens danach. Dennoch platzen in den Tiefen des Raumes der Erinnerung Geräusche auf, als Kreischen, als Hundegebell, als Schreie von Toten, durchdringen die Schlammschicht vieler Jahre und quellen an die Oberfläche. Es sind die letzten Geschehnisse dieses Lebensabschnitts, verzeichnet auf dem Magnetband meiner Erinnerung. Es ist das Ende meiner Tage, ehe ich in die Phase eintrat, in der ich, den Tod in mir, nur noch dahinvegetierte im Schlamm der kleinstädtischen Monotonie.

Was die zeitliche Abfolge dieser Ereignisse betrifft, bin ich mir nicht völlig sicher. Ich vermag nicht zu sagen, was zuerst und was darauffolgend geschah, ob alles einen Zusammenhang hatte oder blindem Zufall unterworfen war. Eines allerdings kann ich mit Sicherheit sagen: daß ich nicht die Kraft hatte, mich dagegen anzustemmen. Wahrscheinlich hätte ich eine überflüssige Handlung, die mir unterlief, vermeiden können, doch sie hatte nichts zu tun mit dem, was dann noch folgte. Am vereinbarten Tag und zur vereinbarten Stunde fand ich mich tatsächlich beim Schriftstellerverband ein, dort, wo mich der grauäugige Ministersohn und Ermittler A.P. erwartete. Daß ich dort erschien, ergab keinen Sinn. Mein Erscheinen beim Sitz des Schriftstellerverbands hätte nur dann einen Sinn ergeben, wenn ich mit einem Messer bewaffnet gewesen wäre, denn ich hatte mich zu dem Treffen nur entschlossen, weil ich ihn töten wollte. Aber dann ging ich ohne Messer hin, und als ich schließlich an der eisernen Tür anlangte, unterließ ich es sogar, wenigstens einen neugierigen Blick in den Saal hineinzuwerfen, um festzustellen, ob Grauauge überhaupt da war.

Ich kehrte um, ohne dieses Rätsel gelöst zu haben. Und machte die Entdeckung meines Lebens: Ich war einfach nicht imstande, ein Messer zu gebrauchen. So unfähig ich war, mich selbst zu töten, so unfähig war ich auch, das Leben eines anderen auszulöschen. Als ich wegging von der eisernen Tür des Schriftstellerverbands, hinter der Grauauge wahrscheinlich wartete, um mit mir eine Übereinkunft zu treffen, spürte ich dies ganz deutlich. Und schämte mich. Ich spürte, daß ich fortan zwischen Leben und Tod einhertaumeln würde, nicht im Leben, nicht im Tod, nicht lebendig, nicht tot. Ich hatte mich verloren in einer Anonymität ohne Hoffnung, hinter mir eine Vergangenheit, aus der Gift troff,

vor mir eine Zukunft, die mir gleichgültig war. Als ich wegging vom eisernen Tor des Schriftstellerverbands, spürte ich,
daß der stärkste Grund für mich, am Leben zu bleiben,
meine Unfähigkeit war, mich daraus zu entfernen. Meine
Unzulänglichkeit. Aber vielleicht war ich auch nur einfach
dazu bestimmt, unter dem Abschaum der Kleinstadt ein Leben banaler Mittelmäßigkeit zu führen. Dazu verurteilt, die
Jahre, die folgen sollten, mit dem Leid und den Tragödien
anderer zuzubringen. Der Tod ist ewiger Schlaf. Lebendig
tot zu sein ist ewige Qual.

Doris Verhaftung kam zuerst. Zumindest nach meiner
persönlichen Chronologie. Ich weiß nicht mehr ganz genau,
ob ich meinen Arbeitsplatz im Labor bei Doris Verhaftung
bereits verloren hatte oder ob der Mensch in seinem Bürokäfig mich erst nach Doris Verhaftung zu sich zitierte, um
mir meine Entlassung bekanntzugeben. Es ist eigentlich auch
nicht wichtig, also sage ich, zuerst kam Doris Verhaftung. Es
war Winter und der Klub zum Bersten voll. Ich war Dori in
diesen Tagen mehrfach im Klub begegnet, in Begleitung von
ein paar Ingenieuren. Es klappte nicht mit seiner Verlobten,
und den Kummer darüber ertränkte er im Alkohol. Dori
wurde verhaftet, als er aus einer Sitzung der technischen
Kommission kam. Vor aller Augen legten sie ihm Hand-
schellen an, wobei sie die übliche Formel herunterleierten:
»Im Namen des Volkes, du bist verhaftet.« So wurde mir erzählt. Selber habe ich nichts gesehen, weder Dori noch sein
verlorenes Lächeln, in dem wohl eine Spur Ironie mitge-
schwungen hat. Wirklich, welche Ironie des Schicksals. Ich
mußte daran denken, wie mir damals Doris Faust begegnet
war, als ich im Suff lautstark unhygienische Dinge von mir

gegeben hatte. Weil er nicht mit mir in einer Zelle hatte landen wollen. Jetzt hatte es ausgerechnet den bedächtigen Dori
erwischt, gleichsam als Beweis für die Richtigkeit der Warnung, die ich von der schläfrigen Laborantin mit der weißen
Haube mit auf den Weg bekommen hatte: Sieh dich vor,
Jungchen, und halte deinen Verstand beisammen. Wenn du
erst mal auf ihre Liste gerätst, dann siehst du ziemlich alt aus.
Dori war offenbar auf die Liste geraten. Ich habe nie erfahren, weshalb. Nicht, als sie ihn in nichtöffentlicher Sitzung
aburteilten, nicht nach zehn Jahren, als er gebrochen aus
dem Gefängnis zurückkam und wir wieder zusammen tranken, wann immer wir das Geld dafür auftreiben konnten
und Dori den Wunsch hatte, die Vergangenheit zu vergessen. Dann wurde ich zu dem Menschen im Bürokäfig zitiert.
Er hustete, er knirschte mit den Zähnen, er musterte mich
von Kopf bis Fuß. Er erklärte mir, nach der Arbeitsordnung
sei ich zu entlassen, denn ich hätte drei Tage hintereinander
unentschuldigt gefehlt. In diesem Punkt dürfte er sogar recht
gehabt haben, wie viele Tage hintereinander ich damals nicht
im Labor gewesen war, weiß ich allerdings nicht mehr so genau. Morgens ging ich von zu Hause weg und machte erst
einmal im Klub Station, wo ich dann hängenblieb, und natürlich nicht infolge fehlender Transportmöglichkeiten …
Ich trank, trank, trank. Hemmungslos. Von morgens bis
abends. Also hatte ich nicht den geringsten Grund, diesbe-
züglich an der Aufrichtigkeit des Menschen im Käfig zu
zweifeln. Wahrscheinlich hatte ich nicht bloß drei Tage unentschuldigt gefehlt, was nach der Arbeitsordnung ausreichend war, sondern viel, viel länger. Folglich begehrte ich
nicht auf, sondern ging, ohne zu wissen, wohin, in einem

Gefühl völliger Verlorenheit. Auf meinen Spuren schlich der todesträchtige Tiger, bereit, mich anzuspringen, mich niederzuwerfen, mich zu verschlingen. Ich ging und wartete auf das Wunderbare: daß ich die Pranken des Tigers auf meinen Schultern spürte, seine Zähne in meinem Nacken, daß ich mein Ende spürte. Aber es wollte nicht kommen. Mein Ende war irgendwo und kam einfach nicht. Es lauerte irgendwo auf mich, bis ich dann endlich von mir aus vor der Höhle seines Mauls erschien. Wie ein Blinder dem Rand des Abgrunds entgegentappt, würde ich von selber kommen, auf meinen eigenen Beinen, um mich hinabzustürzen. Ein solches Ende hatte ich konkret vor Augen, zum Beispiel vom Biß des Tigers zerquetscht, zum Beispiel im Abgrund des Lebens an scharfen Klippen zerschellt, zermahlen vom Räderwerk des Schicksals. Und begriff nicht, daß ich mein Ende bereits erlebte, schon lange. Hätte das Schicksal ein qualvolleres Ende für mich bereithalten können? So frage ich mich heute. Damals sah ich noch keinen Zusammenhang zwischen meinem Sturz und dem Nichterscheinen zum Treffen mit Grauauge. Nach Doris Verhaftung waren drei, vier oder fünf Tage in den Krallen der Trunksucht genug, um mich völlig aus der Bahn zu werfen. Ich kam gar nicht auf die Idee, Grauauge dafür verantwortlich zu machen. Genausowenig wie Xhoda. Schon gar nicht den Mann im Eisenkäfig. Sie waren die tatsächlichen Verursacher meines Sturzes. Grauauge hatte mich von Sonja getrennt. Xhoda versteckte Vilma vor mir. Der Mann im Eisenkäfig nahm mir im Austausch gegen das Arbeitsbuch, das er mir in die Hand drückte, alles weg. Und weil ich mit dem Arbeitsbuch nichts anzufangen wußte, warf ich es beim Weggehen durch das Eisengitter in den Käfig, wo es auf dem Fußboden landete. Ein paar Tage später klopfte ein Spezialkurier des städtischen Militäramts an unsere Wohnungstür. Ich war zu Hause, halb betrunken, halb verblödet. Der Spezialkurier überreichte mir ein amtliches Schreiben. Mit Unterschrift und Siegel. Ich unterschrieb gleichfalls. Das Vaterland rief mich. Das Vaterland brauchte mich ... Das war ein paar Tage, nachdem ich mich aus dem Büro im Eisenkäfig geschlichen hatte.

18

Nur noch wenig. Dann läuft das Magnetband meiner Erinnerung ab. Alles danach liegt im Finstern, wie in einem Tunnel, Fledermäuse prallen dir gegen Gesicht und Körper, während du blind umherstolperst. Ein stockdunkler Tunnel, du weißt nicht, wie du hineingeraten bist und ob du jemals wieder herausfinden wirst. Die Geräusche auf diesem letzten Stück des Bandes sind erstickt, ein entferntes Wispern, im Hintergrund das Gebell der Hunde, ein Chor, der die blinde Karawane durch den pechschwarzen Tunnel begleitet, und eine Polyphonie von Todesschreien, von der Vilmas Schrei sich abhebt. Es ist der Schmerzensschrei eines unschuldigen Kindes.

Es war Sommer, und ich war losgerissen von der Welt. Das Vaterland hatte mich zum Appell gerufen, ich war dem Ruf gefolgt, und statt eines Gewehrs hatte man mir eine Schaufel in die Hand gedrückt. Dann ersetzte man die Schaufel durch eine Hacke, dann durch einen Spaten, dann durch allerlei anderes Arbeitsgerät. Offenbar war das Vaterland auf mein Gewehr nicht angewiesen. Und auch nicht auf mein Blut. Ich faulte in der Landwirtschaft vor mich hin, Tag um Tag, in einem MLB, einem Militärischen Landwirtschaftsbetrieb. Wir züchteten Hühner. Wir züchteten Schafe. Wir züchteten auch Schweine. Und ich faulte immer weiter vor mich hin. Vielleicht war eben dies, also mein progressives Dahinfaulen, der Grund dafür, daß mein Blut für das Vaterland wertlos war. Auch mußte ich notgedrungen akzeptieren, daß mir im Vaterland nichts zustand, kein Stein, kein Sandkorn, weder Mutter noch Vater. Anspruch darauf hatte ein anderer, nämlich der Politische Kommissar des MLB, der nicht nur über einen feisten Hals und ein aufgedunsenes Gesicht, sondern auch über ein Schießeisen verfügte, das ihm vom Hintern herabhing und dessen Ende unter seiner Jacke hervorschaute. Jeder von uns Soldaten ohne Gewehr war für ihn ein gehörnter Teufel, schlimmer noch als die optimistischen Teufel vom Schredder. Er hingegen war für uns nicht nur ein Minizeus, sondern der liebe Gott persönlich, der uns Tag für Tag, von der Minute an, in der wir die Augen aufschlugen, bis zur Schlafenszeit einbleute, was wir zu tun hatten: nämlich sechsmal täglich, bei jeder Mahlzeit vor und nach dem Essen, zu ihm zu beten, außerdem den Kopf einzuziehen, das Maul zu halten und die Ohren zu spitzen. Damit ist genug über ihn gesagt, er ist nicht interessant.

Das Telegramm traf am Nachmittag ein. Der Tag war schwül, aus den Schweineställen erhob sich ein betäubender Gestank. Ich lag ausgestreckt im Schatten einer Pappel, den Kopf leer, ein dumpfes Tier, als mir jemand von den Baracken her etwas zurief. Er mußte seinen Zuruf, begleitet von Flüchen, mehrmals wiederholen, bis ich begriff, daß es um ein Telegramm ging. Mein träges Hirn hatte Mühe, die Botschaft zu erfassen und zu entschlüsseln. Jemand hatte sich die Mühe gemacht, mir in der Einöde ein Telegramm zukommen zu lassen, gleichsam um mir zu zeigen, daß sich der Erdball trotz allem immer noch drehte. Ich quittierte den Empfang und nahm den mysteriösen Zettel mit seinen bleichen Buchstaben entgegen. Hineingepreßt war Vilmas Schrei. Beim Auseinanderfalten entlud er sich explosionsartig. »Vilma tot Beerdigung morgen vierzehn Lulu.« Ich steckte das Telegramm in die Tasche. Ging wieder zu der Pappel und legte mich in ihren Schatten. Vilma ist gestorben, sagte ich mir. Sie wird morgen um vierzehn Uhr beerdigt. Das sagt Lulu, und Lulu lügt gewöhnlich nicht. Ich verbarg mein Gesicht in den Händen. Meine Handflächen wurden feucht. Mein gelähmtes Hirn akzeptierte nur die bloße Information, daß Vilma gestorben war. Es konnte nicht weiterdenken, die Frage stellen: Wie ist sie gestorben, unter welchen Umständen? Immerhin gelang ihm die Erkenntnis, daß dieses engelsgleiche Wesen, das eigentlich an einen anderen Ort gehörte, sich beeilt hatte, an diesen Ort zu kommen, ins Paradies. Die Hölle mit ihren Kleinstadtteufeln war nichts für sie, konnte sie nicht festhalten. Vilma ist gestorben, murmelte ich, das Gesicht in den Händen verborgen. Meine Handflächen waren naß.

Meine Vorgesetzten um Erlaubnis zu fragen, schien mir überflüssig. Nicht nur, daß sie nicht würdig waren, Vilmas Tod in seiner Intimität mit mir zu teilen. Es wäre auch sofort die Frage gekommen, was ich mit Vilma überhaupt zu tun hatte, und es gab keine Antwort, die sie überzeugt, die genügt hätte, mir ihre Einwilligung zu verschaffen. Ich verließ die Einheit heimlich, stahl mich über einen Feldweg davon, verschwand ein Stück weiter in einer Erdvertiefung, die wohl einstmals ein Bachbett gewesen war, und gelangte noch ein Stück weiter auf die Straße, welche die umliegenden Dörfer mit dem Hauptort der Gegend verband, eine staubige

Straße voller Schlaglöcher, auf der selten einmal ein Auto vorbeikam. Die Sonne war keine Sonne, sie war eine glühende Eisenscheibe, die über meinem Kopf hing. So wie die unabwendbare Frage meiner Vorgesetzten, wenn ich sie um eine Erlaubnis gefragt hätte, die nicht zu bekommen war. Wer soll das überhaupt sein, hätten sie wissen wollen, deine Mutter vielleicht oder deine Schwester, deine Tante oder Nichte, deine Großmutter … Ich hätte keine Antwort darauf gewußt. Ich wußte nicht, was Vilma für mich war. Ich hatte sie nicht kennenlernen wollen, ich hatte nicht genug Zeit gehabt, sie kennenzulernen, ich hatte sie nicht kennenlernen können. Als ich so unter der glühenden Scheibe dahinmarschierte, überfiel mich ein furchtbarer Gedanke. O Gott, flüsterte ich, war sie das Glück, das du für mich bereitgehalten hast, und ich habe es nicht gemerkt? Mein Rücken wurde eiskalt. O Gott, schrie ich wie von Sinnen, war sie mein totes Glück, ist es das, was du mir nun offenbarst? Mein Schrei verklang, ringsum war alles wieder wüstenstill, ich setzte meinen Weg fort und redete mir ein, daß dieser furchtbare Gedanke bestimmt von der glühenden Eisenscheibe über meinem Kopf käme.

Anfangs zu Fuß, dann mit dem Auto, dann mit dem Zug, stets auf der Hut vor den Patrouillen der Garnison, gelangte ich spät in der Nacht in die Kleinstadt. Sie hatte sich im Finstern verkrochen, kein Licht weit und breit. Womöglich ein Stromausfall. Funkenschwärme sprühten aus dem Schornstein der Fabrik und wurden vom Himmel in Asche verwandelt. Nur in einem Haus gab es Licht, in Xhodas Villa. Ein bleiches, zitterndes Licht, Kerzenschein. Ich lehnte mich gegen den Stamm der Pinie. Meine Füße hatten den Weg dorthin von selber eingeschlagen, zu der Pinie meiner Kindheit gegenüber dem Eisenzaun. Ich hörte gedämpftes Klagen, so zitternd wie der Kerzenschimmer. Plötzlich gingen die Lichter wieder an, schutzsuchend preßte ich mich an den Stamm, aber das war überflüssig, in diesem Niemandsland war ich nur ein flüchtiger Schatten. Eine Gruppe von Menschen trat aus der Tür, und unter ihnen entdeckte ich Lulu. Die Menschen gingen die Treppe hinab, durchquerten schweigend den Garten und machten an dem eisernen Tor halt. Ich kroch in mich zusammen, Schweiß trat auf meine Stirn. Lulu löste sich aus der Gruppe und verschwand in Begleitung eines Unbekannten hinter der Straßenbiegung. Auch ich hatte nichts mehr an diesem Ort zu suchen. Mir war schwindelig. Der Unbekannte begleitete Lulu bis zur Treppe vor ihrer Haustür. Dort trennten sie sich. Hinter der Hausecke versteckt, wartete ich, bis der Unbekannte verschwunden war. Lulu war inzwischen in ihre Wohnung gegangen. Als ich auf die Klingel drückte, kam keine Reaktion. Beharrlich drückte ich weiter auf den Knopf, und schließlich hörte ich schwache Schritte, die sich der Tür näherten, und eine leise, furchtsame Stimme fragte: »Wer ist da?« Ich gab mich zu erkennen, die Tür ging auf, und Lulu warf sich mit einem Aufschrei an meine Brust. Ich schloß die Tür, und als Lulu zu mir aufschaute, blickte ich in ein schmerzverzerrtes Gesicht. Sie hat Gift genommen, sagte sie unter Tränen. Ich wußte ja nichts, wie hätte ich ihr helfen können? Woher hätte ich es denn wissen sollen?

Lulu zitterte. Lulu war wie tot. Ich nahm ihren Kopf zwischen meine Hände, legte ihn an meine Brust, streichelte ihr über das Haar. Wie ist es passiert? fragte ich, den Mund an ihrem Ohr. Sie löste sich von mir. Ihr Körper zitterte noch immer, alles an ihr zitterte. Wortlos stellte sie das Töpfchen auf die Herdplatte, um mir einen Kaffee zu kochen. Sie fragte nicht einmal, ob ich überhaupt Kaffee wollte, sie stellte einfach das Töpfchen auf die Platte, wie bei allen meinen Besuchen. Ich setzte mich an den Tisch, auf das Sofa. Sie setzte sich mir gegenüber auf einen Stuhl. Schwieg, bis ich mit meinem Kaffee fertig war. Dann stand sie auf. Vilma hat sich heute früh vergiftet, sagte sie. Ihr Stimme war wie eingefroren. Sie hat ein Gift genommen, an seinen widerlichen Namen erinnere ich mich nicht, ich weiß nur, daß ihr Vater es zum Spritzen seiner Weinstöcke benutzt. Sie hat sich in ihr Zimmer eingeschlossen, und als die Leute im Haus sie stöhnen hörten und die Tür aufbrachen, war es schon zu spät. Sie ist im Krankenhaus gestorben.

Ich muß in diesem Augenblick weiß geworden sein wie eine Wand. Mir wurde zum Speien übel, obwohl ich nichts zu erbrechen hatte als den Kaffee. Der gleiche Todeskampf wie bei Maks, dachte ich. Fast hätte ich es zu Lulu gesagt. Lulu kannte die Geschichte von Maks nicht, deshalb ließ ich es sein. Lulu konnte die Geschichte von Maks eigentlich nicht kennen. Aber wer weiß, schließlich wußte sie alles von Vilma, vielleicht auch die Geschichte von Maks. Auf jeden Fall durchbohrte sie mich mit ihren Blicken, als sei ich ein gemeiner Verbrecher. Ich wollte ihr erklären, daß nicht ich der Verbrecher war, daß nicht ich Maks vergiftet hatte, zumindest nicht eigenhändig. Ein kleiner Zigeuner namens Sherif hatte Maks vergiftet, mit einem Brocken Hammelleber, der mit einem Gift zur Beseitigung von Straßenkötern versetzt war, obwohl Maks doch gar kein Straßenköter war.

Außerdem, es hatte ja nicht eigentlich Vilma gegolten, ich hatte mich nur an ihrem Vater rächen wollen, dem Henker meiner Kindheit. Ich hatte ja nichts gegen Vilma gehabt, niemals hatte ich etwas gegen Vilma gehabt, in keiner Weise.

Ein furchtbarer Verdacht würgte in meiner Kehle. Während Lulu mich weiter mit ihrem demonstrativen Schweigen strafte, gelang es meinem gelähmten Hirn endlich, die Frage zu formulieren: Warum hat Vilma sich vergiftet? Ein Wesen wie sie hatte keine Last auf dem Gewissen, ein Wesen wie sie war für keine Sünden zu strafen. Warum also, warum? Ich hob den Kopf und sah Lulu am Fenster stehen. Sie starrte in die Finsternis hinaus. Lulu, stammelte ich, was ist geschehen? Vilma hatte doch keinen Grund ... Warum hat sie sich nur vergiftet? Lulu, ich war den ganzen Tag unterwegs, ich bin todmüde. Lulu, du bist der erste Mensch, mit dem ich rede ...

Lulu preßte ihre Finger gegen die Schläfen. Ihr blasses Gesicht wurde kreidebleich. Sie schluchzte auf und konnte eine Weile nicht sprechen. Sie haben sie vergewaltigt, brachte sie schließlich heraus. Es klang wie ein Schrei. Ein Schrei wie ein scharfer Speer, und der Speer drang tief in meine Brust. Ich konnte nicht mehr atmen. Sie haben sie vergewaltigt, wiederholte Lulu, die wohl meine Brust ganz zerfetzen wollte. Vor vier Tagen, zu Hause, in dem Zimmer, in dem sie sich dann vergiftet hat. Der Strolch hat abgewartet, bis alle anderen aus dem Haus waren, bei einer Hochzeit. Vilma hat nicht mitgehen wollen. Irgendeine Cousine auf dem Dorf hat geheiratet, und alle gingen hin, außer Vilma. Ich weiß nicht, weshalb sie nicht mitgehen wollte, aber es war ihr Verhängnis. Sie haben sie am Sonntag vergewaltigt. Sie war so sanft, so unschuldig, und niemand konnte ihr helfen. Nicht, als man sie vergewaltigte, und auch nicht, als sie das Gift nahm. Es ist, wie wenn ein Wolf ein Lamm reißt. Fagu ... Fagu hat sie vergewaltigt.

Ich fuhr hoch. Ich wollte nur noch schreien. Wenn ich nicht den Kopf gegen die Wand schlug, dann platzte der Schrei aus mir heraus und brachte den ganzen Wohnblock, die ganze Stadt auf die Beine. Also schlug ich den Kopf gegen die Wand. Mein Blut tobte, mein Blick trübte sich, der Schrei wurde in mir zerquetscht. Du kannst dir ruhig den Schädel einrennen, das ändert auch nichts mehr, sagte Lulu. Es klang, als hätte sie nichts dagegen, wenn ich mir wirklich den Schädel einrannte. Sie wird davon auch nicht wieder lebendig, sie ist fort, da kannst du den Kopf gegen die Wand schlagen, solange du willst. Warum habe ich dir bloß das Telegramm geschickt? O Gott, warum habe ich ausgerechnet dir ein Telegramm geschickt? Du hast überhaupt nichts für sie getan, du hattest kein Auge für sie, du hattest kein Herz für sie. Schlag den Kopf ruhig tausendmal gegen die Wand, was geschehen ist, ist geschehen. Was glaubst du eigentlich, was es heißt, wenn ein Mädchen dir sagt, daß es mit dir zusammensein möchte? Du hast überhaupt nichts begriffen, du hast dich ihr gegenüber aufgeführt wie ein Straßenlümmel, wie einer dieser Vagabunden aus der Trinkhalle, die mit Huren umgehen. Hast du je darüber nachgedacht? Daß du sie schlimmer behandelt hast als eine Hure? Sie wäre mit dir bis ans Ende der Welt gegangen. Und jetzt rennst du mit dem Kopf gegen die Wand. Mach nur weiter so, aber Vilma wird davon auch nicht wieder lebendig.

Wieder wurde Lulu von einem Schluchzen geschüttelt. Ich konnte nichts tun, die ganze Wut, die sich in ihr aufge‚ staut hatte, wollte heraus. Hätte sie sich auf mich gestürzt, mir das Gesicht zerkratzt, es wäre mir recht gewesen. Aber sie weinte nur. Dann kam sie zu mir. Hör nicht auf mich, sagte sie, es ist nicht deine Schuld. Auch wenn du dich Vilma gegenüber anders verhalten hättest, es wäre doch nicht gegangen mit euch beiden. Sie hatte daran so wenig Schuld wie du. Auch wenn ihr euch verstanden hättet, Xhoda wäre dagegen gewesen, er hätte nie zugelassen, daß ihr zusammenkommt. Vilma war sich im klaren darüber. Und auch dieser Wolf, Fagu. Nur ich weiß, wie sehr sie un‚ ter ihm gelitten hat. Und dann hat er ihr auch noch das Le‚ ben genommen. Keinen Augenblick lang ließ er sie in Ruhe, auf Schritt und Tritt hat er sie verfolgt. Dieses Vieh wäre be‚ reit gewesen, den Boden zu küssen, auf dem sie gegangen ist. Er hätte für sie die ungeheuerlichsten Verbrechen begangen. Seine Spitzbuben haben uns bespitzelt, als du dich hier mit Vilma getroffen hast, und sie haben mich verprügelt. Als sie dich in eine andere Schicht steckten und dann zur Armee holten, wurde es erst richtig schlimm. Er mochte Vilma, er war ganz verrückt nach ihr, aber für mich ist das keine Liebe. Das ist viehische Verblendung. Das ging sogar so weit, daß er bei Vilmas Vater um ihre Hand anhielt. Xhoda behan‚ delte ihn wie ein Stück Dreck. Er erklärte ihm, er könne seine Tochter zur Frau haben, wenn er imstande sei, sich sein Ohrläppchen ohne Spiegel anzuschauen, und selbst wenn er, Xhoda, vierzig Töchter hätte, ihm, Fagu, würde er keine davon geben. Xhoda hat Fagu nicht gekannt, er wußte nicht, daß man einen Fagu nicht einfach erschrecken und beleidi‚

gen kann. Jetzt ist er völlig närrisch, er rauft sich die Haare, er weint laut. Als alles passiert war, lief er mit der Pistole in der Hand durch die Stadt und suchte Fagu, im Klub, in der Trinkhalle, in der Fabrik, zu Hause, und hätte er ihn gefunden, er hätte ihn auf der Stelle umgebracht. Die Polizei war aber schneller. Sie hat Fagu vor zwei Tagen verhaftet, in Tirana, und wo er jetzt sitzt, weiß man nicht. Heute haben sie noch zwei andere Burschen festgenommen, die dabei Wache gestanden haben, aber die kenne ich nicht.

Lulu verstummte. Vielleicht, weil sie nichts mehr zu sagen hatte, vielleicht auch, weil sie jetzt erst bemerkte, daß mein Gesicht blutig war. Sie erstarrte kurz. Du mußt nicht mit dem Kopf gegen die Wand laufen, flüsterte sie, dabei geht nur dein Kopf kaputt, nicht die Wand. Dann holte sie aus dem Zimmer nebenan ein Fläschchen Alkohol und einen Wattebausch. Hör zu, sagte sie, heute nacht schläfst du hier, ich mache dir auf dem Sofa dein Bett. Wenn deine Leute dich so sehen, dann fallen sie vor Schreck in Ohnmacht. Ich gab ihr recht. Was den Kopf und was die Wand anging. Was die Geschichte von Kopf und Wand anging. Man kann nicht mit dem Kopf durch die Wand, heißt es allgemein, und jedermann akzeptiert es. Wer es ausprobiert hat, ist durch die harte Logik der Wand eines Besseren belehrt worden. Wer sich nicht hat belehren lassen wollen, hat sich den Schädel gebrochen. Du hast recht, sagte ich zu Lulu, es bringt nichts, wenn man mit dem Kopf gegen die Wand rennt, ich weiß das selbst. Die Wand bewegt sich nicht. Im Gegenteil, dein Schädel zerbricht daran. Nur, Lulu, wie lange wollen wir noch akzeptieren, daß es so ist? Bis du begreifst, daß man nicht mit dem Kopf durch die

Wand kommt, gab sie zurück, und ich stand auf. Ich konnte nicht dableiben. Wäre ich dageblieben, ich hätte meinen Kopf weiter gegen die Wand geschlagen.

Die Landung eines Marsbewohners hätte meine Eltern nicht mehr überraschen können. Sie rechneten nicht mit mir, außerdem riß ich sie auch noch aus dem Schlaf. Und wenn man mitten in der Nacht aus dem Schlaf gerissen wird, dann erscheint einem alles noch viel schlimmer, als es schon ist. Erschreckt euch nicht, sagte ich zu ihnen, ich komme nicht vom Polizeirevier. Meine an allerhand gewöhnten Eltern stellten keine Fragen. Sie waren froh, daß ich alles in allem gesund und munter war, die Wunde am Kopf und der blutige Trainingsanzug spielten keine Rolle. Natürlich ahnten sie das Motiv meiner plötzlichen Ankunft und fingen an, sich lang und breit über die morgige Beerdigung auszulassen. Ich stoppte sie sachte. Meine Nerven waren überreizt, es kostete mich einige Mühe, die Kontrolle zu behalten. Vater legte sich wieder schlafen. Mutter erkundigte sich, ob ich Hunger hätte. Ich erwiderte, essen könne ich jetzt nichts, aber ich bräuchte ein Bad. Mutter stellte einen Topf mit Wasser auf den Petroleumkocher. Sie ging erst schlafen, als ich sie dringend darum bat. Ehe sie ins Bett ging, kam sie zu mir und schaute mich merkwürdig an. Dann hob sie die Hand, nahm meinen Kopf und drückte ihn an ihre Brust. Ohne zu begreifen, gab ich nach. Etwas, das weit in der Kindheit zurücklag, war plötzlich wieder da. Vor ein paar Tagen, sagte sie, habe ich deine Hosen gewaschen, die mit dem Reißverschluß. In der hinteren Tasche habe ich einen Umschlag gefunden. Er liegt in deinem Zimmer auf der Kommode.

Damit drehte sie sich um und ließ mich im Flur stehen. Mit mir zurück blieb auch das Rätsel des Umschlags, den Mutter erwähnt hatte. Da es sich um einen Umschlag handelte, war wohl auch ein Brief darin. Ich konnte mich nicht erinnern, einen Brief bekommen und den Umschlag in meine hintere Hosentasche gesteckt zu haben. Aber es lag wirklich einer auf der Kommode. Er war offen, also hatte Mutter den Brief gelesen. Wahrscheinlich auch Vater. Immerhin lag der Umschlag auf der Kommode, und bei einem Brief, den Mutter bereits gelesen hatte, konnte Vater unmöglich widerstehen. »Du begreifst nichts. Und du wirst nie etwas begreifen, überhaupt nichts. Es tut mir leid, daß ich dich gestern so verletzt habe. Aber ich wußte ja nicht, daß es dir so weh tun würde. Ich habe die schlimme Vorahnung, daß wir uns niemals wiedersehen werden. Ach, was für ein dummes Gefühl, denn morgen treffen wir uns ja im Labor, du gehst in deine Ecke, ich in meine, und dazwischen ist wie immer Lulu. O Gott, was für ein törichtes, nutzloses Leben wir doch führen! Verzeih mir. V.«

Mit dem Brief in der Hand stand ich da. Ich hatte keine Ahnung, unter welchen Umständen ich an diesen Brief gekommen war. Aber das »V.« ließ keinen Zweifel über den Absender zu. Nicht den geringsten Zweifel. Ich nahm mein Bad. Die Worte des Briefes staken in mir wie Nägel. Dann bekam ich ein unwiderstehliches Verlangen nach Alkohol. Auf den Zehenspitzen ging ich in die Küche und öffnete den Schrank. Hinter ein paar Ölflaschen versteckt fand ich eine noch ungeöffnete Flasche Kognak. Ich nahm sie. Ich nahm auch ein Glas. Als ich in mein Zimmer zurückging, dachte ich: Ohne diese Kognakflasche wärest du heute Nacht verrückt geworden. Das erste Glas stürzte ich in einem Zug hinunter. Das zweite ebenfalls. Der Alkohol drang in mein Blut, attackierte das Unterbewußtsein. Als ich mich ein bißchen besser fühlte, las ich den Brief noch einmal. Von welcher Verletzung sprach Vilma, wann hatte sie mich denn verletzt? Ich stürzte zwei weitere Gläser hinunter. Und was hatte ich nicht begriffen, was würde ich nie begreifen, überhaupt nichts davon? Du Schwein, sagte ich zu mir. Und trank noch zwei Gläser, bis mein Kopf allmählich klarer wurde. Sicher hatte Vilma mir sagen wollen, daß eine unfertige Kreatur wie ich niemals etwas zu Ende bringen wird, überhaupt nichts, dachte ich. Und ich werde nie ganz fertig sein, nicht im Leben, nicht in der Liebe. Denn offensichtlich weiß ich weder, wie man lebt, noch, wie man stirbt.

Wie bist du nur zu mir gelangt, rätselhafter Brief, murmelte ich, und mein Augen fingen sich an den Worten »ich habe die schlimme Vorahnung«. Sie hat dich nicht getrogen, dachte ich, wir haben uns nicht wiedergesehen. Und seit wann? Die Frage hing mir wie eine Zentnerlast am Hals. Wenn ich sie nicht beantworten konnte, zog mich die Last hinab auf den Grund des Tümpels der Erinnerung, und ich ertrank. Erst als ich mit der Flasche fertig war, löste sich die Blockade in meinem Gehirn, etwas blinkte auf wie Lichtstrahl in einem dunklen Zimmer. Heureka, sagte ich und war auf einmal fast glücklich, so glücklich, daß sich meine Augen mit Tränen füllten. Der Strick mit der Zentnerlast, die meinen Hals strangulierte, löste sich, und ich atmete auf. Den Brief hatte mir beim Trinken im Klub ein kleiner Junge gegeben. Der Bote Hermes. Seit damals hatte ich Vilma nicht mehr wiedergesehen. Und den Brief hatte ich vergessen. Wie ich auch alles andere vergessen hatte. Aber was machte das schon aus, letzten Endes? Alles gehörte der Vergangenheit an. Dem Nichts. So wie ich auch.

Vilmas Beerdigung fand am folgenden Tag um vierzehn Uhr statt, so wie Lulu es mir mitgeteilt hatte. Den ganzen Tag ging ich nicht aus dem Haus. Obwohl ihr nicht entging, daß ich in der Nacht die ganze Flasche Kognak leergetrunken hatte, sagte Mutter am nächsten Morgen, als sie mich wecken kam und mich ohne Zudecke und immer noch betrunken im Bett liegend vorfand, kein Wort, sondern ging in den Laden, holte mir eine neue Flasche Kognak und bat mich, nicht auszugehen. Ich gab ihr mein Wort. Nicht als Gegenleistung für den Kognak. Nach einer Nacht alkoholgeschwängerter Alpträume fühlte ich mich außerstande, die Verantwortung für mein Tun zu übernehmen. So gab ich Mutter, als sie mich bat, das Haus nicht zu verlassen, entschlossen mein Wort, und ich war dabei so gerührt, daß ich sogar in Tränen ausbrach. Schon nach den ersten Gläsern trieb ich in den Fluten schwerster Trunkenheit umher. Das erste, an das ich mich erinnerte, war die letzte Begegnung mit Vilma in Lulus Wohnung. Mein Wunsch, in den Wasserfall ihres Haars einzutauchen. Oder waren es ihre Augen? Ich hatte sie an den Schultern gepackt, ich hatte sie geschüttelt, hin- und hergerissen zwischen der Versuchung, ihr eine Ohrfeige zu versetzen, und dem Wunsch, sie zu küssen. Zwischen uns stand Sonja, und ich war nicht fähig, an Sonja vorbeizukommen, um Vilma zu erreichen. Vilma schrie. Ich sah genau, wie sie schrie. Auf ihrem Bett, das Nachthemd zerrissen, die Lippen blutig von Fagus Biß.

Und da, das blutige Rinnsal ihrer Jungfräulichkeit. An einem heißen Sommertag, als die Wölfe in den Pferch der Lämmer einfielen.

Mutter nahm mir nicht übel, daß ich mein Wort brach. Zumindest ließ sie es sich nicht anmerken. Außerdem tat ich nichts Verrücktes, keinerlei Zwischenfall war zu vermelden. Die Beisetzung verfolgte ich aus der Ferne. Xhoda ging an der Spitze des Zuges, gleich hinter den Burschen, die Vilmas Sarg auf ihren Schultern von seinem Haus zum Friedhof trugen. Die meisten von ihnen gehörten zu Fagus Clique. Fagu konnte sich glücklich schätzen, daß er der Polizei in die Hände gefallen war, denn seine Clique hätte ihn in Stücke gerissen. Ich beobachtete sie heimlich, von ferne. Ganz zum Schluß, als die Burschen den Sarg mit Vilmas Leichnam an einem Seil in das Grab hinabgelassen hatten und die Totengräber anfingen, die Betonplatte darüberzuziehen, raufte Xhoda sich die Haare, heulte auf, stürzte vorwärts und sprang zum Entsetzen aller in die Grube. Es gelang nur mit Mühe, ihn wieder herauszuholen.

Bemüh dich nicht, herauszufinden, wo ich bin, sagte Dori. Du weißt, wir sind in der anderen Welt. Alle sind wir hinüber in die andere Welt gegangen.

Ein Schauder überlief mich. Ich hörte die Tür quiet-schen, und Mutters Kopf erschien in der Öffnung. Komm, sagte ich zu ihr, wenn du noch ein bißchen Raki hast, dann bring ihn mir. Sie tat, wie ich ihr gesagt hatte. Sogar noch mehr. Mit dem Raki brachte sie auch noch einen Kaffee. Sie fragte, willst du noch etwas, und ich antwortete, nein, ich brauche nichts. Mutter stand an der Tür und starrte mich an. Ich bat sie, sich zu setzen, und sie ließ sich auf dem Stuhl nie-der, die Hände im Schoß gefaltet. Die Stadt ist ganz leer, flü-sterte sie, alle sind weg. Ich schlürfte meinen Kaffee, in der Hoffnung, daß er nach dem Glas Raki meine schrecklichen Kopfschmerzen etwas dämpfen würde. Sie meinte wohl, ich hätte sie nicht gehört, denn sie wiederholte: Alle sind weg, die Jungen, die Mädchen, die Männer, sogar die Kinder.

Ich sah auf. Mutter schaute mich immer noch unverwandt an. Ich weiß, du wolltest auch weggehen, sagte mir ihr Blick. Gut, daß du nicht gegangen bist. Gut, daß … gut! Ich er-trug diesen Blick nicht länger. Was, fragte ich, wer ist weg-gegangen, ich weiß von nichts. Doch, du weißt es, du weißt es sogar ganz genau, gab Mutter zurück. Alle sind weg. Und ich mußte daran denken, daß der Dampfer alle mitgenommen hatte, Dori mit seiner zweiten Frau und den Kindern, Fagu mit seinen vierzehn Jahren Gefängnis, fast alle Burschen aus seiner ehemaligen Clique. Ganz bestimmt ist auch Sonja weggegangen, dachte ich, zusammen mit ihrem Sohn, der nun schon ein Mann ist. Nur ich bin geblieben, nur ich. Warum nur?

Ich ging aus dem Haus. Das Städtchen döste vor sich hin. Der Himmel war grauverhangen, die Straße zum Friedhof wie ausgestorben. Während ich durch all diese Verlassenheit ging, dachte ich, daß es bestimmt außer mir auch noch andere gab, die nicht hatten weggehen wollen oder können. Ich konnte sie nicht verlassen, die sie da unten lagen in ihrem kalten Grab, einsam, vergessen. Nicht Ladi, nicht Vilma. Ich konnte nicht fort, wenn sie dablieben. Es geht nicht anders, dachte ich. Es hat nichts mit der Pisse von Doris kleinem Sohn in meinem Nacken zu tun, nicht deshalb bin ich im letzten Moment von dem Flüchtlingsschiff gegangen. Ich wäre auch ausgestiegen, wenn Doris kleiner Sohn mich nicht bepinkelt hätte.

Die Gräber waren mit Reif bedeckt. Ich wußte nicht genau, wo Vilmas Grab lag, so daß ich eine Weile brauchte, bis ich es fand. Ihre Augen blickten mich von dem marmornen Grabstein an: da war ein Photo. Sie schien zu leben, der Wasserfall ihres Haars ergoß sich über die Schultern. Ich bin da, flüsterte ich und beugte mich über das Grab. Endlich bin ich da. Der Boden war kalt. Mit starren Fingern kratzte ich ein wenig Erde zusammen. In Vilmas Augen fand ich Ladi. So wie ich Vilma in Ladis Augen gefunden hatte. Sie sind fort, sagte ich, aber ich bin geblieben. Ich werde immer bei euch bleiben.

Da hörte ich Schritte, und mir war, als stünde jemand über mir. Die Spitze einer Eisenstange baumelte neben mir, und ich begriff, wer es war. Ich rührte mich nicht, ich kauerte weiter auf dem Grab. Schlag zu, Wahnsinniger, schick auch mich in die andere Welt. Nicht dorthin, wo die Flüchtlinge jetzt sind. Das ist auch eine andere Welt, aber dort will ich nicht hin. Du hast es in der Hand, schick mich in die Welt, in der deine Tochter ist. Schlag zu, Wahnsinniger, schlag zu …

Die Eisenstange baumelte immer noch neben meinem Kopf. Ich sah auf. Xhoda der Irre starrte mich aus seinen blutunterlaufenen Augen an. Dann wandte er sich ab und ging mit langsamen Schritten zum Ausgang des Friedhofs. Ich weiß nicht, hatte ich Tränen in seinen Augen entdeckt, oder waren es Tautropfen? Wahnsinniger, wollte ich schreien, du hattest es in der Hand, mich in die andere Welt zu schikken. Aber wir waren wohl verurteilt, für den Rest unserer Tage aneinander gekettet zu sein, ein jeder als des andern Fluch, bis es uns dann beide nicht mehr gab, nicht mich, den Verlorenen, und nicht ihn, den Verrückten. Und auch keine grauen Augen mehr.

ENDE

Juni–Dezember 1991